說文學之美

品味唐詩

蔣勳

坐看雲起

蔣勳的唐詩朗讀

掃描收聽

詩，最好的詮釋，

可不可能是自己朗讀的聲音？

——蔣勳

曲目

❶張若虛詩選

❷王維詩選

❸李白詩選

❹杜甫詩選

❺白居易詩選

❻李商隱詩選

音樂統籌・梁春美 ｜ 錄音、混音・白金錄音室 錢家瑞

目次

自序

坐看雲起與大江東去——從品味唐詩到感覺宋詞

蔣勳

我喜歡詩，喜歡讀詩、寫詩。

少年的時候，有詩句陪伴，好像可以一個人躲起來，在河邊、堤防上、樹林裡、一個小角落，不理會外面世界轟轟烈烈發生什麼事。少年的時候，也可以背包裡帶一冊詩，或者，即使沒有詩集，就是一本手抄筆記，有腦子裡可以背誦記憶的一些詩句，也足夠用，可以一路唸著，唱著，一個人獨自行走去了天涯海角。

有詩就夠了——年輕的時候常常這麼想。

有詩就夠了——行囊裡有詩、口中有詩、心裡面有詩，彷彿就可以四處流浪，跟自己說：「今宵酒醒何處——」，很狂放，也很寂寞。

少年的時候，相信可以在世界各處流浪，相信可以在任何陌生的地方醒來，大夢醒來，或是大哭醒來，滿天都是繁星，可以和一千年前流浪的詩人一樣，醒來時隨口唸了一句：今宵酒醒何處——

無論大夢或大哭，彷彿只要還能在詩句裡醒來，生命就有了意義。很奇怪的想法，但是想法不奇怪，很難喜歡詩。

在為鄙俗的事吵架的時候，大概是離詩最遠的時候。

少年時候，有過一些一起讀詩寫詩的朋友。現在也還記得名字，也還記得那些青澀的面容，笑得很靦腆，讀自己的詩或讀別人的詩，都有一點悸動，像是害羞，也像是狂妄。

日久想起那些青澀靦腆的聲音，後來都星散各地，也都無音訊，心裡有惆悵唏噓，不知道他們流浪途中，是否還會在大夢或大哭中醒來，還會又狂放又寂寞地跟自己說：今宵酒醒何處——

走到天涯海角，離得很遠，還記得彼此，或者對面相逢，近在咫尺，都走了樣，已經不認識彼此，是兩種生命不同的難堪嗎？

「縱使相逢應不識——」讀蘇軾這一句，我總覺得心中悲哀。不是容貌改變了，認不出來，或者，不再相認，因為歲月磨損，沒有了詩，相逢或許也只是難堪了。

曾經害怕過，老去衰頹，聲音瘖啞，失去了可以讀詩寫詩的靦腆佯狂。

前幾年路上偶遇大學詩社的朋友，很緊張，還會怯怯地低聲問一句：還寫詩嗎？

這幾年連「怯怯地」也沒有了，彷彿開始知道，問這句話，對自己或對方，多只是無謂的傷害。

所以，還能在這老去的歲月裡默默讓生命找回一點詩句的溫度或許是奢侈的吧？

生活這麼沉重辛酸，也許只有詩句像翅膀，可以讓生命飛翔起來。「天長路遠魂飛苦——」，為什麼杜甫夢到李白，用了這樣揪心的句子？

從小在詩的聲音裡長大，父親、母親，總是讓孩子讀詩背詩，連做錯事的懲罰，有時也是背一首詩，或抄寫一首詩。

街坊鄰居閒聊，常常出口無端就是一句詩：「虎死留皮人留名啊——」那人是街角撿字紙的阿伯，但常常「出口成章」，我以為是「字紙」撿多了也會有詩。

有些詩，是因為懲罰才記住了。在懲罰裡大聲朗讀：「明月出天山，蒼茫雲海間。長風幾萬里，吹度玉門關。——」詩句讓懲罰也不像懲罰了，朗讀是肺腑的聲音，無怨無恨，像天山明月，像長風幾萬里，那樣遼闊大氣，那樣澄澈光明。

有詩，就沒有了懲罰。蘇軾總是在政治的懲罰裡寫詩，愈懲罰，詩愈好。流放途中，詩是他的救贖。

「詩」會不會是千萬年來許多民族最古老最美麗的記憶？

希臘古老的語言在愛琴海的島嶼間隨波濤詠唱——《奧德賽》、《伊里亞德》，關於戰爭，關於星辰，關於美麗的人與美麗的愛情。

沿著恆河與印度河，一個古老民族邊傳唱著《摩訶婆羅達》、《羅摩衍那》，也是戰爭，也是愛情，無休無止的人世的喜悅與憂傷。

黃河長江的岸邊，男男女女，划著船，一遍一遍唱著：「蒹葭蒼蒼，白露為霜。所謂伊人，在水一方。溯洄從之，道阻且長，溯游從之，宛在水中央。——」

歌聲、語言、頓挫的節奏、呼應的和聲、反覆、重疊、迴旋，像長河的潮汐，像江流宛轉，像大海波濤，一代一代傳唱著民族最美麗的聲音。

《詩經》十五國風，是不是兩千多年前漢語地區風行的歌謠？唱著歡欣，也唱著哀傷，唱著夢想，也唱著幻滅。

他們唱著唱著，一代一代，在庶民百姓口中流傳風行，詠嘆著生命。

《詩經》從「詩」變成「經」是以後的事。「詩」是聲音的流傳，「經」是被書寫成了固定的文字。

我或許更喜歡「詩」，自由活潑，在活著的人口中流傳，是聲音，是節奏，是旋律，可以一面唱一面修正，還沒有被文字限制成固定死板的「經」。

〈大雅・綿〉講蓋房子：「捄之陾陾，度之薨薨，築之登登，削屢馮馮。」變成文字，簡直聱牙，經過兩千多年，就需要一堆學者告訴年輕人：「馮馮，聲音是憑憑。」

如果還是歌聲傳唱，這蓋房子的聲音就熱鬧極了，這四種聲音，在今天，當然就可以唱成「隆隆」、「轟轟」、「咚咚」、「碰碰」。「乒乒乓乓」，蓋房子真熱鬧，最後「百堵皆興」，一堵一堵牆立起來，要好好打大鼓來慶祝，所以「鼛鼓弗勝」。

「詩」有人的溫度，「經」剩下軀殼了。

文字只有五千年，語言比文字早很多。聲音也比文字更屬於庶民百姓，不識字，還是會找到最貼切活潑的聲音來記憶、傳達、頌揚，不勞文字多事。

島嶼東部原住民部落裡人人都歌聲美麗，漢字對他們框架少、壓力少，他們被文字汙染不深，因此歌聲美麗，沒有文字羈絆，他們的語言因此容易飛起來。

我常在卑南聽到最近似「陝陝」、「薨薨」的美麗聲音。他們的聲音有節奏，有旋律，可以悠揚婉轉，他們的語言還沒有被文字壓死。最近聽桑布伊唱歌，全無文字，真是「詠」、「嘆」。

害怕「經」被褻瀆，死抱著「經」的文字不放，學者，知識分子的《詩經》不再是「歌」，只有軀體，沒有溫度了。

可惜，「詩」的聲音死亡了，變成文字的「經」，像百囀的春鶯，割了喉管，努力展翅飛撲，還是痛到讓人惋嘆。

「惋」、「嘆」都是聲音吧，比文字要更貼近心跳和呼吸。有點像《詩經》、《楚辭》裡的「兮」，文字上全無趣味，我總要用惋嘆的聲音體會這可以拉得很長的「兮」，「兮」是音樂裡的詠嘆調。

從「詩」的十五國風，到漢「樂府」，都還是民間傳唱的歌謠。仍然是美麗的聲音的流傳，不屬於任何個人，大家一起唱，一起和聲，你一句、我一句、他一句，變成集體創作的美麗作品。

「青青河畔草，綿綿思遠道，遠道不可思，夙昔夢見之——」只有歌聲可以這樣樸素直白，是來自肺腑的聲音，有肺腑間的熱度，頭腦思維太不關痛癢，口舌也只有是非，出來的句子，不會是「詩」，不會這樣有熱烈的溫度。

我總覺得漢語詩是「語言」帶著「文字」飛翔，因此流暢華麗，始終沒有脫離肺腑之言的溫度。

小時候在廟口聽老人家用閩南語吟詩，真好聽，香港朋友用老粵語唱姜白石的〈長亭怨慢〉，也是好聽。

我不喜歡詩失去了「聲音」。

「漢字」從秦以後統一了，統一的漢字有一種霸氣，讓各地方並沒有統一的「漢語」自覺卑微。

然而我總覺得活潑自由的漢語在民間的底層活躍著，充滿生命力，常常試圖顛覆官方漢字因為裝腔作勢愈來愈死板的框框。

文化僵硬了，要死不死，語言就從民間出來，用歌聲清洗一次冰冷瀕臨死亡的文字，讓「白話」清洗「文言」。

唐詩在宋代蛻變出宋詞，宋詞蛻變出元曲，乃至近現代的「白話文運動」，大概都是借屍還魂，從庶民間的「口語」出來新的力量，創造新的文體。每一次文字瀕臨死亡，民間充滿生命活力的語言就成了救贖。

因此或許不需要擔心詩人寫什麼樣的詩，回到大街小巷、回到廟口、回到庶民百姓的語言中，也許就重新找得到文學復活的契機。

小時候在廟口長大，台北大龍峒的保安宮。廟會一來，可以聽到各種美麗的聲音，南管、北管、子弟戲、歌仔戲、客家山歌吟唱、相褒對唱、受日本影響的浪人歌謠、戰後移居台灣的山東大鼓、河南梆子、秦腔，乃至美國五〇年代的搖滾，都混雜成廟口的聲音，像是衝突，像是不協調，卻是一個時代驚人的和聲，在衝突不協調裡尋找彼此融合的可能性。我總覺得：新的聲音美學在形成，像經過三百年魏晉南北朝的紛亂，胡漢各地的語言、各族的語言、印度的語言、波斯的語言、東南亞各地區的語言，彼此衝擊，從不協調到彼此融合，準備著大唐盛世的來臨，準備語言與文字達到完美顛峰的「唐詩」的完成。

應該珍惜，島嶼是聲音多麼豐富活潑的地方。

生活裡其實「詩」無所不在。家家戶戶門聯上都有「風調雨順」、「國泰民安」，那是《詩經》的聲音與節奏。

鄰居們見了面總問一句：「吃飯了嗎？」「吃飽了？」也讓我想到樂府詩裡動人的一句叮嚀：「努力加餐飯。」「上言：加餐飯。」生活裡、文學裡，「加餐飯」都一樣重要。

我習慣走出書房，走到百姓間，在生活裡聽詩的聲音。

小時候頑皮，一夥兒童去偷挖番薯，老農民發現，手持長竹竿追出來。他一路追一路罵，口乾舌燥。追到家裡，告了狀，父親板著臉，要頑童背一首唐詩懲罰，〈茅屋為秋風所破歌〉，讀到「南村群童欺我老無力——」忽然好像讀懂了杜甫，在此後的一生裡，記得人在生活裡的艱難，記得杜甫或窮老頭子，會為幾根茅草或幾顆地瓜「唇焦口燥」追罵頑童。

我們都曾經是杜甫詩裡欺負老阿伯的「南村群童」。在詩句中長大，知道有多少領悟和反省，懂得敬重一句詩，懂得在詩裡尊重生命。

唐詩語言和文字都太美了，忘了它其實如此貼近生活。走出書齋，走出教科書，在我們的生活中，唐詩無處不在，這才是唐詩恆久而普遍的巨大影響力吧。

唐詩語言完美：「停車暫借問，或恐是同鄉？」可以把口語問話入詩。

唐詩文字聲音無懈可擊：「無邊落木蕭蕭下，不盡長江滾滾來。」寫成對聯，文字結構和音韻平仄都如此平衡對稱，如同天成。

在一個春天走到江南，偶遇花神廟，讀到門楹上兩行長聯，真是美麗的句子——

風風雨雨，寒寒暖暖，處處尋尋覓覓。

鶯鶯燕燕，花花葉葉，卿卿暮暮朝朝。

那一對長聯，霎時讓我覺得驕傲，是在漢字與漢語的美麗中長大的驕傲，只有漢字漢語可以創作這樣美麗工整的句子。平仄、對仗、格律，彷彿不只是技巧，而是一個民族傳下來可以進入「春天」可以進入「花神」的通關密語。

有「詩」，就有了美的鑰匙。

我們羨慕唐代的詩人，水到渠成，活在文字與語言無限完美的時代。

張若虛〈春江花月夜〉，傳說裡的「孤篇壓倒全唐之作」，是一個時代的序曲，這樣豪邁大氣，卻可以這樣委婉平和，使人知道「大」是如此包容，講春天、講江水、講花朵、講月光、講夜晚，格局好大，卻一無霸氣。盛世，是從這樣的謙遜內斂開始吧，不懂謙遜內斂，盛世，沒有厚度，只是誇大張揚，裝腔作勢而已吧。

王維、李白、杜甫，結構成盛唐的基本核心價值，「佛」、「仙」、「聖」，古人用很精簡的三個字概括了他們美學的調性。

「行到水窮處，坐看雲起時」，王維是等在寺廟裡的一句籤，知道人世外還有天意，花自開自落，風雲自去自來，不勞煩惱牽掛。經過劫難，有一天走到廟裡，抽到一支籤——行到水窮處，坐看雲起時，那一定是上上籤吧。

「我歌月徘徊，我舞影零亂」，李白是漢語詩裡少有的青春閃爍，這樣華美，也這樣孤獨，這樣自我糾纏。年少時不瘋狂愛一次李白，簡直沒有年輕過。我愛李白的時刻總覺得要走到繁華鬧市讀他的〈將進酒〉，酒樓的喧鬧，奢華的一擲千金，他一直想在喧鬧中唱歌，「岑夫子，丹丘生——」我總覺得他叫著：「老張，老王——別鬧了」；「與君歌一曲，請君為我傾耳聽——」在繁華的時代，在冠蓋滿京華的城市，他是徹底的孤獨者，杜甫說對了：「冠蓋滿京華，斯人獨憔悴。」

不能徹底孤獨，不會懂李白。

「詩聖」完全懂李白作為「仙」的寂寞。然而杜甫是「詩聖」，「聖」必須要回到人間，要在最卑微的人世間完成自己。

戰亂、饑荒、流離失所，「朱門酒肉臭，路有凍死骨」，杜甫低頭看人世間的一切，看李白不屑一看的角落。「三吏」、「三別」，讓詩回到人間，書寫人間，聽人間各種哭聲。戰亂、饑荒、流離失所，我們也要經歷這些，才懂杜甫。杜詩常常等在我們生命的某個角落，在我們狂喜李白的青春過後，忽然懂得在人世苦難前低頭，懂得文學不只是自我趾高氣揚，也要這樣在種種生命苦難前低頭謙卑。

佛、仙、聖，組織成唐詩的顛峰，也組織成漢詩記憶的三種生命價值，在漫漫長途中，或佛，或仙，或聖，我們彷彿不是在讀詩，是一點一點找到自己內在的生命元素，王維、李白、杜甫，三種生命形式都在我們身體裡面，時而恬淡如雲，時而長嘯佯狂，時而沉重憂傷。唐詩，只讀一家，當然遺憾，唐詩只愛一家，也當然可惜。

這兩冊書，是近三十年前讀書會的錄音，講我自己很個人的詩詞閱讀樂趣。錄音流出，也有人整理成文字，很多未經校訂，舛誤雜亂，我讀起來也覺得陌生，好像不是自己說的。

悔之多年前成立有鹿文化，他一直希望重新整理出版我說「文學之美」的錄音，我拖延了好幾年，一方面還是不習慣語言變成文字，另一方面也覺得這些錄音太個人，讀書會談談可以，變成文字，還是有點覺得會有疏漏。

悔之一再敦促，也特別再度整理，請青年作家凌性傑、黃庭鈺兩位校正，兩位都在中學國文教學上有所關心，他們的意見是我重視的。這兩冊書裡選讀的作品多是台灣目前國文教科書的內容。如果今天台灣的青年讀這些詩、這些詞，除了用來考試升學，能不能讓他們有更大的自由，能真正品味這些唐詩宋詞之美？能不能讓他們除了考試、除了注解評論，還能有更深的對詩詞在美學上的人生感悟與反省？

也許，悔之有這些夢想，性傑、庭鈺也有這些夢想，許多國文教學的老師都有這樣的夢想，讓詩回到詩的本位，擺脫考試升學的壓力，可以是成長的孩子生命裡真正的「青春作伴」。

我在讀書會裡其實常常朗讀詩詞，我不覺得一定要注解，詩，最好的詮釋可不可能是自己朗讀的聲音？

因此我重讀了張若虛的〈春江花月夜〉，重讀了白居易的〈琵琶行〉，一句一句，讀到「江畔何人初見月？江月何年初照人？」讀到「同是天涯淪落人，相逢何必曾相識」，還是覺得動容，詩人可以這樣跟江水月亮說話，可以這樣跟一個過氣的歌妓說話，跟孤獨落魄的自己說話。這兩個句子，會需要注解嗎？

李商隱好像難懂一點，但是，我還是想讓自己的聲音環繞在他的句子中，「相見時難別亦難」，好多矛盾、好多遺憾、好多兩難，那是義山詩，那也是我們每一個人的生命景況，我們有一天長大了，要經過多少次「相見」與「告別」，終於會讀懂「相見時難別亦難」。不是文字難懂，是人生這樣難懂，生命艱難，有詩句陪著，可以慢慢走去，慢慢讀懂自己。

荷葉生時春恨生，荷葉枯時秋恨成。深知身在情常在，悵望江頭江水聲。

春秋來去，生枯變滅，我們有這些詩，可以在時間的長河邊，聽水聲悠悠。

要謝謝梁春美為唐詩宋詞的錄音費心，錄王維的時候我不滿意，幾次重錄，我跟春美說：「要空山的感覺——」，又加一句「最安靜的巴哈——」，自己也覺得語無倫次，但春美一定懂，這一片錄音交到聆聽者手中，希望帶著空山裡的雲嵐，帶著松風，帶著石上青苔的氣息，彈琴的人走了，所以月光更好，可以坐看一片一片雲的升起。

但是要錄幾首我最喜愛的宋詞了——李煜的〈浪淘沙〉、〈虞美人〉、〈破陣子〉、〈相見歡〉，這些幾乎在兒童時就琅琅上口的詞句，當時完全無法體會什麼是「四十年來家國」，當時怎麼可能讀懂「夢裡不知身是客」，每到春分，窗外雨水潺潺，從睡夢中驚醒，一晌貪歡，不知道那個遙遠的南唐原來這麼熟悉。不知道那個「垂淚對宮娥」的贖罪者彷彿正是自己的前世因果。「倉皇辭廟」，在父母懷抱中離開故國，我也曾經有多麼大的驚惶與傷痛嗎？已經匆匆過了感嘆「四十年來家國」的痛了，在一晌貪歡的春雨飛花的南朝，不知道還能不能忘卻在人世間久客的哀傷肉身。

每一年春天，在雨聲中醒來，還是磨墨吮筆，寫著一次又一次的「夢裡不知身是客，一晌貪歡」，看渲染開來的水墨，宛若淚痕。我最早在青少年時讀著讀著的南唐詞，竟彷彿是自己留在廟裡的一支籤，籤上詩句，斑剝漫漶，但我仍認得出那垂淚的筆跡。

亡一次國，有時只是為了讓一個時代讀懂幾句詩嗎？何等揮霍，何等慘烈，他輸了江山、輸了君王、輸了家國，然而下一個時代，許多人從到他的詩句裡學會了譜寫新的歌聲。

宋詞的關鍵在南唐，在亡了江山的這一位李後主身上。

南唐的「貪歡」和南唐的「夢裡不知身是客」都傳承在北宋初期的文人身上。晏殊、晏幾道、歐陽脩，他們的歌聲裡都有貪歡耽溺，也驚覺人生如夢，只是暫時的客居，貪歡只是一晌，短短夢醒，醒後猶醉，在鏡子裡凝視著方才的貪歡，連鏡中容顏也這樣陌生，「一場愁夢酒醒時」，「無可奈何花落去，似曾相識燕歸來」，在歲月裡多愁善感，晏幾道貪歡更甚，「記得小蘋初見」，連酒樓藝妓身上的「兩重心字羅衣」都清清楚楚，圖案、形狀、色彩，繡線的每一針每一線，他都記得。

南唐像一次夢魘，烙印在宋詞身上。「落花人獨立，微雨燕雙飛」，唐代寫不出的句子，在北宋的歌聲裡唱了出來。他們走不出邊塞，少了異族草原牧馬文化激盪。他們多在都市中、在尋常百姓巷弄、在庭院裡、在酒樓上，他們看花落去、看燕歸來，他們比唐代的詩人沒有野心，更多惆悵感傷，淚眼婆娑，跟歲月對話。他們惦記著「衣上酒痕」，惦記著「詩裡字」，都不是大事，無關家國，不成「仙」，也不成「聖」，學佛修行也常常自嘲不徹底，歌聲裡只是他們在歲月裡小小的哀樂記憶。

「白髮戴花君莫笑」，我喜歡老年歐陽脩的自我調侃，一個人做官還不失性情，沒有一點裝腔作勢。

范仲淹也一樣，負責國家沉重的軍務國防，可以寫〈漁家傲〉的「將軍白髮征夫淚」的蒼老悲壯，也可以寫下〈蘇幕遮〉中「酒入愁腸化作相思淚」這樣情深柔軟的句子。

也許不只是「寫下」，他們生活周邊有樂工，有唱歌的女子，她們唱〈漁家傲〉，也唱〈蘇幕遮〉，她們手持琵琶，她們有時刻意讓身邊的男子忘了外面家國大事，可以為他們的歌曲寫「新詞」，新詞是一個字一個字填進去的，一個字一個字試著從口中唱出，不斷修正，「詞」的主人不完全是文人，是文人和樂工和歌妓共同的創作吧。

了解「宋詞」產生的環境，或許會覺得：我們面前少了一個歌手。這歌手或是青春少女，手持紅牙檀板緩緩傾吐柳永的「今宵酒醒何處」，或是關東大漢執鐵板鏗鏘豪歌蘇軾的「大江東去」，這當然是兩種不同的美學情境，使我感覺宋詞時，有時像鄧麗君，有時像江蕙。同樣一首歌，有時像酒館爵士，有時像黑人靈歌。同樣的旋律，不同歌手唱，會有不同詮釋。巴布・狄倫（Bob Dylan, 1941-）的*Blowin' in the Wind*，許多歌手都唱過，詮釋方式也都不同。

面前沒有了歌手，只是文字閱讀，總覺得宋詞感覺起來少了什麼。

柳永詞是特別有歌唱性的，他一生多與伶工歌妓生活在一起，〈鶴沖天〉裡「忍把浮名，換了淺斟低唱」，「淺斟低唱」是柳詞的核心。他著名的〈雨霖鈴〉沒有「唱」的感覺，很難進入情境。例如一個長句——「念去去千里煙波，暮靄沉沉楚天闊」，停在「去去」兩個聲音感覺一下，我相信不同的歌手會在這兩個音上表達自己獨特的唱法。「去去」二字夾在這裡，並不合文法邏輯，但如果是「聲音」，「去」、「去」兩個仄聲中就有千般纏綿、千般無奈、千般不捨、千般催促。這兩個音挑戰著歌手，歌手的唇齒肺腑都要有了顫動共鳴，「去」、「去」二字就在聲音裡活了起來。

只是文字「去去」很平板，可惜，宋詞沒有了歌手。我們只好自己去感覺聲音。

謝恩仁校正到蘇軾的〈水調歌頭〉時，他一再問「是『只恐』？是『惟恐』？是『又恐』？」

我還是想像如果面前有歌手，讓我們「聽」——不是「看」〈水調歌頭〉，此處他會如何轉音？

因為柳永的「去去」，因為李清照的「尋尋覓覓冷冷清清淒淒慘慘戚戚」，我更期待宋詞要有「聲音」。「聲」、「音」不一定是「唱」，可以是「吟」，可以是「讀」，可以是「唸」，可以是「呻吟」、「泣訴」，也可以是「嚎啕」、「狂笑」。

也許坊間不乏也有宋詞的聲音，但是我們或許更迫切希望有一種今天宋詞的讀法，不配國樂，不故作搖頭擺尾，可以讓青年一代更親近，不覺得做作古怪。

在錄音室試了又試，雲門舞集音樂總監梁春美說她不是文學專業，我只跟她說：「希望孩子聽得下去——」，「像聽德布西，像聽薩堤，像聽Edith Piaf——」琵雅芙是在巴黎街頭唱給庶民聽的歌手。

「孩子聽得下去」是希望能在當代漢語找回宋詞在聽覺上的意義。

找不回來，該湮滅的也就湮滅吧，少數存在圖書館讓學者做研究，不干我事。

雨水剛過，就要驚蟄，是春雨潺潺的季節了，許多詩人在這乍暖還寒時候睡夢中驚醒，留下歡欣或哀愁，我們若想聽一遍「行到水窮處，坐看雲起時」，想聽一遍「四十年來家國，三千里地山河」，也許可以試著聽聽看，這兩冊書裡許多朋友合作一起找到的唐詩宋詞的聲音。

二〇一七年二月剛過雨水，即將驚蟄

蔣勳於八里淡水河畔

被祝福的人生

凌性傑

我願是滿山的杜鵑
只為一次無憾的春天
我願是繁星
捨給一個夏天的夜晚
我願是千萬條江河
流向唯一的海洋
我願是那月
為你，再一次圓滿

——蔣勳〈願〉

在台東任教的時候，我曾經感到非常孤獨，在遼闊的天地裡找不到最原初的自己。有時心情沮喪低迷，覺得整個世界都與自己為敵。茫然無措之際，我選擇把自己安放在露天溫泉裡，或是安放在遙遠的詩歌裡。我在東海岸的日常生活，在兩個身分的切換中往復擺盪：一個身分是初出茅廬、極稚嫩的中學教師，另一個身分則是學院裡修讀學位寫論文的研究生。我努力地接收知識，並且試圖用更簡潔、更有生活感的語言將文學傳遞給學生。然而，我還是覺得艱難，不知道怎麼去拉近經典文學與現代生活的距離。

直到某個晴朗的週末午後，我在台東市區聽了蔣勳老師的演講。演講到了尾聲，蔣勳老師朗誦那首〈願〉，送給大家做為祝福。我那時想，真正好的文學應該就是這樣，可以深入也可以淺出，聲音的美、畫面的美、意義的美，真正融為一體。老師的嗓音沉穩、迷人，並且挾帶強大的正能量，那便是打開感官讀文學的最佳展現。那場演講，在現實方面幫助了我的教學生涯，對一個年輕的教師來說是極好的鼓舞。在不那麼現實的方面，則讓我的心可以好好休息，只須靜靜領受美與感動。

於是我嘗試把所有感動我自己的作品帶到課堂上，跟各種體育專長的學生一起閱讀，聆聽那些來自遠處的聲音。遇到生命的某些糾結，我們就從文學裡搬救兵，從別人的故事裡找到治癒自己的方式。我也曾經帶著一群體育生參加詩歌朗誦比賽，看他們幾乎是用所有的神經在唸詩，用身體的每一處肌肉去詮釋詩意。他們在舞台上的樣子，其實已經是一首詩。女孩甩動頭髮跳舞，男孩前後空翻，詩歌的流動與他們的身體節奏同步。這段記憶，默默地支撐著我的教學生涯，在我倦怠的時候帶來力量。

後來，在廣播裡聽蔣勳老師串講文學之美，他誦讀的每一句都是我熟悉的，頻頻召喚出我在文學院讀書的時光。那麼好聽的聲音，提供了想像的憑藉，我依循著聲調的平仄起伏，揣摩大唐風景。《說文學之美：品味唐詩》裡，讀字如見其人——一樣有著成熟睿智的聲音，體貼地告訴我們那個詩的黃金時代，並且把美的歷史、美的沉思帶進了現代生活。

《說文學之美：品味唐詩》是一本從十三歲到九十三歲都適合品賞玩味的書，也是一本最適合翻譯給外國讀者的古典詩歌讀本。生命的種種難題，唐代詩人早已為我們演練過了。蔣勳老師以最貼近文本的方式講讀與詮釋，讓舊詩煥發光彩，讓讀者可以輕鬆跨越古典語言的門檻，進一步認識每一位作家的經驗與情思。更重要的是，蔣勳老師用自己的感觀直覺呼應了那些歷久彌新的詩，分享了生命的感動、生活的情趣。

在這本品味之書裡，蔣勳老師從大唐盛世說起，巧妙揉合歷史知識與美學觀點，讓我們看見一個時代有一個時代的文學。他緩緩訴說文學史裡詩歌的遞嬗流變，再從形式與內涵去推敲一首詩的完成。而這一切，當然也都有獨特的時代意義。透過蔣勳老師的敘述，中學國文課本上的那些作品，不管是邊塞或田園、個人浪漫或社會關懷，在在變得可親可感。他說：「中國文學史上，詩的高峰出現在唐代。當我們讀唐詩時，意思懂或不懂，都不是那麼重要，只覺得那個聲音是那樣好聽。唐代是詩的盛世，詩的形式已經完美到了極致。唐代不僅在美術史上是一個花季，在文學史上也是一個花季。」在那樣的時代，繁花盛開，詩有實際的社交功能，同時也是寄託懷抱的最佳形式。

傳統的詩學主張知人論世，理解作家的生活背景，切入作家的精神世界。蔣勳老師在知人論世之餘，把讀者帶進一種情感飽滿的想像中，然後逐字逐句說出自己的體會。《說文學之美：品味唐詩》挑選的作家與作品，都是令我深深著迷的。在不同的年紀碰觸那些語言的珍珠，感受大不相同。詩境出現在考題裡跟出現在日常生活裡，味道也頗不一樣。我很不喜歡把詩放在選擇題折磨師生，那些零碎、支解、僵固的標準答案，大大傷害了我們的想像力與感受力。我喜歡的是，像蔣勳老師那樣的品味方式，以最真摯的敬重愛惜去貼近、理解文本，讓每一首唐詩與自己的靈魂相互成全。

在蔣勳老師的傾訴之中，詩是記得，也是忘記。他與唐代詩人對話往來，別有一番瀟灑。於是我們讀到，張若虛〈春江花月夜〉的宇宙意識，這孤篇橫絕之作被視為詩中的詩、頂峰上的頂峰，將詩歌的氣象推擴出去，彷彿預告了盛唐。至於可以馳騁也可以淡定的王維，「筆下的田園與山水同時也是心裡的風景」，因為他描寫風景時同時帶出了生命狀態。另外，蔣勳老師說李白詩中有很多「我」，這便是「以浪漫來對抗客觀」。杜甫則是最具紀錄片導演性格的，「他的詩是見證歷史的資料」。中唐時期，白居易這位知識分子，用他的詩成為普通百姓的代言人，「因為公理與正義的推展也包含著美的共同完成」。晚唐的李商隱寫出了情感記憶中很私情的角落，「這個私情的角落被某一個詩人講出來的時候，你回憶到的不是他的角落，而是一個對那個角落的共同情感」。

歷數唐代詩人，細細琢磨他們各自開創的境界，《說文學之美：品味唐詩》提供的正是一種溫柔的觸動。在可解與不可解之間，每一首詩都像是一個不能輕易說出口的祕密，是生命的密碼，也是文化的密碼。而蔣勳老師就是幫我們把祕密說出來的人，並且用一個又一個祕密去同情、去寬諒、去撫慰，所有不安定的靈魂。《說文學之美：品味唐詩》不僅告訴我們解讀唐詩的密碼，更告訴我們怎樣看見各自的生命密碼，讓自己的生活多一些溫暖的消息。

有了詩之後，或許還可以發現，這才是被深深祝福的人生。

第一講

大唐盛世

詩像一粒珍珠

有一天，語言和文字能夠成為一首華美的詩，是因為經過了這長期的琢磨

講到唐代美術史的時候，我有一種很不同的心情，發現完全沒有辦法解釋為什麼一到唐代，在色彩和線條上都出現了如此華麗的美學風格。我常常用「花季」來形容這個歷史時期。閻立本、張萱、周昉，這些初唐到盛唐的美術創作者，讓我們感覺到他們生命的精神完全像花一樣綻放開來。當然，歷史本身是延續的，在此之前自然會有一個慢慢積累的階段，有很多準備工作一直默默地進行，這個準備階段可能長達三百年之久，才會水到渠成。

在南北朝分裂時期，陶淵明的時代，有很多的實驗正在為一個大時代的到來做準備。在美術方面，要準備色彩、準備線條、準備造型能力；在文學方面，要準備文字、準備聲音、準備詩的韻律與結構，我稱其為「漫長的準備期」。

這個準備，特別是文學上的準備，不是很容易發現，因為文學上使用的語言和文字其實經過了長時間的琢磨。比如「五四運動」前後最早的那批白話文，「的」字用得很多，他們是在強調一種文字和語言的解放，希望在文學中能夠看到平常講話的白話

形態。我們平常講話時，「嗎」或者「呢」這些字不見得會讀那麼重，可是當它們變成文字的時候，會特別觸目。「觸目」的意思是說，講話時，「你吃飯了嗎？」當中那個「嗎」，可能只是帶出來的一個音，一旦變成文字就跟「吃飯」這兩個字同等重要了。在聽覺上，這個「嗎」只是一語帶過；在視覺上，它卻有了很高的獨立性。可能就是這個反差，使得文字和語言之間，一直在互相琢磨。

詩很像一粒珍珠，它是要經過孕育以及琢磨的。我們的口腔、舌頭、牙齒、嘴唇在互動，像蚌殼一樣慢慢、慢慢地磨，磨出一粒很圓的珍珠。有一天，語言和文字能夠成為一首華美的詩，是因為經過了這長期的琢磨。

魏晉南北朝的三百多年，就是琢磨唐詩這顆「珍珠」的過程。甚至在陶淵明這些詩人身上還可以看到琢磨的痕跡。陶淵明這麼好的詩人，我們給予他很高的文學評價，可是以文學的形式美來講，我其實沒有辦法完全欣賞他的詩「已經完美」。〈桃花源記〉是陶淵明一首詩的序，結果後來流傳較廣的反而是詩的序，不是詩本身。這種現象很有趣，可能也說明了這首詩在形式上的完美度還沒有被琢磨好。魏晉南北朝時，像唐詩那樣的文字、語言還處在「練習」的初期。

唐代是詩的盛世

唐代不僅在美術史上是一個花季，在文學史上也是一個花季

唐代是一個「水到渠成」的階段。整個中國文學史上，詩的高峰出現在唐代。當我們讀唐詩時，意思懂或不懂，都不是那麼重要，只覺得那個聲音是那樣好聽。唐代是詩的盛世，詩的形式已經完美到了極致。唐代不僅在美術史上是一個花季，在文學史上也是一個花季。我們常常說最好的詩人在唐代，這其中多少有些無奈，彷彿是一種歷史的宿命，那麼多詩人就像是彼此有約定一樣先後誕生。換一個角度來看，那個時代在語言和文字方面給詩人們提供的條件實在是太好了。如果反身看我們自己，就會發現白話文運動之後的漢語文學，不是處在像唐代那樣的黃金階段，而是比較像魏晉南北朝初期的狀態。

文學比美術對我們的影響要深。我們從來不會想到自己脫口而出的那個詞、那句話其實是唐朝的語言。台灣早期民謠歌手陳達的〈勸世歌〉很像唐詩七言句的「二—二—三」結構，而且押韻，四個句子一韻，〈春江花月夜〉裡面的「春江潮水連海平」就是「二—二—三」的句式。

每個時代都對中國文學做出了自己的貢獻。「四」言怎麼變成「五」言？「五」言怎麼變成「七」言？幾百年間，不過在解決這些小問題而已。文化的工作非常艱苦，可是這些小問題一旦解決，就會一直影響我們。

當詩變成了成語、格言的時候，會對人產生更直接的影響。雖然宋代之後，文學有小小的變遷，但唐詩在民間已經變成一個根深柢固的美學形式。清代以後，幾乎許多人手上都有一本《唐詩三百首》。甚至在看戲時也會接觸到詩的形式，那些舊戲，無論是川劇、河南梆子，還是歌仔戲，人物一出場，就要唸「定場詩」。所以，唐詩不僅影響讀書人，也透過戲劇傳唱，在不識字的庶民世界裡發生了影響。

新繡羅裙兩面紅，一面獅子一面龍

經過了三百多年的融合，所有的語言終於到了一個不尷尬的狀態

每當我去馬來西亞或其他地方，看到廟宇裡的對聯，聽到那些老先生們吟出的詩句，就感覺到中華文化的根深柢固。之所以講「根深柢固」，是因為這個文化系統不

是透過正規的學校教育系統、閱讀系統去傳承，而是演變為傳唱的模式。有次我和雲門舞集的人一起去高雄美濃，當地那些從來沒有讀過書的老太太，站起來唱的是「新繡羅裙兩面紅，一面獅子一面龍」，不但整齊，而且押韻。我一聽就感覺裡面有一種與唐詩一脈相承的東西，而且充滿了色彩感，充滿了一種華麗的美學追求。

我認為當文學變成一門專業課程，也就走入了無生命的墳墓。文學當然需要被研究、被分析，可是當文學變成「研究物件」的時候，也說明它到了「博物館時期」，不再是活在民間的一個力量。所以，我們應當進行專業研究，但更應該投入心力去關心那些活在民間、走在路邊的人，關注他們口中的語言模式和文學傳統之間存在什麼樣的關係。

我非常希望大家能感受到我們自身語言中所存在的內在衝突。比如我們這一代的語言，有很多發音、很多使用聲音的模式和節奏都受到英文的影響。再早一輩台灣人，受日本文化影響很大，不是說他們一定讀過川端康成或者三島由紀夫，而是指那代人所接受的教育，以及他們在成長時期所接觸到的聲音模式。

我有時覺得我們彷彿正處於魏晉南北朝前期，因為我們在實驗新文學。最好的文學，或者說形式與內容完美配合的文學，為什麼不會在魏晉南北朝前期出現？可能是因為當時的語言太複雜了。我們不要忘記那是「五胡亂華」的年代，有人講匈奴的語言，有人講鮮卑的語言，有人講羯族的語言，有人講羌族的語言，在那樣一個語言大混亂（融合）的時期，大家其實還在磨那顆珍珠，沒有時間去討論什麼叫作完美形式的文學。這也可以解釋為什麼完美的詩會在唐代出現，因為經過了三百多年的融合，所有的語言終於到了一個不尷尬的狀態。

菩提薩埵與水到渠成

累積了很長時間，和我們的身體、呼吸已有共識與默契的語言和文字，才叫作文學

菩提薩埵的梵文發音是「Bodhisattva」，當初翻譯的人努力把它翻譯出來，告訴大家這個聲音的意思。那是一個生命的狀態，是一個有情的生命在覺悟自己生命的價值。Bodhisattva被翻譯成「菩提薩埵」，起初當然很怪異，要把這個詞變成文學很難，但「菩薩」在今天不但是兩個美麗的文字，還會帶給大家很大的感動，因為大家都知道「菩薩」是什麼。

在我看來，那些累積了很長時間，和我們的身體、呼吸已有共識與默契的語言和文字，才叫作文學。文字和語言剛開始只是為了傳達意思而存在，表達意思的過程可能

很粗糙、很累贅，也很可能詞不達意，但是慢慢地，大家就有了一個固定的共識。比如說成語愈多的民族，說明它在文學上模式性的東西愈多、愈固定。「水到渠成」、「根深柢固」，這些都是成語，我一說，你就知道我在講什麼，因為裡面累積了習慣性的文化模式。但要把它們翻譯成另外一種語言，並不太容易。

當我談到初唐的詩歌創作，會特別用「水到渠成」來形容。當然也可以說，我對活在那個年代的詩人充滿了羨慕和嫉妒。他們似乎天生就是要做詩人的，因為當時的語言和文字已經完全成熟了。我們今天再怎麼努力，也不可能是李白，因為我們的時代不是李白的時代。我們沒有一個完美的語言背景，也就是說「水」還沒有到，所以「渠」也不可能成。

文學史的繼承關係，和大自然一樣有春夏秋冬。唐代是花季，花季之前一定是漫長的冬天。在冬天，被冰雪覆蓋的深埋到土壤裡的根在慢慢地做著準備。

魏晉南北朝三百多年，應該有很多詩人，像謝靈運和鮑照，為什麼今天在大眾口中留下名字的這麼少？為什麼到了唐代，在短短的開元、天寶年間，文學史上最好的詩人都出來了，這就是花季。花季未到的時候，要期待花開，是非常難的。

陶淵明也不是花季當中的花，他只是努力地準備花季要出現的一個訊號而已，他的詩歌形式並不完美。「人生無根蒂，飄如陌上塵」，給我們的感動，是內容上的感

動。他在詩歌形式方面並沒有大突破，五言詩的形式漢朝就有，他並沒有開創新形式。陶淵明有時候使用四言寫詩，比如〈停雲〉，是《詩經》的模式。陶淵明在內容上有很多哲學性的創造，可是在形式上並沒有別開生面，文體上沒有開創性的突破。

當時「駢體文」出現了，它有另個名稱，叫作「四六」，就是用四個字與六個字的排列方式重新去組合語言的節奏。寫駢體文的鮑照、江淹等人，也在琢磨那顆珍珠，也在實驗語言和文字有沒有新的可能。像庾信〈哀江南賦〉，在形式上就做了很多實驗。這些詩人有點像「五四運動」以後的詩人。魏晉南北朝的一些人雖然在今天不是特別被看重，但這些默默無聞的寂寞的少數人，是在做文學實驗的人。

文學的內容與形式

不能用內容代替所有形式上的完美。形式不完美，文學是不能成立的

文學有兩個部分，一個是內容，一個是形式。比如，內容是說我渴望愛，因為沒有愛而空虛；可是光有愛的渴望和愛的失落，不一定能產生詩。《詩經》：「昔我往矣，楊柳依依；今我來思，雨雪霏霏。」把愛的渴望與愛的失落變成了十六個這麼精簡的文字，所以形式當然是重要的。如果我們說，因為徐志摩感情非常充沛，所以他是詩人，這裡面的邏輯就有問題。我們感情都很豐沛，可是我們未必可以變成一個詩人。詩人是在某種情感當中，可以把自己的語言變成偶然的一個句子，也就是說在某一個時期寫出一句詩，而且這句詩讓讀到的人有共鳴，覺得它表達了一個時代裡對愛的渴望和失落。

每個時代都有自己的流行歌，每個時代最好的詩都是流行歌的形式，在大眾當中可以引起很大的共鳴。如果一個人寫的詩只是在小部分人當中流傳，還不能夠把個人情感與大眾進行對話呼應，那我稱之為還在琢磨形式的詩人。我們講的《詩經》和漢樂府裡面那些好詩，其實不是我們今天所說的擁有詩人身分的人寫出來的，那些詩其實是民歌。紮根在民間，與大眾對話，然後去表達大眾的孤獨、哀傷與追求，這是詩非常重要的一個傳統。

在魏晉南北朝時期，我們可以看到有的人關心文學的內容，不要修飾，不要有任何形式上的思考。可是所謂不要修飾是最難的。朱自清的〈背影〉是我看過的好的文學，它簡單到好像沒有形式。我們認為的不修飾，其實是文學上最難的形式。朱自清放棄了形式上的造作、辭彙上的難度、音韻上的對仗，直接面對眼前所看到的畫面去白描。「白描」，其實是非常難的技巧。

有沒有一種文學的內容與形式是完全分開的？其實非常值得懷疑。所有文學形式與內容之間的關係，都沒有辦法割裂來談。當我們的情感和經驗都足夠時，形式上到底要怎樣去表達？它們能不能變成一部小說？能不能變成一篇散文？能不能變成一首詩？形式出來以後，與內容不相違背，還能把內容擴大，與其他內容產生互動，這個時候我們就會發現，形式恐怕是值得思考的。

十九世紀中後期，一些大膽的藝術家提出「為藝術而藝術」，他們的意思是說，形式是非常重要的，一個畫家、一個詩人，不能用內容代替所有形式上的完美。形式不完美，文學是不能成立的。

前不見古人，後不見來者

只有在遼闊當中，才會感覺到自己的生命狀態與平常不同

唐代的詩人很奇特，他們可以同時表達孤獨和自負，通常我們會覺得這兩種情緒是

矛盾的，一個人如此驕傲，覺得這個世界上沒有誰比他更精采；但同時他又感覺到好大的哀傷，因為自負之後覺得好孤獨。有時我們很想把自負又孤獨的感覺說出來，可是說不清楚。然而，在唐代剛開始的時候，有個人說「前不見古人，後不見來者」，自負感和孤獨感全部出來了。

為什麼長久以來，沒有人發現「前不見古人，後不見來者」？為什麼是陳子昂〈登幽州臺歌〉說出這兩句詩？唐代在歷史上就是一個「前不見古人，後不見來者」的時代，這裡面又有好大的哀傷與孤獨。立於歷史的高峰上，陳子昂立刻就把時代的聲音傳達出來，我甚至覺得這已經不僅僅是專業領域裡的文學。我曾經好幾次在戲臺上看到一個老生出場，袖子一擺，口中唸道：「前不見古人，後不見來者。」陳子昂是在講蒼涼，講歷史上的蒼涼時刻，裡面充滿了自負、驕傲，同時又充滿孤獨感。

李白也是如此。李白驕傲自負到極點，可是同時又有好大的自憐與孤單。「對影成三人」說的是和自己影子相對的孤單感覺。唐朝很多詩人都有這種特徵，就是巨大的自負與巨大的孤獨，這當然也是時代的特徵。陶淵明寫過「斗酒聚比鄰」，一有酒就把鄰居都叫來一起喝，可是盛唐的時候我們不太能看到這種情景。當時的詩人自負到不是在人間喝酒的感覺，他們不斷地往大山的高峰走，把自己放在最孤獨的顛峰上。那個時候詩人感到荒涼與孤單，因為這是他們和宇宙之間的對話。

宗白華的《美學散步》裡面有一篇文章，談到了初唐的宇宙意識，聞一多也談過唐詩的宇宙意識，分析初唐詩人有一種把自己放在宇宙裡面去討論的格局。這種格局在魏晉南北朝時期還沒有形成。魏晉南北朝後期，「宮體詩」盛行。這是一種在宮廷中形成的文體，非常華麗，講究辭藻的堆砌。可到了唐朝，格局變大了。詩人與月亮、太陽、山川對話，整個生命意識都被放到巨大的空間中，就會感覺到驕傲、悲壯，就會有宇宙意識，同時又感覺到如此遼闊的生命並不多，所以就出現了巨大的蒼涼感。

「前不見古人，後不見來者」就是把自己置放在時間的洪流當中，看不到前面的人，也看不到後面的人。他講的不僅是人，更是自己視覺、知覺上的遼闊。只有在遼闊當中，才會感覺到自己的生命狀態與平常不同。在人群擁擠的環境裡，會碰到很多是非，會糾纏在是非當中。如果把自己放到荒漠中，又會怎麼樣？我曾經去過戈壁，從烏蘭巴托往南走到戈壁，前後大概有四天時間，在荒漠中完全看不到人為的建築，所有的風景幾乎是停滯的狀態，那個時候就會感覺到唐詩裡的蒼茫與遼闊。

唐代產生了大量的「邊塞詩」，也就是「邊疆塞外詩」。唐代在開國時，國力有很大一部分是在北方用兵，而唐代又是從山西這個地方發展起來的，按照黃仁宇的「大歷史觀」，這裡剛好是農業區與遊牧區的分界線。知識分子有機會跟著開疆擴土的軍隊到塞外，所以有很多詩都是描寫塞上、出塞。文人和軍隊一起出去，是因為要負責書記的工作，比如王維〈使至塞上〉就是他身為使節到塞外宣慰將士而作的一首詩。

盛唐時，詩人的視覺與生命經驗來自遼闊的土地。南朝的時候，中國文人的夢想是回到田園，比如陶淵明的〈歸去來兮辭〉。回到田園也就是回到農業社會，其中有溫暖、有人情，可是這種人情溫暖也讓詩人缺乏了面對宇宙時的孤獨感。唐代文學並非全然襲自南朝文學，而與北方多有關聯。當時的詩人把真正的生命經驗帶到荒漠當中，荒漠當中的生命是用另外一種宇宙觀去看待生命狀態的。我們今天很難寫出「大漠孤煙直，長河落日圓」，因為我們沒有這樣的視覺體驗。「大漠孤煙」描述的是看到遼闊的地平線上一縷煙升起來，唐詩給我們最大的感覺就是空間和時間的擴大。

詩人的孤獨感

他寧可是孤獨的，因為在孤獨裡他還有自負

空間和時間的擴大，使原本定位在穩定的農業田園文化的漢文學，忽然被放置到與遊牧民族關係較為密切的流浪文化當中。我們從李白身上看到很大的流浪感，不只是李白，許多唐代詩人最大的特徵幾乎就是流浪。在流浪的過程中，生命狀態與農業家族的牽連被切斷了，孤獨感有一部分就源於不再和親屬直接聯繫在一起的狀態。

安史之亂以前，李白與王維都有很大的孤獨感，都在面對絕對的自我。在整個漢語文學史上，面對自我的機會非常少，因為我們從小到大的環境，都要面對親族關係，生活在一個充滿人的情感聯繫的狀態裡。我們不要忘記人情愈豐富，自我就愈少。我們讀唐詩時，能感受到那種快樂，是因為這一次「自我」真正跑了出來。李白是徹頭徹尾地面對自我，在他的詩裡面很少讀到孩子、太太，甚至朋友的糾纏也不多。他描述自己和宇宙的對話：「五嶽尋仙不辭遠，一生好入名山遊。」李白的詩裡一直講他在找「仙」，我覺得這個「仙」是他心目中完美的自我。只有走到山裡去，他才比較接近那個完美的自我。到最後他也沒有找到，依舊茫然，可是他不要再回到人間。因為回到人間，他覺得離他想要尋找的完美自我更遙遠。他寧可是孤獨的，因為在孤獨裡他還有自負；如果他回來，他沒有了孤獨，他的自負也就會消失。李白一直在天上和人間游離。他是從人間出走的一個角色，先是感受到巨大的孤獨感，然後去尋找一種屬於「仙人」的完美性，可是他並沒有說他找到了，大部分時候，他有一種茫然。

初唐時期就是在為李白這種詩人的出現做準備。其中很重要的一點，就是邊塞詩的發展。

邊塞詩非常重要。中國文人很少有機會到塞外去，很少有機會把生命放到曠野上去冒險，去試探自己生命的極限。宋朝以後，文人寫詩泰半是在書房裡。我覺得唐詩當中有一個精神是出走和流浪，是以個人去面對自己的孤獨感。當時的詩人到塞外是非常特殊的經驗，詩人們在這之中激發出自己生命的巨大潛能。初唐詩的內在本質，很大一部分是詩人與邊塞之間的精神關係。唐朝開國的李家有鮮卑血統，他們透過婚姻促使漢族與遊牧民族不斷融合，產生了與農業社會不同的生命情調。

遊牧民族的華麗

唐朝是一個覺得美可以被大聲讚美的時代

農業社會像是將種子放到土裡，等著它發芽。農業社會孵育了穩定的個性，「穩定」同時可能是保守，也可能是封閉。只有開始去冒險，才能打破農業的固定性與封閉性。唐代很有趣的一點是開國的皇族有意識地去接納外族，尤其是遊牧民族，皇族的母系當中就有少數民族血統。唐代美術作品中的女性造型，肉體那麼飽滿，可以暴露出來，放到其他朝代都令人側目。在漢族的文化倫理占主導地位的時候，大概從來沒有那樣大膽的服裝。武則天、楊貴妃，她們身體的飽滿性根本就是「胡風」。

唐代的開闊性與生命的活潑自由，剛好違反了我們所熟悉的漢族農業倫理。漢朝是《古詩十九首》〈行行重行行〉裡的「努力加餐飯」，是〈飲馬長城窟行〉裡的「長跪讀素書」，非常有農業社會的特色；可是唐朝有一種遊牧民族的華麗，遊牧民族的歌舞多半非常強烈，似乎在追求一種感官上的愉悅。

陝西西安出土的鮮于庭誨墓裡有一隻駱駝俑，駱駝上鋪了一塊毯子，上面有個小舞臺，有五個人在上面，其中一個男的在唱歌跳舞，這表現的就是當時的樂團。唐代的出土文物裡時常看到大鬍子的阿拉伯人形象，很少有漢族。我常常說，七世紀時，地球上最大的城市是長安。這樣一個城絕對比今天的紐約還要驚人，當時世界各國的人都集中在那裡，形成一個國際化都市。在這個混雜的文化當中，有一種非常特殊的非漢族美學。漢族美學的代表可能是樂府詩和陶淵明描繪的回歸田園、回歸土地。李白的叛逆與個性大概是農業文化所不能忍受的，武則天也是。儒家喜歡講的一句話叫「十目所視，十手所指」，就是很多眼睛在看你，很多手在指你，人活在嚴密的監督之中。

我們今天的社會也還有這種源於農業社會的世俗倫理，喜歡談別人的是非八卦，對個人有很多束縛。遊牧社會就相對個人化，別人怎麼看沒那麼重要。初唐的邊塞詩中，個人的孤獨感與胡風相混雜，構成了一種很特殊的個人主義，所以唐詩多具浪漫主義文學的風格。浪漫當然是因為詩人得到巨大的解放，不再活在倫理當中，而是活在自然裡。他們面對的是自然，在大自然中詩人實現了自我完成。

從邊塞詩又發展出與南朝有關的「貴遊文學」，貴遊文學非常敢於描述生活上的揮霍與奢侈，非常華麗。之前的漢樂府詩都較樸素，就像生命簡單到沒有任何裝飾。在農業倫理當中，大家很怕特殊性，喜歡共同性，樸素、勤儉成為一種美德。一個人違反道德系統後，就會被議論。議論可能比指責還可怕。貴遊文學卻是在誇耀生命的華美，頭上的裝飾、身上的絲綢、生命中的一擲千金，如李白〈將進酒〉說的「五花馬，千金裘，呼兒將出換美酒」。這樣的句子在農業倫理中很難出現，這就是貴遊文學。

唐代的文化有非常貴族化的部分，很強調個人的「物競天擇」，生命可以在面對自然的時候把自己的極限活出來。那是一個在「物競天擇」的自然規律中應該被讚美的生命，就像花要開一樣；如果花不開，而是萎縮，是不道德的。農業倫理真是非常神奇，裡面有一種道德性，認為美是一種騷動，美是一種不安分，所以它非常害怕美。唐朝卻是一個覺得美可以被大聲讚美的時代。

唐詩裡的殘酷

唐朝燦爛華麗，有很大的美令人震動，這種物競天擇是既豪邁又殘酷的

遊牧民族有著揮霍、豪邁的天性，很可能是因為他們靠打獵維生，如果獵到一頭野獸，可能是當天宰割，然後吃掉。我去戈壁沙漠的時候就遇過這樣的場景。因為那個地方很少有外人去過，所以當地人很高興，立刻開始抓羊，然後現場殺羊。我們平常看到宰割動物的時候會不忍，會難過，那時卻完全沒有這種感覺，因為在朔風當中，在寒涼的曠野，只會感覺到一種悲壯。當地人技術嫻熟，先是切割羊咽喉部位的皮，然後整個剝開來，一點血都沒有流。他們把羊切成大塊，丟到大鐵桶裡。你會感覺到裡面有一種唐詩的精神狀態。這個精神狀態，可以叫豪邁，也可以叫殘酷。「物競天擇」是自然規律，在大自然中和野獸搏鬥的過程，絕對不是農業道德的範疇。在蒙古，我們看那達慕賽馬，六、七歲的小孩，沒有馬鞍，抓著馬鬃，一下就從馬肚子底下過去了，對於我們來說簡直是神奇的特技，可是當地的孩子都是這樣長大的。

那個時候我開始重新思考，唐代開國的精神當中，有一部分是我一直不了解的，我總覺得唐朝燦爛華麗，有很大的美令人震動。有了這些體驗之後，我才明白這種「物

競天擇」是既豪邁又殘酷的。唐朝最了不起的帝王是唐太宗，他與哥哥建成太子爭奪皇位時，發動「玄武門之變」，把兄弟都殺死了，然後去向父親李淵「請罪」。李淵當然也不是等閒之輩，立刻就決定退位做太上皇。

「貞觀之治」開創了一個偉大的時代，可是完全不遵循農業倫理，農業倫理不會接納唐太宗這種取得政權的方式。這當中有一種「物競天擇」的生命狀態，生命就是要把極限發展出來，是非常個人化的東西。唐太宗之後的武則天，也是用非農業倫理「殘酷」的方法取得皇位。

這些殘酷本身也是唐朝的燦爛與華麗裡面，非常驚人的一部分。那種在自然當中與所有生命搏鬥的精神，絕對不是農業倫理。農業倫理是人定居以後和土地之間的依賴關係，不存在土地依賴關係的時候，生命會處於荒涼的流浪當中，這個生命必須不斷活出極限，不斷爆發出火焰。

我們都感覺到唐詩好迷人，裡面的世界好動人。也許是因為剛好唐詩描寫的世界是我們最缺乏的經驗，在最不敢出走的時候去讀出走的詩，在最沒有孤獨的可能時讀孤獨的詩，在最沒有自負的條件時讀自負的詩。回想起來，我在青少年時代喜歡「貴遊文學」，是因為經常都要被剪頭髮，只要褲管寬一點就要被教官叫出去訓很久。在我們的成長過程中，完全沒有唐詩的背景，可能因此唐詩才變成那個時候最大的安慰。

那時的我們覺得自己心裡有一個唐詩的世界，是可以出走的，可以孤獨的，可以流浪的，彷彿有一天會和這些是非一刀兩斷。我也相信唐詩在我的生命裡產生非常大的影響，也許到今天都還是最重要的美學形式，它不斷讓我從人群當中離開。我在翻閱唐朝歷史的時候，覺得每個生命都是在最大的孤獨裡面，實現了自我完成。

俠的精神

流浪性的俠的生命經驗慢慢累積起來，變成了初唐的一種宇宙意識

李世民身上有一種很奇怪的孤獨感。他開疆擴土，建立了偉大的功業，被尊奉為「天可汗」。另一方面，他一生鍾愛王羲之的《蘭亭集序》的藝術情境，嚮往那種「天朗氣清，惠風和暢」的世界，希望回到文人那種最放鬆、最無所追求的生命情調，這是很荒謬的組合。曹操身上就已經有這種兩極性。唐太宗寫過《溫泉銘》，書法很漂亮，他在追求王羲之的世界。這種複雜性構成了初唐時期很特殊的生命經驗。我們忽然看到每一個個體都有機會透過水到渠成的文字形式，把內心的生命經驗完整

地抒發出來，比如陳子昂的「前不見古人，後不見來者，念天地之悠悠，獨愴然而涕下」。我們今天活著，不見得會覺得天地悠悠與我何干，可是唐代詩人所體會到的宇宙意識是每個人都覺得天地悠悠與自己的生命有關。這是空間與時間的放大狀態。

從注重視覺經驗和身體經驗的「邊塞詩」，到書寫奢侈與華美的「貴遊文學」，再到「俠」，這是初唐文學的發展脈絡。初唐時候，很重要的一種生命風範就體現在「風塵三俠」身上。在唐傳奇裡，虬髯客將資財贈與李靖和紅拂女，請他們幫助真命天子建功立業，隨後瀟灑離去，這裡面有一種俠的精神，肝膽相照。該走的時候他就走了，沒有任何人世間的依戀。

俠的精神來自春秋戰國的墨家，凡是俠大概都有動搖天下的可能性，所以中央政權穩定的時代都很忌諱俠。可是即位之前的唐太宗，身邊全是俠，他取得帝位以後這些人就離開了。他們覺得自己不是治國的人才，寧願去浪跡天涯，這中間就有了美學意義。現在舞臺上有很多故事來自於《隋唐演義》，有一齣戲叫《鎖五龍》，就是講幫助秦王李世民變成唐太宗的這些俠之間的某種生命關係，非常豪邁。俠的精神後來在李白身上也非常明顯，李白一生當中只希望變成兩種生命形態：一個是仙，一個是俠。一方面，他夢想求仙，往來煉丹道士；一方面，他勤於練劍，欲結交俠士。從講究勤勞、節儉的農業倫理去看李白，他全部不合格，然而流浪性的俠的生命經驗慢慢累積起來，變成了初唐的一種宇宙意識。

唐朝是一場精采的戲

我不相信武則天是一個超人，我相信是那個時代給了她這個可能性

初唐時的人有很特殊的生命經驗，比如唐太宗，他身上具備很複雜的傳奇性，連取得皇位都是透過非常可怕的手段。他的生命經驗把農業倫理中的父子、君臣關係完全打碎。他不相信「你是我的臣子，所以你要服從我」，而是相信「你要服從我，是因為我的潛能得到了完全的開發」。

在「物競天擇」的世界，這不過是爭奪的結果。農業倫理當中會有所節制，雖然也是鬥爭，可是會偽裝。而唐代有一種血淋淋的直接，毋須偽裝，這和之前提到的「胡風」有關。受遊牧民族文化的影響，唐代的政權形態與之前的朝代有很大不同。

大多數朝代的文學形式會要求一種穩定，因為在農業倫理裡面，通常人一生下來，位置就已經定好了，如果排行老二，就不要想去做皇帝，這是已經安排好的事情，所

以不必去爭奪。可是唐朝不是，初唐時對皇位的爭奪非常激烈，武則天也是一個很明顯的例子。她的精采在於她是女性，中國文化從來沒有承認過女性可以成為皇帝，再強也只能垂簾聽政，武則天連簾子都不要，這才是革命。只要垂著簾子，就不是革命，因為這表示必須假藉男人來掌權。武則天直接走出來，在歷史上獨一無二。我不相信武則天是一個超人，我相信是那個時代給了她這個可能性。那個時代的男子都不是等閒之輩，最後信服她，很可能是她有治理國家和使用人才的能力。唐朝真如一場精采的戲，所有的演員都精采。無論我們喜歡不喜歡，都不得不承認它真是夠精采。

第二講

春江花月夜

唐朝是漢文化一次短暫的度假期

唐朝為什麼會帶給我們感動？因為唐詩裡有一種燦爛與華美

看到一朵花開放時，非常燦爛、非常華美，可是我們大概沒有辦法了解一朵花開放的辛酸。它那麼渴望生命完成的過程，但怎樣去完成？它經歷了哪些冰雪、霜雹、風雨？我們要看花的華麗，卻不要看花得以完成的殘酷，其實是不可能的。殘酷，是被我們自己過濾掉了。農業文化到最後是相濡以沫的狀況，當災難來臨，我們會感覺到巨大的無助、無奈，生命個體的強度也無濟於事。

所以，我們處在一個巨大的矛盾之中，那就是生命的個體強度和群體的相互依賴感之間，常常找不到平衡。為什麼會出現那樣的唐朝？很可能是因為群體的依賴感到了一定程度，個人的潛能已經無法得到釋放，所以它出現了。

唐朝為什麼會帶給我們感動？因為唐詩裡有一種燦爛與華美，同時我們也知道這只是在美學上做了一個平衡和提醒，不必擔心在現實當中會產生某些「副作用」。唐朝是「副」，而不是「正」，我們文化的正統仍是農業倫理。唐朝就像漢文化一次短暫的度假期，是一次星空下的露營，人不會永遠露營，最後還是要回來安分地去遵循農業倫理。為什麼我們特別喜歡唐朝？因為回想起來，往往一年最美的那幾天是去露營和度假的日子，唐朝就是一次短暫的出走。我一直覺得〈春江花月夜〉是初唐氣派最遼闊的一首詩，希望跟大家探討這首詩所表現的宇宙意識。

春江潮水連海平，海上明月共潮生。灩灩隨波千萬里，何處春江無月明。
江流宛轉繞芳甸，月照花林皆似霰。空裡流霜不覺飛，汀上白沙看不見。
江天一色無纖塵，皎皎空中孤月輪。江畔何人初見月？江月何年初照人？
人生代代無窮已，江月年年只相似。不知江月待何人，但見長江送流水。
白雲一片去悠悠，青楓浦上不勝愁。誰家今夜扁舟子？何處相思明月樓？
可憐樓上月徘徊，應照離人妝鏡臺。玉戶簾中卷不去，擣衣砧上拂還來。
此時相望不相聞，願逐月華流照君。鴻雁長飛光不度，魚龍潛躍水成文。
昨夜閑潭夢落花，可憐春半不還家。江水流春去欲盡，江潭落月復西斜。
斜月沉沉藏海霧，碣石瀟湘無限路。不知乘月幾人歸，落月搖情滿江樹。

第一句的「平」，第二句的「生」，以及第四句的「明」，都是用同一個韻。全詩共三十六句，每四句是一個韻，一共用了九個韻，構成了非常完整的結構形式。經過魏晉南北朝三百多年的琢磨，形式與內容之間的完美關係，終於實現了。

〈春江花月夜〉的作者是張若虛，他的詩作留存下來的非常少，可是後人提到這首詩，稱它是「以孤篇壓倒全唐之作」。詩人做到這樣真是很過癮。基本上我不把〈春江花月夜〉看作張若虛個人化的才氣表現，而是強調初唐時期人的精神有一種前所未有的遼闊，在空間和時間上都開始伸展。

有一首民樂的曲子就叫作《春江花月夜》，其實它早先的名字叫《夕陽簫鼓》；很多中國畫家也愛畫這個主題。張若虛寫了這首詩以後，「春江花月夜」這個名稱就延續下來，變成了「美好時光」、「黃金歲月」的代名詞。

「春江花月夜」到底是什麼意思？在五言詩當中，習慣於「二」和「三」的關係，很多人會認為斷句的時候應該斷在「春江」兩個字後面，下面是「花月夜」，「春」是在形容「江」，翻譯成白話就是春天的江水。我們的語言比較複雜，一個詞可以是形容詞，也可以是動詞，還可以是名詞。用漢語寫詩的時候，常常由詞性本身帶來一種曖昧風格。如果將「春江」理解為春天的江水，那「花月夜」的中心詞就應該是「夜」——有花有月亮的夜晚，聽起來其實挺俗氣的。

可是漢語文學的有趣之處在於漢語是一個字一個音，所涵蓋的內容幾乎形成了一個畫面，而不只是一個辭彙。最有趣的是，這五個字全部是名詞：春天、江水、花朵、月亮、夜晚。我將這五個名詞看作一首交響曲的五個樂章，整首曲子有五個主題，分別是春天、江水、花朵、月亮和夜晚，它們之間發生了三稜鏡般的折射關係。這首詩之所以迷離錯綜、意象豐富，是因為五個主題都是獨立，而又互相呼應、折射。

生命的獨立性

在美學的層次上，每一個生命都可以欣賞另外一個生命，這才是「花季」出現的原因

在唐詩之中，生命的獨立性是受到歌頌的。在歷史上，如果我喜歡武則天這個角色，和她是否取得了政權沒有必然聯繫，而是因為我看到她對自己獨立個性的完成。〈春江花月夜〉之所以美，是因為它在充分的自我獨立性當中，去欣賞另外一個完全獨立的、與自己不同的生命狀態。不懂欣賞與自己不同的生命，不會懂唐代的美。

這裡面的美學意識非常現代。二十世紀初，巴黎有一個永遠都是楚楚可憐的女畫家，名叫羅蘭桑（Marie Laurencin, 1855–1956），有人喜歡她，有人不喜歡她，但大家都尊重她。還有一個俄羅斯來的移民叫蘇汀納（Chaïm Soutine, 1893–1943），窮到每天去做苦力，在碼頭上搬東西，然後回家畫畫，他喜歡畫被宰殺後的牛。羅蘭桑與蘇汀納如此不同，可是他們同時在巴黎，而且可以做朋友，認為彼此代表的是「巴黎畫派」兩種不同的美學。

唐代也有這樣的特質。武則天在取得政權的過程當中，最大的障礙是一個姓武的人要去搶奪李姓政權，自然會招致反撲。徐敬業等人要討伐武則天，必須先將武則天的種種不是昭告天下，為自己爭取輿論支持，就像現在報紙上的社論一樣，表示自己出兵名正言順。駱賓王的〈討武曌檄〉就是這樣一篇「社論」。武則天做為一個有雄才大略的執政者，讀到這篇文章，不僅鎮定自若，甚至頗為欣賞駱賓王的才華。

文章寫得很真實，環環相扣。武則天出身卑賤，「曾以更衣入侍」，但她根本就不在乎這些，因為「我就是這樣，關你什麼事？」皇帝去世不久，武則天取得政權，「一抔之土未乾」，皇帝墳墓上的土都還沒乾，「六尺之孤何托？」一個本該繼承皇位的李家後代，竟然被廢掉了。其中的語言和思想遵循的全部是農業倫理。

武則天的個性中有孤獨意識，有流浪、冒險、叛逆的精神，這與農業倫理遵循的是兩種不同的邏輯。所以武則天讀著讀著，就開始讚美這篇文章，還問是什麼人寫的，答說是駱賓王。「一抔之土未乾，六尺之孤何托？」訴諸農業倫理中的忠孝，當讀到這兩句的時候，武則天遺憾地說：「駱賓王這樣的人才，宰相竟然沒有招他入閣，這是宰相之罪啊！」

我每次讀到這段，都會有一種驚訝：雖然這篇文章在罵武則天，但她從執政者的角度認為這是一篇好文章。在那樣一個時代裡，駱賓王有駱賓王自我完成的方式，武則天有武則天自我完成的方式。武則天在自己的孤獨當中，會欣賞駱賓王的孤獨，而不是處於對立的狀態。在現實當中，事關政治的爭奪；可是在美學的層次上，每一個生命都可以欣賞另外一個生命，這才是「花季」出現的原因。所謂的花季，就是所有生命沒有高低之分，春天、江水、花朵、月亮、夜晚，這些存在於自然中的主題，偶然間因緣際會，發生了互動關係，可是它們又各自離去。它們是知己，也是陌路。「下馬飲君酒，問君何所之。君言不得意，歸臥南山陲。」（王維〈送別〉）他們總是在路上碰到人，就喝一杯酒，變成朋友，然後擦肩而過，又回到各自的孤獨，這裡面的生命意象，沒有一點小家子氣的糾纏黏滯。

與道德無關的生命狀態

唐詩中的生命可以彼此欣賞，是因為每個生命都實現了自我完成

孤獨感其實並不容易了解。我們常常講到孤獨，但又害怕與自己生命對話的狀態。唐詩中的生命可以彼此欣賞，是因為每個生命都實現了自我完成。我為什麼把〈春江花月夜〉的題目斷為春、江、花、月、夜五個詞？因為我覺得這是五個不相干的主題。我不喜歡用春天形容江水，也不喜歡用花朵、月亮形容夜晚，因為它們各自獨立。這些彼此獨立的主題所發生的互動，是五個主題之間的對照。它們相聚又散開，令我們看到宇宙間因與果的互動。

在唐代，佛教也打破農業倫理。比如「出家」這件事，在農業倫理中，人是沒有機會離開「家」的，可是佛教構成一個出離「家」的可能。這裡講的「家」不是家庭，而是農業倫理的結構。在出離農業倫理的過程中，人會完成自我。唐代是一個佛教興盛的時代，當然與世俗也有很複雜的關係。比丘、比丘尼在剃度以後，會得到一個證明，叫作「度牒」。出家人有了度牒後，就可以不當兵、不納稅，因為你出家了，個人要修行了。

唐代的倫理關係與一般的倫理關係非常不一樣。宋朝人談論唐朝時，常用到「穢亂春宮」等字眼，這都是從農業倫理出發得到的結論。唐朝給個人很大的空間，所以當時的人們不會異樣看待這類事情。武則天可以在宮裡養「面首」，官員們雖不以為然，但還是認為是她私人的事情。這個觀點本身就很驚人，在其他朝代是不可能的。

我們當然可以說武則天是一個大膽的女人，但最重要的是時代本身提供了條件。

武則天生活的時代背景，個人生命的綻放方式，在讀〈春江花月夜〉的時候，都會令人有所領會。春天、江水、花朵、月亮、夜晚，全部是在大自然中獨立出來的生命狀態，與道德無關，而是大釋放：春天就是春天，春天與道德無關。一條江水有江水的規則，月亮有自己圓缺的規則，夜晚有夜晚的規則，整首詩全是自然現象，把人的視野帶入了偌大的宇宙空間。

張若虛是一個文人，當時他或許走到北馬南船的交界，看到了春天，面前是長江流水，又剛好是月圓之夜，花也在開放。

在黃昏的時候，站在江邊，看到潮水上漲，忽然有很多感慨。「春江潮水連海平」一句中，「春江潮水」是描寫春天的江水特別洶湧澎湃的感覺，因為上游的冰雪在融化，所以河流特別澎湃，潮水比平常更大；「連海平」是說潮水恰似和汪洋大海連在一起。張若虛所處的地方或許並看不見大海，在我看來，這是因為他的精神狀態擴大了。「春江潮水連海平」中的「海」並不是他所看見的，那是生命經驗的擴大，詩人用這種蓬勃的空間感，擴大了自身的生命領域。「海上明月共潮生」，在第二句，他又做了立體的展開，海上的月亮跟著潮水一起往上湧升。

第一句是平面的展開，第二句是立體空間的展開，所以第一句接近繪畫，第二句則接近雕塑，是更大的空間追求。從「連海平」到「共潮生」，兩個空間都擴大了。張若虛只是一個小小的生命，在宇宙中占據非常小的空間，但是這個空間，可以藉由文學、生命的經驗得以擴大。

何處春江無月明

天地無私，最罪惡的生命與最無辜的生命都在天地之間

接下來，「灩灩隨波千萬里」是說水波一直在發亮，千里萬里都有月光照亮的水波。「灩」是什麼？是日光或者月光在水波上的反射，水波上所發出的亮光不是顏色，而是一種非常強烈的光線。「灩灩隨波千萬里」——生命經驗又擴大了，我們其實無法看到千萬里以外的東西。張若虛在這裡講的不是視覺，而是一種心理狀態。

唐詩的一個特徵就像之前講的「前不見古人，後不見來者」，用心理去突破視覺上的極限。〈春江花月夜〉從一開始，就對我們生命經驗的放大進行著催化。第一句已經點出春的主題，「灩灩隨波千萬里」則是月亮主題與江水主題的對話。接著，「何

處春江無月明」是一個問句，這句話很有趣。張若虛已經不在自身的肉體定位上，而是到了宇宙的高度。在這個地球上，哪一條河不是在春天被月光照亮？如果以電影的角度來看，這是一個俯視鏡頭。黃河、長江、濁水溪，這個時候都被月亮照亮了。其實也就是「千江有水千江月」，它不是我們「肉眼」所看見的，而是意識擴大到宇宙的高度後，發現每一條河流此時都被月亮照到。唐詩繼承了老莊思想裡的「天地無私」，月亮的光不會說只要照哪條河流，哪條河流不照映。很像《金剛經》說的「天眼」、「慧眼」所見。

宇宙意識中，沒有個人愛恨。老莊思想講「天無不覆，地無不載」，所有的東西都被天空覆蓋，都被大地承載。天地無私，最罪惡的生命與最無辜的生命都在天地之間。在唐代，居於思想主位的不全然是儒家，老莊與佛教對人心也有莫大影響，其相信在人的倫理之外，有更大的天道。老莊講「天道無親」，就是說天道不偏私任何一個人。

「何處春江無月明」是一個自然的宇宙狀態，不是從人的角度去闡發，張若虛從人的角度抽離，從宇宙的角度去觀照。而宇宙角度是初唐詩真正的角度。我們提起老莊都是他們瀟灑的部分，很少講到老莊的本質，「天道無私」與「天道無親」等於否定了正常的倫理。佛教也是，出家就是出離農業倫理結構，是很「無情」的。儒家相信，生命的完成是在人世間完成，是與父親母親、妻子兒女一起完成的。佛家不是，它要出離生死。所以，佛家是「個人出離」，老莊則是「獨與天地精神往來」，是不跟人往來，不遵從農業倫理。

空裡流霜不覺飛

生命裡其實有很多東西存在，但我們常常感受不到

〈春江花月夜〉是初唐詩中最具有典範性地將個人意識提高到宇宙意識的一個例子。生命經驗被放大為宇宙意識，張若虛又透過文學技巧將漫無邊際、天馬行空的思想拉回來——「江流宛轉繞芳甸」。他的面前有一條河流，「宛轉」地流過「芳甸」。「甸」是被人整理出來的一畦一畦的田圃。為什麼叫「芳甸」？因為不種稻子，不種麥，而是種花。河流彎彎曲曲地流過種滿了花的、散發著香味的土地，「江流宛轉繞芳甸」將主題變成了「江」與「花」的對話。

下面一句是月亮與花的主題：「月照花林皆似霰」。這首詩很有趣，一開始是春天，江水在流，然後月亮慢慢升起，潮水上漲。初春時節，空氣很涼，夜晚的時候，水汽會結成薄薄的透明的東西在空中飄，也就是「霰」。花有很多顏色，紅的、紫的、黃的，當明亮的月光照在花林上，會把所有的顏色都過濾成銀白色。我們看到張若虛在慢慢過濾掉顏色，因為顏色是非常感官的，可是張若虛希望把我們帶進宇宙意識的本體，帶進空靈的宇宙狀態。

「空裡流霜不覺飛」，非常像佛經裡的句子。這裡的「空」可以是佛教講的「空」，可以是空間上的空，也可能是心理上的空。春天的夜晚會下霜，可是因為天空中布滿了白色的月光，所以霜的白色感覺不到了。這是張若虛詩中出現的第一個有哲學意味的句子，就是存在的東西可以讓我們感覺不到它的存在，聽起來很抽象。生命裡其實有很多東西存在，但我們常常感受不到，比如死亡一直存在，可是我們從來感覺不到死亡。

「汀上白沙看不見」，因為沙洲上的沙是白的，月光是白的，所以汀上有白色的沙也看不出來。這句詩也是在說原本存在的東西，我們根本不覺得存在。開頭講春天、江水、花朵、月亮、夜晚，非常絢爛。這兩句詩卻一下將意境推入「空白」的狀態。

一首完美的詩，需要結構上的精練。從「月照花林皆似霰」，到「空裡流霜不覺飛」，再到「汀上白沙看不見」，所有的存在都變成了「不存在」。「江天一色無纖塵」，江水、天空全部被月光統一變成一種白色，沒有任何一點雜質。「空」就這樣被推演出來。一切都只是暫時現象，是一種存在，可是「不存在」是更大的宇宙本質，生命本質也可能就是這個「空」。不只是視覺上的「空」，而是生命經驗最後的背景上那巨大的「空」。

「皎皎空中孤月輪」，在這麼巨大的「空」當中，只有一個完整的圓，即「孤月輪」。讀過美術史的朋友大概記得，西方在二十世紀二〇年代到三〇年代，像蒙德里安（Piet Cornelies Mondrian, 1872–1944）這些藝術家，一直在找幾何圖形的本質，與唐詩的狀態非常像，就是追問到最後宇宙間還剩下什麼。通常我們在現象當中，只能討論現象當中的相對性，可是當一個文學家、藝術家把我們帶到了哲學層面，他就會去問本質的問題，那就是絕對性的問題。

江畔何人初見月？江月何年初照人？

生命卑微地幻滅著，一代又一代，又有幾個人的生命是發亮的，是會被記住的？

「江畔何人初見月」，張若虛在西元七世紀左右，站在春天的江邊看夜晚的月亮，然後他問：誰是第一個在江邊看見月亮的人？任何一個黃昏，我們在高雄西子灣看到晚霞，如果問是誰第一個在這裡看到晚霞的，那就問到本質了。通常我們很少看到這麼重的句子，因為這完全是哲學上的追問，他忽然把人從現象中拉開、抽離，面對蒼茫的宇宙。我們大概只有在爬高山時才會有這種感覺——到達巔峰的時候，忽然感覺到巨大的孤獨感；視覺上無盡蒼茫的一刹那，會覺得是「獨與天地精神往來」。

這種句子在先秦出現過，就是屈原的〈天問〉。屈原曾經問過類似的問題，之後就沒什麼人再問了，農業倫理把人拉回來，說問這麼多幹什麼？你要把孩子照顧好，把老婆照顧好。漢詩裡面會說「努力加餐飯」，唐詩裡面的人好像都不吃飯，全部成仙了。他們問的是「江畔何人初見月」，關心的不是人間的問題，而是生命本質。「江月何年初照人」，江邊的月亮現在照在我身上，可是江邊的月亮最早什麼時候照到了人類？這個句子這麼重，所問的問題也是無解。唐詩之所以令我們驚訝，就是因為它有這樣的力量，也就是宇宙意識。

陳子昂〈登幽州臺歌〉中的「念天地之悠悠」正是感覺到自己的生命在如此巨大而無限的時空裡的茫然。我覺得茫然絕對不僅是悲哀，而是既有狂喜又有悲哀。狂喜與悲哀同樣大，征服的狂喜之後是茫然，因為面對空白，不知道接下來還要往哪裡去。

「空裡流霜不覺飛，汀上白沙看不見」，一步一步推到「空」的本質，當水天一色的時候，就變成絕對的「空」。生命狀態處於「空」之中，本質因素就會顯現了。神來之筆後，就是平靜。張若虛給了一個非常平凡的空間：「人生代代無窮已，江月年年只相似。」他完全用通俗的內容把「江畔何人初見月」這麼重的句子收掉。

「人生代代無窮已」就是人生一代一代地傳下去，沒有停止。唐詩好就好在可以偉大，也可以平凡、簡單，什麼都可以包容。如果選擇性太強，格局就不會大。比如南宋的詞，大多非常美，非常精緻，但包容性很小，通常只能寫西湖旁邊的一些小事情。而唐朝就很特別，燦爛到極致，殘酷到極致。「江月年年只相似」，江水、月亮每年都是一樣的，水這樣流下去，月亮照樣圓了又缺、缺了又圓，是自然當中的迴圈。

下面一句又是讓我們產生思考的句子：「不知江月待何人？」其中的「待」是指江山有待，他覺得江山在等什麼人。當陳子昂站在歷史的高峰上，說「前不見古人，後不見來者」時，他之所以如此自負，是因為他覺得江山等到他了，在古人與來者之間，他是被等到的那個人。生命卑微地幻滅著，一代又一代，又有幾個人的生命是發亮的，是會被記住的？「不知江月待何人」中有很大的暗示，在這個時刻，在這個春天，在這個夜晚，在花開放的時刻，在江水的旁邊，他好像被等到了。「不知江月待何人」，是「不知」還是「知」？接著前面的「江畔何人初見月？江月何年初照人？」一同透露出的是唐詩中非常值得思考的自負感。

接下來是「但見長江送流水」，水不斷地流過去。在中國文化中，水經常象徵不斷流逝的時間。孔子說「逝者如斯夫，不舍晝夜」，講的就是時間。「但見長江送流水」的張若虛，覺得宇宙間有自己不了解且更大的時間與空間，剎那之間，他個人的生命與流水的生命、時間的生命有了短暫的對話。若說魏晉南北朝一直都在為文學的形式做準備，但始終沒有磅礡的宇宙意識出現，那麼在〈春江花月夜〉中，「大宇宙」意識一下就被提高到驚人的狀態。

宇宙意識和情感經驗

人活在世間有兩個難題，一個是宇宙之間「我」的角色，一個是人間情感中的角色

唐代其實是漢文化少有的一次「離家出走」，個人精神極其壯大。當張若虛問到宇宙的問題時，我們會感覺到他有很大的孤獨感，這一刻他面對著自己，面對著宇宙。「江畔何人初見月？江月何年初照人？」透露出洪荒裡的孤獨感，因為詩人真的在孤

獨當中，他對孤獨沒有恐懼，甚至有一點自負。我們在讀〈春江花月夜〉的時候，看他一步一步地推進，把很多東西拿掉，最後純粹成為個人與宇宙之間的對話。「不知江月待何人」中的「待」字一出現，唐詩的整個格局就得以完成了。你看，無限的時間與空間都在等著詩人，這是何等的驕傲與自負。

接著從宇宙意識轉到了人的主題。「白雲一片去悠悠」大概是文學中最簡單、最平凡的句子。這首詩若以段落來分，它有兩大段，前面一大段是關心宇宙的本質，後面一段是關心人間的情。人活在世間有兩個難題，一個是宇宙之間「我」的角色，一個是人間情感中的角色。這裡的「情感」不是倫理中的，而是真正的情感。張若虛在宇宙主題和情感主題之間用了一個比較單純的轉折方法，我想他當時在江邊，看到花，看到月亮升起來，於是寫詩。詩人抬頭看到天上有一片雲，「白雲一片去悠悠」其實是即景。我最佩服張若虛這首詩的原因是輕與重可以交錯到如此自然。通常「語不驚人死不休」以後，真的是無以為繼，可是他卻平靜地說：「白雲一片去悠悠。」

「青楓浦上不勝愁」，這裡開始觸及情緒了。我們不知道他的愁是什麼，好像有很多隱情。這個愁這麼重，重到他難以負擔。

這時候，他看到一個人划著一葉扁舟過去，就問「誰家今夜扁舟子」。漁港裡有一個划船的人，關我什麼事？可是當我問「這個人不曉得是誰的丈夫」時，「誰家今夜扁舟子」就帶出了另外一個人——「何處相思明月樓」，一定有個女人在某個月亮滿照的樓上，懷念著這個「扁舟子」。這是莫須有的猜想，也許划船的人連婚都沒有結。「何處相思明月樓」似在呼應「何處春江無月明」，「何處春江無月明」擴大了宇宙體驗，「何處相思明月樓」則擴大了情感經驗。這時我們開始有些明白張若虛「不勝愁」是什麼愁。他的愁是離家的愁了，是與自己所愛的人分離的愁。之後他開始用超現實的方法追蹤那個女人，「可憐樓上月徘徊，應照離人妝鏡臺」這個女人原本只存在於詩人的想像世界，他開始悲憫，與毫不相關的「扁舟子」感同身受，生命體驗因此得以擴大。

牽連和掛念予生命以意義

這種介於存在與不存在之間的狀況既讓人哀傷，又讓人魂牽夢縈

這首詩一直在轉韻，前後用了九次韻。從月亮升起，花朵開放，春天來臨，再到春天消逝，花朵凋零，月亮下落，形成一個迴圈。全詩的結構有一種特殊的完整性。

接下來的四句詩，全部在描寫想像中的這個女人。「可憐樓上月徘徊」，「可憐」也是主觀推測，想像女子睡不著，月光在一寸一寸地移動。張若虛不是直接描寫這個女子，而是從旁邊的空間與狀態來形容她的孤獨感。

「應照離人妝鏡臺」，閨房的閣樓上，有一面鏡子，是這個女子化妝的重要工具。夜晚來臨，只有月光照到那個鏡子，鏡子也被月光照得發亮。古代人講「女為悦己者容」，可是這個鏡子已經很久沒有人去照。月亮也是一面鏡子，兩面鏡子一起構成這個畫面。以視覺來講，我覺得張若虛是個好畫家，他懂得畫面的經營與安排。

下面兩句還是在描寫這個女子，「玉戶簾中卷不去，擣衣砧上拂還來」其中「玉戶」是形容女子住得很講究、很精緻、很優雅的房間。早上起來，女性習慣把簾子捲起來，可是捲不去的是什麼？它也附著在擣衣的砧石上，無法拭去。有些解讀是那捲不去、拭不掉的正是引發相思的月光。張若虛始終沒有直接敍述離開愛人的悲愁，一直在用周邊的場景帶出情緒。因為情感不是那麼容易直接説出來，它是一種纏繞的狀態，所以當詩人反覆地講「月徘徊」、「妝鏡臺」、「卷不去」、「拂還來」時，這種介於存在與不存在之間的狀況既讓人哀傷，又讓人魂牽夢縈。

那個女子的生命如此哀愁、如此空虛，怎樣才能把她從這種沮喪和空虛裡拯救出來？下面就轉入重要的深情、時間的無限與空間的無限當中。因為有生命的牽連和掛念，才會覺得生命有意義、有價值，即使「扁舟子」是虛擬的，即使「相思明月樓」是虛擬的。如果從老莊或者佛家的觀點來講，我們哪一種關係不是虛擬的？張若虛試圖給這種虛擬關係以肯定，所以他描述了這個女子一會兒捲簾、一會兒擣衣的種種生活場景。

願逐月華流照君

當我們對許多事物懷抱著很大的深情時，一切看起來無情的東西，都會變得有情

我特別希望大家能夠把三十六句詩分成九個不同的結構，體會其中的呼應關係。前面十六句，是在描述人和大自然的對話關係，後面的部分則與情感有關。

「此時相望不相聞，願逐月華流照君」，從女性角度來看，在這一刻，努力地踮起腳尖去看，也是望不見的，所以她說「此時相望不相聞」，於是有「願逐月華流照君」的願望，但願追隨一片小小的月光，流照到你的身上。相隔千里萬里，中間唯一可以連貫的東西就是月光。

詩人抓到宇宙當中非常本質的某些東西，他想替人做生命的定位，又不能是庸俗性的定位，所以就要找到一個很深情的東西。於是把現實當中的絕望，轉成巨大的願望。在〈春江花月夜〉中，現實有阻隔人的力量，只有大自然會將其連接在一起；月光原本是無情的，可是在這一刻，剛好將兩個隔絕的生命聯繫在一起。

下面這兩句不容易懂，不同的注解版本，給出的解釋也完全不同。在文學史上，我會強調好的文學作品不需有固定答案。作品裡有很多象徵，甚至閱讀者自己的生命經驗也會和文本產生對話，我希望自己所做的詮釋可以為詩句多保留一點彈性。

一個非常深情的句子之後，張若虛會帶我們回到現實。「鴻雁長飛光不度」，鴻雁是一種候鳥，在秋天的時候會往南飛，尋找比較溫暖的地方；春天來臨的時候，再往北飛。大概張若虛當時在長江邊，看到有大雁飛過，剛好與前面的「空裡流霜不覺飛，汀上白沙看不見」形成相對的呼應關係。

鴻雁已經飛過去了，可是它的光影留在河流當中沒有走。鴻雁飛走了，不記得自己留下了什麼，可是河流記住了，記住了光，記住了影。張若虛非常巧妙地做了結構安排，前面是存在的東西好像沒有讓人感覺到，也就相當於不存在；而不存在的東西，如果我們對它有感覺、有深情，就像存在一樣。

宇宙之間存在的東西常常因為我們看不見，變成不存在；可是看似不存在的東西，如果我們在意，也會變成存在。「鴻雁長飛光不度，魚龍潛躍水成文」，「文」就是波紋。張若虛在河邊，看到河水上有很多波浪，有很多水紋，是因為底下有魚和龍在翻躍，可是魚和龍並不知道波紋的存在。

沈尹默寫過一首詩〈三弦〉。有一個人在土牆背後彈著三弦，詩人走過，感覺到彈奏者情緒上的哀傷，就寫了一首很有名的詩。可是這個詩人並沒有看到彈三弦的人，彈三弦的人也不知道他影響了一個詩人。宇宙之間有很多因果，我們常常覺得某個東西微不足道，可是它的力量其實很大。我們每一個存在的個體，對別的生命都是有影響的；我們自己的生命狀態，都會讓別的生命發生改變。張若虛從「扁舟子」開始，帶出虛擬的「相思明月樓」，然後是虛擬的女性，虛擬的「願逐月華流照君」。現在他說，如果你對生命有深情，一切看起來不存在的東西，都會變成你在意和珍惜的部分。這時候「願逐月華流照君」就有了一個比較具體、實在的意義。

在這個世界上，當我們對許多事物懷抱著很大的深情時，一切看起來無情的東西，都會變得有情。在自然當中，一切事物都是無情的狀態，人的生死，或者花的開放，都是無情的。可是就情感部分而言，人們會覺得，一朵花落了，雖然是一種凋零，可是「落紅不是無情物，化作春泥更護花」，又變成對無情事物的有情解釋。

鴻雁長飛，可是光影會被記憶、被留住。春天、江水、花朵、月亮、夜晚，對於其他的生命可能不重要，然而對這天晚上的張若虛而言，所有的事物都有意義，他看到了鴻雁，看到了魚在翻騰，水面上出現了波紋，然後他留下了一首詩。一千多年以後，我們在一個好像跟詩人毫無關係的環境裡面，讀這首詩，我們感受到了張若虛當時感受到的生命狀況。

歸宿

人尋找歸宿，並不一定是為了回家，而是追問「生命到哪裡去？」

「昨夜閑潭夢落花，可憐春半不還家」，從這裡開始，整首詩在收尾。剛開始的時候，春天來臨，花在開放，現在已經是「春半」了。全詩九個段落三十六句，做了迴圈性的描述。在閱讀過程中，可以很明顯地感覺到，生命在結尾時，有一個往下沉的力量。「昨夜閑潭夢落花」，昨天晚上夢到了很安靜的潭水，潭邊所有的花都在飄落，完全是一個畫面。這大概是詩人對家鄉的記憶，所以「可憐春半不還家」。這個時候我們明白了詩人的愁，是因為春天快過完了，他還在回鄉的路上，也引發了他對

「相思明月樓」中「樓上人」的思念。

「江水流春去欲盡」，詩人把江水跟春天聯繫在了一起。我們說水是時間的象徵，花謝了，江水流盡了，時間也已經到了盡頭，一切都終結了。終結必定會引發感傷，所以「江水流春去欲盡，江潭落月復西斜」。江邊的潭水上有一個月亮，這個月亮不是詩人現在看到的月亮，而是他夢裡家鄉安靜的潭水上的那個月亮，它一點一點從西邊斜下去，黎明就要到來了。

這首詩開頭是黃昏，月亮在升起，現在寫到了黎明之前，月亮快要落下，太陽要升起了。其實是從夜晚，到入夜，再到黎明的一個過程。

如果說「江潭落月」是講夢裡面家鄉的那個月亮，「斜月沉沉藏海霧」就是詩人當前看到的月亮，這是兩個不同的月亮。聽起來好像很矛盾，因為月亮只有一個，我們記憶裡的月亮、眼前的月亮，與遠方的人看到的月亮都是同一個。詩人其實是將生命現象放到宇宙的共同意識當中，也讓我們領會到，只有春、江、花、月、夜是人類共同的、永遠的經驗。不管距離如何遙遠，不管彼此間是否有所關聯，我們所擁有的都是同一個宇宙。

「碣石瀟湘無限路」，「碣石」是一座山的名字，「瀟」、「湘」都是湖南一帶的河流。詩人說，在山中，在水上，有多少人正在行路回家，可是句子裡並沒有人出現，只是「無限路」。什麼叫作「路」？魯迅曾對「路」下了一個非常有趣的定義，他說：「其實地上本沒有路，走的人多了，也便成了路。」「路」就是人行走的蹤跡，而「碣石瀟湘無限路」中的「路」有點象徵意義，是人在尋找生命歸宿的痕跡。

「不知乘月幾人歸」，不知道有多少人利用最後一點點月光，還在努力尋找回家的路。這個「歸」是雙關語，因為前面是「可憐春半不還家」，所以「歸」有回家的意思；同時又有歸宿的意思，是講生命的終極目的。到這裡，可以看出詩人高度統合了現象與象徵兩個層面的意義。人尋找歸宿，並不一定是為了回家，而是追問「生命到哪裡去？」「人生的意義在哪裡？」「生命到底價值何在？」。所以「不知乘月幾人歸」，也可以解讀成還有多少人在尋找生命的歸宿跟真理。這裡就存在著兩個張若虛：一個是回家的張若虛；一個是在春天、江水、花朵、月亮、夜晚前思考生命歸宿的張若虛。

交響曲的結尾

所有的主題一起出現，彷若一部交響曲，為我們闡述了生命的最後歸宿

詩前面的部分，有時候江水是主題，有時候花是主題，有時候月亮是主題，現在所有的主題一起出現，彷若一部交響曲。我一直用交響曲來形容這首詩。本來小提琴、大提琴、長笛或法國號分別都有獨奏，但結尾的時候一定會統合，這首詩也是這樣。所有的主題逐一出來，為我們闡述了生命的最後歸宿。

「不知乘月幾人歸，落月搖情滿江樹」，月光在最後要沉下去的時候，是很明亮的，月光會讓江面上產生很多光影。因為是「斜月」，所以它在西邊，當月光照過來的時候，會把樹的倒影打在水面上，整個江面上全部是樹的影子。

張若虛整首詩，最後要講的就是這個「情」字。「願逐月華流照君」是一件深情的事，他覺得充滿在宇宙之間的是人的情感，大抵人都具備飽滿的深情。所以他把情放到前面，變成「搖情」，他把所有視覺上的搖晃，與整個宇宙間充滿光亮的感覺，用一個「情」字來替代。只有這樣理解，這首詩才能講得通。「落月搖情」，怎麼搖？其實是詩人自己動情了，在這個時刻，他覺得對生命的愛，對生命的哀傷，對生命的喜悅，都湧上心頭，所以他用了「落月搖情滿江樹」，「滿江樹」似乎是他感覺到樹的影子在水面上晃動。

這九段三十六句所構成的詩的嚴密結構：從序曲到第一樂章、第二樂章，再到結尾，從用字、用句到哲學思想與文字上的華美，都到了完美的境地。這不是個人才氣的表現，而是時代已經把很多準備工作都做好了，包括思想。如果佛教、老莊的思想沒有一定的時間浸染，沒有經過魏晉南北朝的清談，不會到達這種境界；文字也經過魏晉南北朝文人「四六駢文」的練習，最後水到渠成。內容、形式高度完美地結合，然後，〈春江花月夜〉出現了，而且毫無造作的痕跡。

我們一直講「水到渠成」，是因為文學作品如果不在那個時代，卻刻意要做出那個時代的感覺，就會造作，留下很多經營的痕跡，會破壞原有的完美度。在唐代，因為水到渠成，擁有開闊的胸懷與氣度的詩人才會將〈春江花月夜〉吟唱出來。這個聲音非常自然，沒有任何費力的感覺。

英國詩人艾略特（Thomas Stearns Eliot, 1888–1965）說，一個人二十五歲以後如果還繼續寫詩，必須要有歷史感。所謂歷史感，不是指個人才華，而是感覺到自己所用的語言和文字是由傳統繼承下來的，每一步都能看出前人的痕跡。張若虛能寫出這樣的詩，當然是因為之前的三百多年間，一直有人為他做準備工作。我們看到花開了，讚美花的美麗，卻常常沒有注意到底下的枝葉，它的根，它需要的土壤、陽光跟雨水，而這些全部是花綻放的條件。我認為唐詩是詩歌這株植物在生長過程中開出的花朵。《詩經》是根，它的養分源源不絕輸送上來，沒有這個根，花朵是無法成長的。我們一方面分析一首完美的作品，同時也希望可以將這個作品放到一棵樹上，觀察它的前因後果。

這朵花開得太漂亮、太燦爛了，到了宋朝，要再把詩寫成這樣，大概真是有點東施效顰，宋朝人的「悲哀」是必須在其他的地方出奇招。唐代以後的人還是會寫詩，一直到現在還有人在寫七言，但只是形式的延續而已，詩歌只有在唐代才那麼燦爛、輝煌。我是在描述一種文化生態，相對於唐代的花季，魏晉南北朝是一個含苞未放的狀態，宋朝時花已經凋零，結了一個果。果子沒有花朵那麼燦爛，可是很安靜。在宋代文學中，我們會覺得有一種飽滿與安靜，它醞釀了另外一顆新的種子，與花的騷動性的美非常不同。騷動是因為它正在開花，開花自然要吸引別人注意，而果實不見得有那麼多吸引力，但自有一種圓滿。

交響詩樂章

詩是遺忘的過程，忘得愈乾淨它愈容易跑出來跟我們對話

在分段講過以後，我們可以把這首詩連接起來，像欣賞交響詩一樣，一個樂章一個

樂章慢慢地欣賞。

「春江潮水連海平，海上明月共潮生。灩灩隨波千萬里，何處春江無月明？」這裡顯示出平緩與自然。詩人不準備採用一種驚人的方式開始，只是描述自己站在江河的前面，感覺到花在開放，月亮在升起，夜晚在來臨……當他慢慢地帶我們進入「江流宛轉繞芳甸」的生命狀態時，我們已經覺得自己的身體像詩人體驗到的那樣，跟河流一起蜿蜒流轉在花的土地當中。

這裡用到的「宛轉」兩個字，是唐詩常用的表達，白居易就以「宛轉蛾眉馬前死」寫楊貴妃最後被賜死時的纏綿委屈。「宛轉」是心情上的遲緩，我們有時候覺得一種情感很粗糙，就是因為太直接了。「宛轉」是含蓄、委婉，生命也許不是那麼輕率的，它中間要繞一圈，要回環一下，有一點曲線的感覺。河流的「宛轉」，也是我們心事的「宛轉」——我們開始有了多一層的心情去看待不同的事物。

下面是「月照花林皆似霰。空裡流霜不覺飛，汀上白沙看不見。江天一色無纖塵，皎皎空中孤月輪。江畔何人初見月？江月何年初照人？」到這裡，一個重的句子出來，所以用「人生代代無窮已，江月年年只相似。不知江月待何人，但見長江送流水」做為第一段的終結。

下面起了另外一個部分。我們看結構中的呼應，不只是四句一段，九段組合出來的結構，甚至是兩個大結構之間的對話關係，很有開創一代詩風的氣度。

「白雲一片去悠悠，青楓浦上不勝愁。誰家今夜扁舟子？何處相思明月樓？」先是寫實，一片白雲飄走，接著鏡頭推出扁舟子，然後從扁舟子開始把鏡頭調到明月樓，從明月樓推出女性心情的複雜。「月徘徊」、「應照離人妝鏡臺」、「卷不去」、「拂還來」，這麼多哀愁與思念，全部在講情感的若斷還連，無情的時候都是斷的，有情的時候又都連接起來。「徘徊」也好，「卷不去」也好，「拂還來」也好，把這些字抽出來會發現是一個纏綿的過程。我們自己在經歷情感的時候也是斷續的，很少是斷就斷、續就續，大部分的情感是在安定與不安定的狀態當中，就是又好像斷又好像續，這是最奇怪的狀態，但所有情感的特徵大概都是如此。一個好的詩人，自然可以感覺到這些細微之處，也想將這種情感描述出來。

而在情感中，通常的情形是「此時相望不相聞」，這是在講情感的牽連，就是未能在一起的時候，彼此的牽掛才是最大的。牽掛、思念、幻想的時候，情感大概是最飽滿的。「願逐月華流照君」是唐代詩人在描寫宇宙間的至情與人的深情時出現過的最美的句子。

「鴻雁長飛光不度，魚龍潛躍水成文」，詩從這裡開始進入結尾。我想這首詩的重要，是因為它將整個宇宙經驗擴大了，也許我們並不需要逐字逐句地去做注解。事實上我希望這首詩可以被忘得乾乾淨淨，也許在某一個月圓之夜，在某一個角落，忽然一個句子會跑出來，那才是這首詩影響最大的時候。

我什麼時候開始懂這首詩呢？可能是在京都的某一個晚上面對著楓葉，忽然懂了其中的句子；或者是在絲路旅行的時候，在新疆看到巨大的月亮從地平線上升起來，忽然想起其中一句。〈春江花月夜〉是我一直在重複閱讀的一首詩，那些句子是從不同的地方出來的。有一年春天我在巴黎，抬頭忽然看到前面的一棵樹，花瓣全部飄落，一下呆住了，「昨夜閑潭夢落花」這一句就出來了。很多儲存在心裡的零散、破碎小片段，在生命的某些經驗中會忽然活過來，活過來不是因為我們閱讀它，而是因為我們忘了它。

我在巴黎看到那棵花朵飄落的樹時，很清楚在巴黎讀書的四年不可能回家，連長途電話都很難打，因為那個年代打電話很貴。「昨夜閑潭夢落花，可憐春半不還家」就是在講當時的生命狀態。

詩是遺忘的過程，忘得愈乾淨它愈容易跑出來跟我們對話。我相信好的詩不是專業研究的物件，它經常脫口而出，契合了生命在剎那的狀態跟經驗。我真心希望把喜歡的詩帶到這個方向去感受，而不只是注解、研究和分析。

第三講

王維

詩中有畫，畫中有詩

詩是在我們最哀傷、最絕望的時刻，讓人安靜下來的東西

王維二十一歲就中了進士，似乎生命此後就是飛黃騰達，他沒有想到後面還有什麼在等著他——其實我們所有人都不知道之後是什麼在等著我們。

等著王維的是「安史之亂」，大家倉皇逃奔，王維很悲慘，沒有逃出去，被安祿山捉住了，並被迫出任「偽」職。這樣的命運對他的生命產生了極大影響。

後來，安祿山失敗了，曾經跟隨他或屈服於他的人開始受到懲罰，王維被抓進監獄。他有一個弟弟叫王縉，對唐肅宗中興有功，就以官位來保哥哥的性命，王維才有了一條活路。

王維曾在陝西經營輞川別業，以《輞川集》描繪山水自然。其中有詩〈孟城坳〉。

新家孟城口，古木餘衰柳。來者復為誰？空悲昔人有。

「新家孟城口」，王維新近搬到孟城坳。「古木餘衰柳」，周邊只剩下一些古木和

殘敗的柳樹。這個地方原來很繁華，但是現在已經荒廢了，這令他感到很大的哀傷。「來者復為誰？」以後還會有誰在這裡興建家園呢？這個家園繁華之後，會不會再次衰敗？這其實是對廢墟的感受。曾經繁華的地方沒落了，就叫廢墟；可是從來沒有人想過，現在居住的繁華之地，有一天也會變成廢墟。王維覺得生命裡面有種無奈，對生命有種哀傷，因為他看過繁華，經歷過開元天寶盛世。

曾經台中街頭有一個建築工地，外面是白白的圍籬，我和學生花了三、四天的時間，在一面面好長好長的圍籬上面畫了《輞川圖》，一共二十個景和二十首詩。有一次我走過那裡，有人告訴我：「你們那個時候寫的東西，大家每天都去讀。」街道上的工地圍籬，忽然變成古代的《輞川圖》。這些學生現在都會背這幾首詩，等他們到了中年，經歷了生命的巨大變遷，至少會有一句「來者復為誰」與他的心境相呼應。

我常常覺得，詩是在我們最哀傷、最絕望的時刻，讓人安靜下來的東西。如果能想起這些詩句，或許會有面對生命的平靜。詩在生命中發揮的作用，常常是在某一個時刻能夠理解我們的心事。

王維是水墨畫南宗之祖，但他大部分的作品今天看不到了。日本大阪市立美術館收藏的《伏生授經圖》被認為比較接近他的筆法，但大概也不能確定是真跡。《輞川圖》是陶淵明之後第一次將文人的理想世界真正表現出來的園林圖畫。到了宋朝，蘇東坡稱讚王維「詩中有畫，畫中有詩」。詩就是這樣留在歷史上，可能要由數百年之後的人來做見證。

王維將輞川分成二十個不同的景，除了前面提到的孟城坳，還有白石灘。〈白石灘〉是五言絕句：

清淺白石灘，綠蒲向堪把。家住水東西，浣紗明月下。

這是王維純粹的白描，裡面沒有個人情緒，沒有個人的愛與恨。王維只是把我們帶進純粹客觀的自然世界。王維被稱為「詩佛」。禪宗有所謂「機鋒」，能不能領悟不在於話多不多。王維的詩把「雜質」都拿掉，只留下非常簡單、非常純淨的句子。

我和學生在建築圍籬上畫畫那幾年，是台中的建築商最荒謬的時候。一棟一棟大樓蓋起來，然後變成現在的空屋——一種荒謬的繁榮。所有的工地都有長長的圍籬圍著，我們只是在空地變成大樓的過程中，保有了一點點自己的淨土，在圍籬上面寫了一些詩，畫了一些畫。樓一蓋起來，圍籬就拆了，但卻留下很多記憶。我一直認為我喜歡的藝術和文學都不是「學院」的，它們如果不是在街頭，就沒有什麼意義。在建築圍籬上畫畫的時光，是我非常喜歡的一段日子。

無人

我們常常為別人活著，不知道如果這個世界上只有你一個人，你會用什麼方法活著

下面講〈辛夷塢〉：

木末芙蓉花，山中發紅萼。澗戶寂無人，紛紛開且落。

「辛夷」是一種花，「塢」是邊緣高中間低的谷地。「木末芙蓉花，山中發紅萼」，山裡面的辛夷花在綻放紅色的花萼。「澗戶寂無人」，水邊寂靜到好像沒有人。整首詩都沒有人出現，他根本就住在一個人少的地方。「紛紛開且落」，在一個這樣的世界當中，花開了又落。簡單的四句詩，總共二十個字，可是王維令我們有種領悟：只是花開花落，沒有人來，沒有歡欣，也沒有哀傷。

我們常常為別人活著，不知道如果這個世界上只有你一個人，你會用什麼方法活著。王維經歷了大繁華之後，似乎很希望自己是一朵開在山中的花，沒有人來看，自開自落。這首詩對生命進行提醒：我們能不能找回自己為自己「發紅萼」的時刻？在孤獨的山中，沒有任何人來，是不是可以茂盛地開了又落，落了又開？在這裡，儒家思想被老莊或佛教所代替，講的是個人生命的完成，這個生命不是為了別人而存在。

王維的詩非常精練，會把主觀的東西拿掉。中國的詩和西方的詩很大的不同，便是常常省略主詞，「我」和「你」都沒有了。這樣一來，我們會發現，「芙蓉花」是他自己，「紅萼」是他自己，所有的一切都變成一個單純而獨立的個體，在那裡開了又落。詩人如果不安靜到某個程度，寫不出這種句子。王維所在的輞川本是一片荒蕪，少有人居住，他是從自然的角度去看自然，而不是從人的角度看自然。「無人」是王維詩的一個重要主題，特別是在他的晚年。

下面這首是大家比較熟悉的〈竹里館〉。

獨坐幽篁裡，彈琴復長嘯。深林人不知，明月來相照。

「獨坐幽篁裡，彈琴復長嘯」，一個人在竹林中彈彈琴，高興地吹吹口哨、長嘯一聲。「深林人不知」，樹林很大，外面即使有人，也不知道有人在彈琴、長嘯。對王維來講，彈琴和長嘯不是表演，而是娛樂自己。「明月來相照」，月亮照在身上，好像變成了最好的朋友。唐代詩人紛紛從人群中出走，走向自然，與月亮對話，與山對話，與泉水對話，與花對話。

山水中生命的狀態

宇宙不會因為人事而變遷，只是人自己在誇大喜悅與哀傷而已

在〈欒家瀨〉中，沒有任何人的主觀，只有純粹的白描。

颯颯秋雨中，淺淺石溜瀉。跳波自相濺，白鷺驚復下。

「颯颯秋雨中，淺淺石溜瀉」，詩人看到一個瀨（所謂瀨，是指沙或石上淺而急的流水），秋天雨聲蕭颯，水迅急流過。「跳波自相濺，白鷺驚復下」，波浪跳來跳去，有鷺鷥站在那裡，水沖下來，鷺鷥被驚動飛起，過後又停了下來。詩人在白描，講客觀的風景，卻透露出自己靜觀一切的心情。

他在看水的時候，看到自己的生命狀態，跳來跳去，彼此衝突，過一會兒都好了，

也沒那麼了不起。「跳波自相濺」是生命的衝突、踐踏、侮辱、對抗，可是白鷺飛起又落下。他所講的自然狀態，如果不經過一個心理階段，走在山水裡也領悟不到。

我不認為王維只是一個書寫田園與山水的詩人，他筆下的田園與山水同時也是心裡的風景。所以要特別注意「濺」、「驚」這些字，其實是他的經驗，是他的心事，應不只是風景而已。我們讀王維的詩會有一種特別的感動，因為他在描寫風景時，帶出了人的生命狀態。再來看〈欹湖〉：

吹簫凌極浦，日暮送夫君。湖上一回首，山青卷白雲。

「吹簫凌極浦」，在船上吹著簫，船一直划到對岸。「日暮送夫君」，在黃昏的時候，送自己的友人遠去。「湖上一回首」，有千般眷戀，已經到了湖中心，還要回頭去看一看。「山青卷白雲」，距離很遠，看不見人，只看見青山、白雲。生命要有「一回首」的時刻，能「回首」心境就不一樣。

人的是非、人的變遷在大自然裡面非常渺小，在王維看來，青山與白雲才是永恆的。王維的詩影響了後來的中國山水畫，人都畫得很小。人在自然當中幾乎是看不見的，只是一個非常卑微的存在。

輞川二十景中有南垞和北垞，垞是小丘的意思。我們來看看〈南垞〉：

輕舟南垞去，北垞淼難即。隔浦望人家，遙遙不相識。

小船划向南垞，回頭看北垞的時候，已經渺茫難及。隔著岸去看，剛才認識的人、聊過天的人、留他吃飯的人，已經覺得很遙遠陌生。

這裡講的是一種很奇怪的感覺：在時間與空間上，有一天我們都會變成陌生人；如果我們在「輪迴」中再次相見，大概也不會認識對方了。「遙遙不相識」是生命形式在巨大的劫難與流轉當中得以轉變。王維的詩暗示性很強，非常像禪宗的偈語。他講的好像是現實，又不是現實，只是講生命的一種狀態。

再看〈木蘭柴〉：

秋山斂餘照，飛鳥逐前侶。彩翠時分明，夕嵐無處所。

「柴」通「寨」，一個用柵欄圍成的所在，裡面種著木蘭花。「秋山斂餘照」，秋天的山上，晚霞慢慢收掉，已經要入夜了。「飛鳥逐前侶」，黃昏時鳥會回巢。「彩翠時分明」，黃昏時的光變幻萬端，有時亮，有時暗。「夕嵐無處所」，傍晚的嵐東飄一下，西飄一下，變化不定。這四句完全是白描，把人的主觀全部拿掉，像紀錄片一般重現。

王維走在這樣的山水中，記錄了自己看山、看水的過程。曾經有一個階段，山不是山，水不是水，現在山還是山，水還是水。一切風雲詭譎之後，大地、宇宙、自然還是原來的狀態，宇宙不會因為人事而變遷，只是人自己在誇大喜悅與哀傷而已。王維用完全平靜的方法進入宇宙真正的內在世界，進入以後，他就產生了絕對平靜的心情。對他來講，晚照、秋山、飛鳥、夕嵐，都有自己的狀態。

他還寫過一首〈漆園〉：

古人非傲吏，自闕經世務。偶寄一微官，婆娑數株樹。

莊子曾經做過管漆樹園的小官，王維循著這個典故來寫，藉以表明自己的人生態度。經過「世務」，做過官，最終是回來「婆娑數株樹」。

輞川還有個地方，有槐樹夾道，王維為此地作了一首〈宮槐陌〉：

仄徑蔭宮槐，幽陰多綠苔。應門但迎掃，畏有山僧來。

「仄徑蔭宮槐」，窄窄的一條路，兩邊都是高大的槐樹，有濃密的樹蔭。「幽陰多綠苔」，樹木底下生了很多綠苔。王維在這個地方隱居，毋須送往迎來。「應門但迎掃，畏有山僧來」，應門時怕是山裡欣慕的僧人來拜訪，就把那條路打掃了一番。

王維開始重新尋找自己生命的定位，試圖在輞川把另外一個生命建立起來。這種狀態對後代影響很大，比如蘇東坡，雖然一直受到政治上的打擊，可是他知道不能因此影響自己，人世間的起起落落就當花開花落一樣，沒什麼不得了。

接下來是〈茱萸沜〉：

結實紅且綠，復如花更開。山中儻留客，置此芙蓉杯。

不知道大家有沒有見過茱萸？有那種一粒一粒的果實。生長在山裡面，如果有朋友來，留這個朋友住下，大家在喝酒時就把茱萸泡在裡面，喝一杯茱萸酒。

王維的詩句愈來愈像禪宗的偈語，表面上微不足道，沒有很難的字，但所有的意思都在裡面。這是經過繁華之後的平淡，有特殊的意義，精簡、不累贅，單純地去描述生命的狀態。

〈鹿柴〉可能是輞川這一系列詩中大家最熟悉的一首，非常單純。

空山不見人，但聞人語響。返景入深林，復照青苔上。

「空山不見人，但聞人語響」，王維此時生活在山中，看不到人，又遠遠地聽到好像有人在講話，可是那些人和他沒有關係。「返景入深林」，聽到人語以後，不願意再見到人，就回到樹林當中。「復照青苔上」是講光線照在青苔上面。如果用電影鏡頭來看，這句不是人的視角，而是陽光的視角。詩的主角不是「人」，而是「陽光」。

如果沒有生命經驗，其實不太容易進入王維的詩歌世界，因為太單純，所有的色彩、華美都拿掉了，只有一個非常單純、安靜的生命，就好像打坐到最後的狀態，絕對的靜定。

下面是〈文杏館〉：

文杏裁為梁，香茅結為宇。不知棟裡雲，去作人間雨。

「文杏裁為梁，香茅結為宇」，文杏即銀杏，樹幹可以做屋梁，上面用茅草鋪成屋頂。「不知棟裡雲，去作人間雨」，這裡面的關係很有趣，畫在棟梁上的雲已經飛走，變成了灑落人間的雨。住在山裡，常常會有雲飄來，分辨不出哪些是棟梁上畫的雲？哪些是自然當中真正的雲？

唐朝喜歡華麗的裝飾，可是在王維看來，那雲可能不願意只做棟梁的裝飾。棟梁之材是對國家有貢獻的人，王維本來可以做棟梁之材，可是他寧願在自然當中做一片飄去的雲，遇到冷空氣，變成了人間雨。這裡有很多王維自己的生命經驗。我們在追求欲望、物質，王維剛好在放棄。偽裝和虛飾，還不如人間的一片雨水對生命有更好的滋潤。解讀王維，必須進到哲學層面。

西湖有一個景點叫「柳浪聞鶯」，春天來的時候，柳條被風吹起來，像波浪一樣。〈柳浪〉中描寫的輞川景色大概也是如此。

分行接綺樹，倒影入清漪。不學御溝上，春風傷別離。

一棵一棵的柳樹，影子倒映在水中。「不學御溝上，春風傷別離」，這又是一個與「不知棟裡雲」有關的意境。皇宮河道兩旁種植著柳樹，人們在離別時會折柳相贈。

王維不願像這柳樹一樣，在春天裡為離別而傷懷。御溝上的柳樹，帶給他的回憶是哀傷的離別，「不學御溝上，春風傷別離」表達了對政治、君王的消極遠離。

〈洛陽女兒行〉：貴遊文學的傳統

在美學上，一擲千金是一種美，對物質的不在意自然會產生某一種生命情調

王維是一個非常複雜的角色，在輞川這一系列詩當中，我們看到了王維，一位詩佛。佛或山水，在王維的世界裡的確非常重要。但在充滿了矛盾的唐代，每一個體的生命都有很多不同的追求，可能追求貴族的華麗，可能追求俠士的流浪、冒險，也可能追求塞外的生命的放逐，在王維身上，這些追求都有。

雖然王維「晚年惟好靜，萬事不關心」，但我們不確定王維如果有其他的機會，會不會去發展出生命另外的可能性？當我們一致認為王維是隱居的、安靜的，會產生誤導，影響我們理解王維的所有詩作。我不相信一個人一味追求佛道就可以寫出很好的詩，因為最好的文學是在生命的衝突中發生的。

在〈洛陽女兒行〉中，可以看到王維所繼承的南朝貴遊文學的傳統。

洛陽女兒對門居，纔可顏容十五餘。良人玉勒乘驄馬，侍女金盤膾鯉魚。
畫閣朱樓盡相望，紅桃綠柳垂簷向。羅帷送上七香車，寶扇迎歸九華帳。
狂夫富貴在青春，意氣驕奢劇季倫。自憐碧玉親教舞，不惜珊瑚持與人。
春窗曙滅九微火，九微片片飛花璅。戲罷曾無理曲時，妝成祇是薰香坐。
城中相識盡繁華，日夜經過趙李家。誰憐越女顏如玉，貧賤江頭自浣紗。

讀〈洛陽女兒行〉，會覺得不像我們熟悉的王維的詩，會覺得和在輞川寫詩的王維是兩個王維。這個王維，代表了貴遊文學的傳統。他當時住在洛陽，有個女孩子是他的對門。這個女孩子十五歲，王維用了很多華麗的字詞來描寫她的生活。

南朝非常善於辭藻堆砌的駢體文，在唐代初年被繼承下來。前面提到的王維，把所有的色彩都拿掉，只留下很乾淨的白描；可是現在要講的王維，卻表現出了唐代初年的華麗，有很多明亮的、感官的內容。

「洛陽女兒對門居，纔可顏容十五餘」，這是介紹這個女孩子的大概情況。「良人玉勒乘驄馬」，馬的轡頭是用玉做的，這裡出現貴族講究華麗的感覺。「侍女金盤膾鯉魚」，「玉勒」對「金盤」，「驄馬」對「鯉魚」，這個句子一拿出來，就可以發現文字上的講究。這不是主觀的描述，而是客觀上用很多東西堆砌到整首詩產生一種物質華麗豐富的感覺。「畫閣朱樓盡相望，紅桃綠柳垂簷向」，「畫閣」、「朱樓」都是物質，描述女孩子家裡的建築。畫閣、朱樓、紅桃、綠柳這些字詞，堆出一個很色彩華麗的畫面。看到這些，會想到唐代的繪畫，裡面有一種強烈的色彩感，非常華美。這與「晚年惟好靜，萬事不關心」，剛好是兩個不同的感覺。

「羅帷送上七香車」，「七香車」是用多種香木製作的車子，走出去的時候全是香味；「羅帷」是上面掛的絲織帳幕。「羅帷送上七香車，寶扇迎歸九華帳」是一組對仗，出門時要坐七香車，上面垂著很漂亮的羅帷，回來的時候要有寶扇迎接。閻立本的《步輦圖》中，唐太宗坐在步輦上，後面有人拿著兩個寶扇。用寶扇本來是印度的習慣，後來被漢地宮廷所接受。唐詩對於對仗的講究在〈春江花月夜〉中還不那麼明顯，到了王維、李白、杜甫，文字的精準度已經非常驚人。唐詩中的押韻與對仗都非常明顯，這種對仗方式也可堆出非常華美的感覺。

「狂夫富貴在青春」，唐代對青春有非常直接的歌頌，宋以後就少見了。「青春」在農業倫理中，並不是正面的存在。與希臘的文化完全不同，中國文化很少歌頌青春，而是歌頌中年以後的成熟與滄桑。「狂夫」是指這個女孩子的丈夫。如果這個女孩十五歲，丈夫也不過十七、八歲。

這首詩講的是純粹的貴族文化，貴族文化會強調個人的奢侈。「意氣驕奢劇季倫」，驕傲與奢侈比西晉的石季倫還要厲害。石季倫即石崇，是個大富貴人家，敢於一擲千金。唐代的貴遊文學對奢侈進行了非常誇張的描寫。

唐代的文化雖燦爛華麗，社會階級性卻很嚴重。在王維和李白的詩中或許看不出來，到杜甫寫出「朱門酒肉臭，路有凍死骨」，就很明顯了。所以杜甫是一個轉折，又轉回到農業倫理的平等，用農業倫理去批判唐代。杜甫所處的時代，剛好是唐代由盛轉衰——盛的時候也有窮人，但那時候描寫奢侈華麗，不會有太多人反對。

為什麼在初唐、盛唐，人們覺得這麼驕奢是可以的？這個文化、這個政權中有種貴族氣，在中國歷史上非常少見。宋朝的詞曲中基本上沒有這個部分，沒有這麼華麗，這麼誇張。我特別把這首詩挑出來，是為了印證唐初的貴遊文學繼承了南朝王謝子弟這個系統，有一種奢侈，有一種豪華風尚。

「自憐碧玉親教舞，不惜珊瑚持與人」，這個「狂夫」對於女孩子有種憐愛，親自教她跳舞。「不惜珊瑚持與人」，這裡與李白的貴遊文學有一種呼應，就是對物質一擲千金。在美學上，一擲千金是一種美，對物質的不在意自然會產生某一種生命情調。初唐、盛唐時期的貴遊文學，構成了浪漫主義般的華麗。

「春窗曙滅九微火，九微片片飛花璅」，很漂亮的畫面。「九微火」是一種貴族用的非常講究的燈，曙光初透時，九微火才慢慢滅掉。這些貴族通宵達旦地尋歡作樂，而一般老百姓點一盞油燈，早早就把它吹了趕快睡覺。九微火滅掉的時候，燈花像花瓣一樣，一片一片飛到窗格上，非常漂亮。

唐代很注重審美，不僅僅是在追求華麗。王維一定常常出入貴族家庭，所以才寫得出這樣的句子。接下來我們會讀到白居易，白居易提倡樸素文化，他的詩要拿去唸給不識字的老太太聽，老太太聽懂了，他才定稿。但如果白居易沒有泡過溫泉，沒有見過九華帳，絕對寫不出〈長恨歌〉。這些人是經歷過繁華的。經歷過繁華的人，一種態度是歌頌繁華，一種態度是覺得慚愧。覺得慚愧的是杜甫，願意歌頌的是李白，構成了唐代兩種不同的美學。在王維的詩裡面，可以看到唐代曾經盛極一時，宮廷文化當中的華麗，歷朝歷代都比不上。唐玄宗開元時期的「國家交響樂團」叫作梨園，編制有千人之多。文學裡，自然會有一部分呼應這種豪華的貴族文化。

「戲罷曾無理曲時」，一番戲鬧之後，沒有時間去彈琴、去溫習曲調。「妝成祇是薰香坐」，妝化完了，只是閒坐讓衣服薰香。唐代女子的妝化得很嚇人，額頭上畫整隻鳳凰，低胸、高腰長裙，大概相當於十六、七世紀歐洲宮廷裡最華貴的巴洛克風格。王維在描述繁華，可是又有一點空虛。這個十五歲的美麗女子，生命狀態華麗到了極致，可是內在卻什麼都沒有。

這個時候我們看到，王維對這樣的華麗又迷戀又批判。玉勒、金盤、驄馬、鯉魚，在繁華裡不斷去享有繁華，剎那之間又體會到空虛，他的批判到最後才出來。初唐時，繁華與空虛會混合，當然也隱藏在王維身上，變成王維走向佛教的重要理由。只有真正看過繁華的人，才會決絕地捨棄繁華，走向完全的空淨。如果他沒有看過繁華，會覺得不甘心，總想多抓一點名和利。

近代最明顯的例子是弘一大師。他能在佛教上修行到如此地步，是因為他經歷過所有的繁華。人在沒有經歷過的時候，怎麼修行，心還是很難純粹。看盡繁華的人，在領悟空時，往往有更大的基礎；等到修行時，對這些東西都能一笑置之。西湖邊的虎跑寺裡掛著弘一大師的一件僧袍，上面全是補丁，可是他二十歲時穿的衣服，真是綾羅綢緞。他在日本演戲的時候，中國最好的服裝和歐洲最好的服裝都穿過。這樣一個人出家的時候，衣服上的補丁，會不會，是另外一種「華麗」吧。

生命很複雜，繁華與幻滅有時候是一體兩面；進入繁華有時候是幻滅的修行過程。王維對洛陽女兒的哀憫也好，空虛也好，似乎要引發下一個時期文學的出現，比如杜甫。對比洛陽女兒華麗、豪華又空虛的生活，那個在河邊浣紗的女孩子，長得那麼美，可是沒有人知道，所以他會寫出「城中相識盡繁華，日夜經過趙李家。誰憐越女顏如玉，貧賤江頭自浣紗」。

相對於洛陽女兒的日常生活，她自然是貧賤的，可是「自浣紗」才是生命的華貴。他用「貧賤」去形容浣紗女子，有一點不平，有一點不甘心，他覺得這個女孩子如此漂亮，卻沒有人知道，一輩子就是在浣紗。王維後來的思想是回歸到生命的主體性，不是在比較社會中的高下貴賤。

回看射雕處，千里暮雲平

他經歷過兩極的狀態，如果沒有燃燒，也就不會有灰燼

接下來我們談談王維與邊塞有關的詩歌，比如〈觀獵〉。

風勁角弓鳴，將軍獵渭城。草枯鷹眼疾，雪盡馬蹄輕。
忽過新豐市，還歸細柳營。回看射雕處，千里暮雲平。

唐代非常尚武，打獵對他們來說是比武訓練，從這首詩中我們可以看到另外一個王維。「風勁角弓鳴」，一開始就是繃緊的場面。塞外的秋風吹過來，吹到用牛角拴住的弓的邊緣，會發出響聲。這是非常精采的形容，我們可以感受到風的勁烈與塞外環境的力量，而王維在輞川的詩作都很平靜。「將軍獵渭城」是說主人公在渭城打獵；「草枯鷹眼疾，雪盡馬蹄輕」，對仗非常工整。秋天的時候所有的草都枯掉了，老鷹的目光顯得更加銳利。當時的人們手臂上架著老鷹去打獵，當獵物中箭掉下來時，老鷹飛過去找到獵物。這個習慣延續下來，一直到元朝、清代，人們都是把鷹架在手臂上去打獵。一場大雪之後，馬走起來非常輕快。

「忽過新豐市，還歸細柳營」，唐詩裡面有很多對速度的描寫，最有名的是李白〈早發白帝城〉的「朝辭白帝彩雲間，千里江陵一日還」；杜甫〈聞官軍收河南河北〉的「即從巴峽穿巫峽，便下襄陽向洛陽」，也是將好幾個地名連起來，體現出速度感。王維用兩個地名——「新豐市」與「細柳營」，來表現馬跑得快，一下到了新豐市，一下又回到細柳營。「忽過」、「還歸」兩個詞，立刻將空間感表現出來，王維對於節奏與結構非常清楚。「回看射雕處，千里暮雲平」，回頭看一下剛才射雕的地方，一大片無邊無際的草原與傍晚的雲霞接連在一起。這個時候人會感覺到真正的空曠，速度感又得到了加強。

我們之前看到的是一個安靜的王維，好像已經修行到一塵不染，古井無波。可是寫〈觀獵〉的王維如此年輕，意氣風發，對生命有很大的征服欲，是一個對生命懷抱著巨大熱情的王維。但他的熱情像一塊燒紅的鐵，忽然被放到水裡去，一激之後，完全冷掉了。他經歷過兩極的狀態，如果沒有燃燒，也就不會有灰燼。王維心如死灰，是因為曾經劇烈燃燒過。

我一直覺得修行是與自己過去生命的對抗。從繁華到幻滅是一種修行，從幻滅到繁華是不是也是一種修行？不同的生命，有不同的修行狀態。每當看到一個沒有過熱情，沒有過燃燒，只是枯坐的生命，我會感到害怕，因為我覺得那樣是修行不出什麼的。這樣的生命沒有沉澱，也不會有積累。

大漠孤煙直，長河落日圓

我們走到臨界點，才看到生命另外峰迴路轉的可能

〈使至塞上〉是王維非常有名的一首詩。王維曾經做過監察御史，後來出使邊塞，

他的生命體驗過真正的曠野、大漠。

單車欲問邊，屬國過居延。征蓬出漢塞，歸雁入胡天。
大漠孤煙直，長河落日圓。蕭關逢候騎，都護在燕然。

二十世紀的六〇年代，台灣流行抽象表現主義繪畫，很多人認為「大漠孤煙直，長河落日圓」是對抽象藝術的完美概括。「大漠」是水平的，「孤煙」是垂直的，與「長河」、「落日」，都是最簡單的視覺造型。「直」與「圓」，也是最大也最精簡的幾何造型。張若虛的「皎皎空中孤月輪」也有類似的感覺，唐詩從一開始就表現出宇宙意識中的單純性。

「單車欲問邊，屬國過居延」，「出走」在唐詩中是重要的生命經驗。「邊」可能是帝國的邊疆，也可能是生命的邊疆。我們走到臨界點，才看到生命另外峰迴路轉的可能。這兩句是講王維在陌生的瀚海、戈壁中的生命經驗。「征蓬出漢塞」，詩人自比飄零的蓬草，離開國家。「歸雁入胡天」，人們認為雁是住在北方，天冷時才到南方來避寒，天氣暖了以後就要往北飛，此時自己就像「歸雁」要進入「胡天」。

「大漠孤煙直，長河落日圓」，個人的生命在這樣的經驗當中感覺到宇宙的蒼茫、遼闊與精簡。這個場景視覺性很強，許多畫家、攝影家、導演，都在尋找表現這種空間感覺的畫面。王維用簡單的十個字，就把整個景象表現出來了。

很少人用「直」來形容「煙」。「煙」怎麼會直？煙不是彎彎曲曲地飄上來嗎？不是風一吹就會動嗎？但在大漠這樣空曠的空間中，人與煙的距離非常遙遠，平常的曲線看起來就成了直線。我自己去走絲路的時候，親身感受到了這兩句詩所描繪的意境。夜晚的火車開過新疆的天山，好大一個月亮照在長年不化的積雪上，完全就是唐詩裡面的感覺。這種詩句在江南根本寫不出來，因為沒有這種視覺經驗。在大漠中，空間忽然變得很難掌握，空間的比例關係與平時完全不同。

相逢意氣為君飲

裡面有一種生命狀態，那是我們年輕時最渴望達到的，是一個生命對知己的渴望

〈少年行〉也是王維很有代表性的一組詩，可以用它來總結「貴遊文學」、「邊塞詩」與「俠」這三者的精神。〈少年行〉本身就在歌頌青春，是初唐詩人很喜歡寫的題目，它的內容大概類似現今描寫飆車之類的題材。王維「晚年惟好靜」，但年輕時很得意，二十一歲就考取進士，頭上簪著花出遊，那是生命裡非常美的時刻。他後來的追求與少年時的野心形成強烈對比。從他的這組〈少年行〉裡，可以讀懂貴遊文學與俠士文學的關係。

（其一）

新豐美酒斗十千，咸陽遊俠多少年。相逢意氣為君飲，繫馬高樓垂柳邊。

（其二）

出身仕漢羽林郎，初隨驃騎戰漁陽。孰知不向邊庭苦，縱死猶聞俠骨香。

（其三）

一身能擘兩雕弧，虜騎千重只似無。偏坐金鞍調白羽，紛紛射殺五單于。

（其四）

漢家君臣歡宴終，高議雲臺論戰功。天子臨軒賜侯印，將軍佩出明光宮。

「新豐美酒斗十千」很像李白的詩句。「咸陽遊俠多少年」，「遊俠」與「少年」是聯繫在一起的。少年會有點莽撞，有點衝動，意氣風發，會有生命的發亮和燃燒想與人分享，所以「相逢意氣為君飲」。片刻相逢，可是彼此都在生命中最發亮的階段，就為你喝這一杯酒。「為君飲」沒有別的原因，就是為了你，為了一個難得遇到的生命。在唐代，年輕人就有這樣一種生命情調。

這種情調與當時流行的俠士肝膽相照的生命經驗有關。「武俠小說」大概帶給人們一些浪漫經驗，「俠」的精神裡，與我們現在的生存倫理很不同。只有在那個年齡階段才會相信的某一種浪漫，相信在某一個青春時刻裡會碰到知己，肝膽相照，會一起去追求生命中的某一個理想。

每次去一些部落，我都會感覺到一種與唐詩接近的生命力。他們有很多儀式鼓勵年輕人擁有少年的血氣——你要走出去，你要打獵，你要成為維護這個社區生存下去的一分子，當中有很多挑戰。比如八月十五的豐年祭，年輕人必須要爬到樹上，以很快的速度把枝葉砍完，然後宰殺一頭山豬。裡面有一種意氣風發，可是也很殘酷。我們現在的矛盾在於，農業倫理怎麼去看待這類文化形態？我們是不是可以從另外一個角度去看待其他不同的文化，而不是單向度地從農業倫理出發？

唐朝是中國文化少有的出走。從王維的〈少年行〉中，一方面可以窺探到他年輕時的生命狀態與晚年完全不同，同時也可以了解到王維不是個別現象，〈少年行〉在初唐是普遍存在。當時的人似乎都在這種文化裡長大，後來的詩都有這種生命的豁達。「相逢意氣為君飲，繫馬高樓垂柳邊」，第一次見面，難得碰到這樣一個朋友，就把自己的馬綁在高樓旁邊的柳樹上，上酒樓去喝酒。四句簡單的詩，與忠或孝都無關，可是令人覺得過癮，因為裡面有一種生命狀態，那是我們年輕時最渴望達到的，不是倫理，不是愛情，不是法律，不是道德，是一個生命對知己的渴望。只有青春時才會有這種渴望。這其實書寫了青春時刻的美，青春時刻在這裡忽然綻放開來。

這首〈少年行〉沒有碰到任何與世俗有關的東西，就是講青春在一剎那間的發亮與光采。每一次讀都會勾起我們自己生命當中曾經有過的一剎那的快樂、狂喜。遇到知己，兩肋插刀，一起去做一番事業，是很多少年人的夢想。很想證明自己的成長、自己的獨立、自己的背叛，覺得群體保護的愛是一種恥辱，很想走出去。

在第二首〈少年行〉中，這個少年好像慢慢長大了，去做官、從軍了。初唐時，從軍是非常大的榮耀。唐朝早期不是募兵制，而是府兵制，要當兵，必須自己準備盔甲服裝、戰馬和武器。窮人無力應付，都是貴族子弟去當兵。貴族子弟當兵簡直像一個嘉年華會，因為武器、戰馬、戰袍都和別人不一樣。「出身仕漢羽林郎」，「羽林郎」是當時皇室的警衛隊，服裝漂亮，也很氣派。「初隨驃騎戰漁陽」，一個年輕的軍官跟著一個大家崇拜的大將到漁陽打仗。「孰知不向邊庭苦」，他當然知道去打仗多麼辛苦，到邊疆多麼辛苦，可是「縱死猶聞俠骨香」，即使死在邊疆，也要留下一身俠骨的芳香，因為崇拜俠的精神。

歷來的統治者都很怕俠，俠是中央政權最大的威脅，只有唐代會去歌頌俠，「風塵三俠」就是這樣肝膽相照的一類人。這構成了唐代文化中很美的部分。我們今天說李白詩寫得好，是因為他的詩中俠的精神在發亮。他「十五學劍術，遍干諸侯」，當然是一個俠，而且是流浪的、孤獨的俠。

第三首〈少年行〉中，可以感受到俠的精神與貴遊文學之間的關係。「一身能擘兩雕弧」，「雕弧」是雕得很漂亮的弓，一人能將兩把弓同時拉開。「虜騎千重只似無」，打仗時面對的敵人層層疊疊，卻如同面前沒有人，直接殺到敵人隊伍當中，這當然是在描述血氣奮勇。「偏坐金鞍調白羽，紛紛射殺五單于」，這裡不只是強調保家衛民，也在歌頌貴族文化。個人生命追求華美，所以才用「金鞍」、「白羽」、「雕弧」。「紛紛射殺五單于」，這是個體生命在面對敵對力量時的綻放過程。

再看第四首〈少年行〉。這四首〈少年行〉好像有一種連貫，曾經的咸陽少年，後來慢慢有人賞識，跟隨一位大將去打仗，建立了功業。因為「紛紛射殺五單于」，所以到第四首詩裡，皇帝要封官。凱旋後，天子賜宴。「雲臺」用的也是漢朝典故，雲臺上有很多畫像，畫的都是對國家有大貢獻的人。大家在討論誰的戰功最大，畫像應該被收藏在雲臺上。「天子臨軒賜侯印」，天子在一個開闊的大廳當中封侯，然後頒印、封官。「將軍佩出明光宮」，羽林郎變成了將軍，佩了印，走出明光宮。

四首詩連起來讀，可以看到少年成長的過程。俠追求的是浪漫與熱情，這種浪漫與熱情引導少年到邊疆完成自己的使命；回來後，他變成貴族。這大概是唐代所崇拜的生命經驗模式。

行到水窮處，坐看雲起時

生命的絕望之處恰好是生命的轉機

透過〈終南別業〉，我們可以看到年輕時代對生命懷抱著巨大的浪漫與熱情，不斷在這個熱情當中燃燒自己的王維，忽然轉向了。

中歲頗好道，晚家南山陲。興來每獨往，勝事空自知。
行到水窮處，坐看雲起時。偶然值林叟，談笑無還期。

「中歲頗好道，晚家南山陲」，王維中年以後喜歡修道——這個道可以是老莊，也可以是佛教——居住在終南山邊，不再過問政事。「興來每獨往」，高興的時候就一個人在山裡面走一走，只有自己知道所體會到的美好。原來的「相逢意氣為君飲」，現在忽然變成「勝事空自知」。

這個巨大的轉變，其實是生命兩個不同的階段。年輕的時候喜歡朋友，與朋友分享生命的浪漫。而「中歲」以後有一種很大的孤獨，自己回來尋找生命的修行。這首詩描寫的是王維中年以後的生命經驗，與〈少年行〉形成非常明顯的對比。

「行到水窮處，坐看雲起時」，我覺得王維這一時期的詩，只要有這兩個漂亮的句子就夠了。他在山裡行走，領悟到的其實就是這兩句。他跟著水一直走，到水沒路可走的地方坐下，看到雲飄起來。詩人安靜地獨自坐在山水裡，發現水與雲是同樣的。

「窮」是什麼？竹林七賢中的阮籍，隨意找條路就走，走到沒有路了就窮途而哭。窮是絕望的意思，是生命裡面最悲哀的時刻；不只是講物質的窮，也是心境上的窮。「行到水窮處」，走到生命的絕望之處，如果那個時候可以坐下來，就會發現有另外一個東西慢慢升起，即「坐看雲起時」。這是生命中的「轉」，經過少年時期的追求和熱情，再到生命裡面的某一種受傷，然後有了「坐看雲起時」的領悟。他在經歷最大的哀傷與絕望之後，生命忽然出現了轉機。在寫〈洛陽女兒行〉時，他還有點氣憤：為什麼有人在貧賤地浣紗？而現在，他應該慶幸她就在河邊浣紗，因為她的生命還算自在。王維覺得，生命的絕望之處恰好是生命的轉機。

「行到水窮處，坐看雲起時」，水窮之處就是雲起之時，水窮之處是空間，雲起之時是時間，在空間的絕望之處看到時間的轉機，生命還沒有停止，所以還有新的可能、新的追求。年輕時寫「紛紛射殺五單于」的王維，此時看到了生命的另外一個狀態，也許他要與原來所有敵對的東西和好，與他自己認為是絕望的那個部分和好。

後來很多畫家喜歡在自己的山水畫上題寫「行到水窮處，坐看雲起時」，不是講山水，不是講風景，而是講心情。宋朝畫家李唐有張小冊頁就叫《坐石看雲圖》，王維的這兩句詩，提醒人們去觀察自然，從自然中領悟自己的生命狀態。

「偶然值林叟，談笑無還期」，在山裡行走的時候，偶然碰到一個在山中砍樹的樵夫。「偶然」即不是有意的，然而我們的生命中有很多有意安排的東西。王維這一時期住在終南山裡，在山水當中人不必有意，全部是天意。今天走到哪裡，與誰談話，都不必在意，談完了也就走開。這時，王維的生命沒有了「相逢意氣為君飲」的熱情，轉為了安靜。

我覺得安靜是更大的熱情，是更飽滿的熱情。很多人覺得安靜是因為熱情幻滅，但也可能是熱情到了更飽滿的狀態，開始平靜無波。王維看到一個完全不認識的樵夫，跟他談談話，談到忘了回家。這是不是也是一種「相逢意氣為君飲」？不到中年，大概很難了解這種人生態度。以前一拍胸脯，馬一綁好，就上樓喝酒了，那是年少時代的意氣風發。現在是「談笑無還期」，大家又談又笑，一面說一面走，忘了回家。「還期」當然也可以是張若虛講歸宿時用到的「不知乘月幾人歸」的「歸」那樣帶有象徵性的字眼。

我們的生命本來應該與這些田野當中最自在的生命在一起，對方不是知識分子，也不是做官的人，沒有太多心機。王維在這裡有很多感慨，因為他在政治上受過巨大的驚恐與壓迫。他「偶然值林叟」，談談笑笑可以忘了回家，因為這裡就是家，長安的繁華早已成為過去。

即此羨閒逸，悵然吟〈式微〉

他經營的不是山水，而是自己的心境

〈渭川田家〉是對農村生活的描述，可是這種描述與農業倫理關係不大，而是描寫一個人在土地裡的自在與隨意。

斜陽照墟落，窮巷牛羊歸。野老念牧童，倚杖候荊扉。
雉雊麥苗秀，蠶眠桑葉稀。田夫荷鋤至，相見語依依。
即此羨閒逸，悵然吟〈式微〉。

「斜光照墟落」，黃昏的時候，陽光斜照著一個破破爛爛的村落。「窮巷牛羊歸」，一個小巷子裡，牛羊在回家。「野老念牧童，倚杖候荊扉」，老翁站在那裡唸叨著孫子早上就牧牛去了，怎麼到現在還沒有回家。他靠著手杖，在柴門前等著孫子。這個畫面很像紀錄片。

「雉雊麥苗秀，蠶眠桑葉稀」，這是在講季節，講自然規律。聽到山雞叫，就知道麥子將要抽穗；看到蠶眠，即蠶要結繭的時候，就知道桑葉快沒有了。王維把我們帶到自然規律當中，安慰我們人世的幻滅繁華沒有那麼重要。大自然本來就有秩序，只是我們有時候不安靜，看不到它的規則。王維用文學把我們帶到了自然面前，讓我們知道水原來就是雲，雲遇冷下雨，又變成了水，這是一個迴圈。我們希望自己是雲，不要是水，是我們自己在分別。在佛教的因果中，水與雲根本是同一個因果。我們要的，與我們不要的，是同一個迴圈的因果。

「田夫荷鋤至」，農民扛著鋤頭回到村子裡，「相見語依依」，這是我在鄉下常常看到的景象。王維是進士出身，做到高官，但此刻的他真的與田夫完全一樣。我覺得他經營的不是山水，而是自己的心境。「即此羨閒逸」，這個時候才開始知道閒逸是多麼值得羨慕的事。「悵然吟〈式微〉」，他還是有點感傷，因為前半輩子沒這樣過，所以唱起《詩經》中的「式微，式微！」——這是一首勸人退隱的歌，可是以前沒有真正懂過。

〈送別〉也是王維很重要的一首詩。

下馬飲君酒，問君何所之。君言不得意，歸臥南山陲。但去莫復問，白雲無盡時。

沒有人不懂這些詩句，可是也許很難體會王維寫這首詩的心境。這裡面寫的是知識分子進入官場之後的告別；在唐代文化中，終於產生了與政治告別，與繁華告別，去找回自己。「下馬飲君酒」，還是延續著〈少年行〉中的「相逢意氣為君飲」。今天還是能喝一杯酒，可是喝完就走了吧。沒有了之前巨大的熱情，可是看到了生命更長遠的可能性。

我們再看〈山居秋暝〉。

空山新雨後，天氣晚來秋。明月松間照，清泉石上流。
竹喧歸浣女，蓮動下漁舟。隨意春芳歇，王孫自可留。

「明月松間照」，月光照在松樹之間。「清泉石上流」，泉水在石上流淌。很簡單的詩句，可看出王維回到自在的狀態。

再來看〈漢江臨泛〉。

楚塞三湘接，荊門九派通。江流天地外，山色有無中。
郡邑浮前浦，波瀾動遠空。襄陽好風日，留醉與山翁。

這首詩是在描述風景，「江流天地外，山色有無中」這兩句詩在美術史上影響很大，使中國繪畫中出現了「空白」。我們看到一條河流一直流，然後到天地之外，遠得看不見了。比天地還要大的空間，就是「空白」。山是什麼顏色呢？它的顏色一直在跟著光線變化，山色最美的地方在有與沒有之間。在這之前的繪畫都是彩色的，王維的詩卻預示了墨色要戰勝彩色。後人提出「墨分五色」，「有無中」與「天地外」開創了一個新的繪畫派別。使美術史出現「留白」與「水墨」。

如果不是長時間地看山水，不會發現王維所描繪的意境。他真的是一直在看山看水，一直看到山與水的本質。一千多年來的水墨畫，以留白與水墨為主體，與王維貢獻出的這種生命經驗有關。

他還寫過〈酬張少府〉。

晚年惟好靜，萬事不關心。自顧無長策，空知返舊林。
松風吹解帶，山月照彈琴。君問窮通理，漁歌入浦深。

如果要問生命是否絕望，是窮還是通，就去聽聽那些漁人唱歌吧！在河邊捕魚的人，讓王維領悟到很多。真理不在哲學裡，不在宗教裡，而是在民間生活中。

第四講

李白

詩歌的傳統與創新

不完全講究個人的創新，更注重與族群長久的情感記憶融合在一起

初唐對語言和文字的琢磨，已經到了極成熟的階段。到李白與杜甫時，詩幾乎成了文人生活的習慣。詩在當時與現在的流行歌非常類似。李白與杜甫的很多詩題裡有「行」字，如〈長干行〉、〈兵車行〉、〈麗人行〉等。「行」是從漢代樂府詩歌延續下來的，也就是歌曲的調子，可以在一個調子中放進新編的歌詞。〈長干行〉在當時就是可以吟唱的歌，保有很明顯的歌謠形式。長干是一個地名，在現在的南京秦淮河以南，〈長干行〉就是在這個地方流行曲的調子。詩人利用流傳很廣的民謠調子，寫出自己心裡的感覺，編成新的流行歌。「行」的創作與傳統之間有很密切的關係，如果有一個詩人想傳達他的情感，就會藉用這個曲調，把詞改變一下，而有了新的情感。

唐代的詩有如此高的成就，大概也是因為把傳統與創新結合。那意味著，在舊形式當中，放進新的思想情感。宋詞也保有這種特性，不完全講究個人的創新，更注重與族群長久的情感記憶融合，唯其如此，才能變成大眾容易接受的藝術形式。

漢代的樂府詩，像「青青河畔草，綿綿思遠道」，文字和語言堪稱完美，可是久了

以後，語言本身不斷重複，沒有創新，會有點疲乏。這個時候剛好是佛教傳入，後來又有「五胡亂華」，來了很多新的聲音。新的聲音不只是音樂，也包括語言。鮮卑語、匈奴的語言、梵語，都是新語言。新語言對舊語言會產生很大的撞擊。在民間語言當中，外來語大量湧入，使得舊有語言被破解，同時對新語言又剛好是一個機會。

我也期待我們的語言在經過撞擊與磨練之後，能夠產生詩的黃金時代，那或許不是我們能夠親眼得見的，可是當下的時代的確在為將來的時代做著準備。魏晉南北朝的詩人如陶淵明等，其語言模式一直在四六之間調整，試圖把新的東西放進來。初唐詩人已經成熟了，經過幾百年的醞釀，已經是水到渠成。後來的李白與杜甫好像一出口就是詩，絲毫不費力。

角色轉換

設身處地是最合適的愛的基礎，只有設身處地才會產生愛

要把情感準確地放在一個句子裡多麼不容易，可是〈長干行〉如此簡單、活潑。

妾髮初覆額，折花門前劇。郎騎竹馬來，繞床弄青梅。
同居長干里，兩小無嫌猜，十四為君婦，羞顏未嘗開。
低頭向暗壁，千喚不一回。十五始展眉，願同塵與灰。
常存抱柱信，豈上望夫臺。十六君遠行，瞿塘灩澦堆。
五月不可觸，猿聲天上哀。門前遲行跡，一一生綠苔。
苔深不能掃，落葉秋風早。八月蝴蝶來，雙飛西園草。
感此傷妾心，坐愁紅顏老。早晚下三巴，預將書報家。
相迎不道遠，直至長風沙。

在〈長干行〉中，李白以一個男性詩人的身分扮演第一人稱的女性書寫。開篇第一個字就是「妾」，是女性的謙稱。「妾髮初覆額」，五個字就生動地呈現出一個小女孩的畫面。頭髮剛剛蓋住額頭，大概就是不到十歲左右，李白用描寫頭髮來表示年齡，比直接說這個小女孩多少歲要活潑很多，「覆額」這兩個字非常具象，這種語言模式也延續下來了。「折花門前劇」，她在家門前折了一枝花做遊戲，「劇」是遊戲的意思。語言模式非常自由，創作者身分的轉換也非常自由。

唐詩中很多閨怨詩都是男性寫的，常可見男性詩人會轉換成女性第一人稱，作者會假設自己是一個幽怨的婦人，情感非常細膩。比如「長相思，在長安」（李白〈長相思〉其一），就是典型的閨怨詩。在文學中，角色可以改換，如《紅樓夢》裡，曹雪芹一會兒是林黛玉，一會兒是薛寶釵，一會兒是薛蟠，一會兒又是賈瑞。做為小說的創作者，他的角色一直在改換。當他在寫林黛玉的嬌弱、幽怨的時候，他絕對就是林黛玉。文學與藝術有趣的一點是使單一角色變成多樣角色，從而使生命獲得寬容度，對人有更多的了解。

寫〈將進酒〉的李白豪邁粗獷，寫〈長干行〉的李白卻成為一個哀怨的女子。角色愈能夠多樣轉換，社會心理就愈健康。當一個時代封閉、狹窄的時候，個人在社會上的定位是不能改換的。如果角色可以設身處地地轉換，社會中的對話會相對豐富。

唐代是一個非常豁達、活潑，充滿生命力的時代。在唐太宗或者武則天身上，都可以看到時代文化的多重性。武則天從一個「才人」成為一個帝王，角色轉換了很多次，她每次都得扮演得精確。寫〈長干行〉的李白也在演一齣戲，他已經將自己的角色轉換成一個剛剛剪了瀏海，折了一枝花在那裡遊戲的小女孩。

文學與藝術，或者說美的世界，對人生最大的貢獻，是把我們帶到一個不功利的狀態。所謂「功利」，就是每個人囿於自身的角色定位，無法去理解他人。文學與藝術會使人轉換，從他者的立場與角度來觀察生命現象。設身處地是最合適的愛的基礎，只有設身處地才會產生愛。那些攻擊、對立，都是因為沒有設身處地。因為只有誇大自身的立場，所以對方都是錯的。對於多元性不包容，角色不能轉換，都與「詩」無緣。

青梅竹馬

他描寫的彷彿就是我們的生命經驗，他把清純的童年玩伴的感覺書寫出來了

「郎騎竹馬來，繞床弄青梅」，男孩子騎著竹馬跑來看這個小女孩，小女孩在那裡玩手中的花。「青梅竹馬」和「兩小無猜」的典故就從這首詩裡來。當語言變成一粒珍珠後，永遠不會消失。這是李白的創作，同時又是我們今天都在用的語言。

如果要描述小男孩、小女孩的童年關係，任何抽象語言都不如「郎騎竹馬來，繞床弄青梅」來得生動、具象，這兩句詩很有畫面感。李白生活的時代離我們一千兩三百年，但他描寫的彷彿就是我們的生命經驗。他把清純的童年玩伴的感覺書寫出來了。這首詩裡的情感平實到驚人，即便裡面發生了很多悲喜劇，但從頭到尾都是最平鋪直敘的描述。這裡面一開始「妾髮初覆額」的「妾」字，第一人稱一旦定位，就好像展

開了一生的回憶。

「同居長干里，兩小無嫌猜」，是對童年階段的描述，「嫌」與「猜」都是成人世界的東西，對孩子來講不存在。簡練的語言，就很精準地把童年的單純，以及小孩子之間沒有任何猜忌的感覺刻畫出來。

到十四歲又是一個新的階段——「十四為君婦」，嫁到了男孩家。到這裡可以確認這首詩是女子對一生的回憶，她從童年開始，回憶自己一步一步成長的過程。就好像是電影的倒敘，一個個畫面重新出現。這不是充滿戲劇性的偉大愛情，而是在長干這樣一個南方小鎮當中一起長大的兩個人的生命經驗。他們兩個順理成章成為夫婦，「十四為君婦，羞顏未嘗開」，有一點害羞，所以「低頭向暗壁，千喚不一回」。又是一個具象化的畫面，幾乎令人想到侯孝賢的電影《悲情城市》裡面那種女孩子的靦腆，語言形式已經成熟到了自然的程度。

呼喚她的人是從小一起長大的玩伴，在「千喚不一回」中，兩個人開始有了新的情感、新的戀愛、新的纏綿。前面那段青梅竹馬不是戀愛，只是童年玩伴的關係；她的戀愛是嫁到這一家後開始的，她重新確定了自己的角色，也確定了另一人的角色，他們之間不再是過去打打鬧鬧的狀態。現在彼此有了纏綿，也埋下新婚離別的哀傷。

「十五始展眉」，經過一年新婚，十五歲開始懂得新婦的喜悅與快樂。「低頭向暗壁」與「十五始展眉」形成一個對比。「願同塵與灰」，發願希望兩個人的關係就像灰與塵一樣，形影不離，且卑微、平凡。可是這個願望沒有達成，因為「十六君遠行」。「十四為君婦」，「十五始展眉」，「十六君遠行」，分別是對三個年齡的回溯，彷彿三個電影蒙太奇畫面，堆疊成生命裡面的巨大轉換，從害羞到喜悅，再到分離的哀傷。

我們可以用現代的電影手法，來思考李白這首詩的精采。這首詩竟然有這麼強的現代感，其最迷人的地方在於，它不僅存在於漢語當中。我曾經用法文將這首詩唸給法國朋友聽，他們都被感動了。李商隱的詩很難用其他語言轉述，可是李白的詩可以。因為李白寫的是事件，像電影畫面一樣直接。「覆額」、「郎騎竹馬來」，都可以成為畫面，這個畫面可以用另外一個語言系統來傳達。李商隱對漢字力量的依靠太強，翻譯起來非常難。今天在全世界知名度最高的漢語詩人可說是李白，他的詩被翻譯成很多種語言，他的創作不僅將漢語詩推到了極致，而且抵達了其他語言系統。

李白在這首詩中一步一步過來，寫到十四、十五、十六歲。「常存抱柱信，豈上望夫臺」，這裡用了兩個典故，「抱柱信」是一個典故，「望夫臺」是一個典故。李白的厲害之處，就是把典故轉化成語言的對稱形式，讓我們沒有感覺到典故的存在。

「抱柱信」就是尾生之信，尾生和一個女子約在橋下，女子一直沒有來，結果水至不去，尾生甚至還抱著柱子，最後被淹死了。這是一個非常感人的故事，為了一個信諾而死，極其纏綿與淒厲。我想，對於典故來說，它已經不是合不合理的問題，而是已經成為群體的某一種記憶。

「望夫臺」則是講一個男子遠離家鄉，他的妻子一直盼望丈夫回來，盼望著盼望著，後來就化成一塊石頭，就是所謂的望夫石。這也是民間傳說。這裡想說的是即使天崩地裂，發生最大的災難，她還是盼望著，可是沒有想到最後她變成了望夫石。這兩個典故，是非常精采的一個轉換，對仗非常工整。李白的語言與文字模式，已經精簡到可以把典故化成非典故狀態。即使不知道這兩個典故的讀者，閱讀時也沒有多大困難，因為可以直接從對仗關係裡領會抱柱信的執著與望夫臺的哀傷。我們還有「抱柱信」與「望夫臺」的堅持與執著嗎？

定格

生命已經定格，歲月如此緩慢。丈夫走掉之後，好像時間再也沒有變過

十四、十五、十六歲是電影上的蒙太奇，之後卻是鏡頭的定格。這個女子在「十六君遠行」之後，她的生命就「停止」了。所以下面全部是對十六歲那一天的回憶。三個快速閃過的畫面之後，忽然定格，一下停掉。

我們一生當中，總有一個時刻是永遠停在那裡的。日本電影《下一站，天國》也有類似的表現手法，影片假設人去世以後，到天國之前，要到一個「辦公廳」，裡面的工作人員問你這一生不管活多久，有沒有一個定格的時刻是特別想要回憶的。有的人怎麼想都想不起來，有的人比較確定，那個定格很快就找到了。找到以後，他們會幫你復原場景，然後拍一張照片。這張照片就是帶到天國去的護照，所謂的天國，就是這一生那個願意定格的回憶。

王鼎鈞的《左心房漩渦》裡寫到他當年在月臺上等車，一面的車是到北方，投奔共產黨；另一面的車要南下，然後坐船去台灣。很多大學生在月臺上等火車，有人在那一晚的月臺上轉換了立場，各自踏上了不同的旅程。這就是生命裡的一個定格吧。

丈夫從四川出發，「瞿塘灩澦堆」，狹窄山谷中有塊大石頭叫「灩澦堆」，船碰到灩澦堆，就會觸礁，所以很危險。「五月不可觸」，這個女人回憶，當時她一直要跟丈夫講，五月是潮水最危險、最不可以行船的時候，可不可以不要走。因為枯水期這灩澦堆還看得到，到了五月，高水期，水位高過石頭，船很容易觸礁。這都是她的回憶，事實上我們知道她的丈夫已經走了，這是倒敘出她的叮嚀。這是女人的定格，男子的蹤跡我們並不知道，全部是女人自己的感受。「猿聲天上哀」，三峽的船過去時，兩岸的猴子都在叫，叫聲非常悲哀。這個女人沒有走過這條路，可是她覺得她聽到了猿在兩岸啼叫的聲音，「哀」是講她自己。她在這裡一直講，只是在講那個定格而已，用各種方法講，講「瞿塘灩澦堆」，講「五月不可觸」，講「猿聲天上哀」。

「門前遲行跡，一一生綠苔」，丈夫走的時候，門口留下腳印足跡，旁邊的人大概根本沒有發現，可是她還在注意；日子久了以後，腳印看不到了，可是那些痕跡還在，只有她看得到青苔底下的腳印。其實那就是記憶當中的定格，永遠的停格。纏綿到了這麼深的地步，深情到了這樣一個狀態。而一個新婦的喜悅，忽然轉成了好像永遠不能夠彌補的哀傷。

我常常覺得，幸好在我們的文化當中有這樣的詩存在。我自己出過一本書叫《情不自禁》，就是想談這種情感。我們的文學傳統不太敢觸碰私情，比如〈陳情表〉，講的是孝道、報恩，一種情感要被擴大到某種狀態，才被認可，才可以放在正統裡做為典範。然而，一種文化裡面，如果私情沒有辦法被肯定，其他的大愛就會空洞、虛假。私情本身是社會倫理架構裡面非常重要的因素。所謂的忠與孝都是大愛，但是如果我們不去眷顧這樣一個女性，體會她看似微不足道的情感遺憾，那個大愛也很可疑，就會被架空。

私情是大愛的一個基礎，回到一個個人最能夠了解、最能夠體諒、有切身之痛的私情的時候，它擴大出去的意義會比較不一樣。林覺民的〈與妻訣別書〉，是從林覺民的角度出發書寫的，「意映卿卿如晤」是非常美的六個字，可是「意映」面目模糊。我很希望他的妻子意映也寫一篇文章出來，是她的私情——當她知道自己的丈夫被關進監牢，要被殺頭，她要帶著年幼的孩子長大的那種私情。這應該成為文化的另外一個角度。如果沒有這個角度，大愛會不平衡、不平均。也會害怕這個所謂大愛，容易被某些政治的東西操控。如果沒有私情做為平衡，大愛會很盲目。

看到門前的行跡，「一一生綠苔」，早上想把青苔掃掉，可是「苔深不能掃」。生命已經定格，歲月如此緩慢。丈夫走掉之後，好像時間再也沒有變過。「苔深不能掃」的時候，感傷就更深了。「落葉秋風早」，怎麼好像才剛剛是春天，葉子就掉了？這句詩從電影技巧來看非常驚人，是用掃地帶出了落葉，如果從畫面來看，這首詩完全可以變成電影。從「苔深不能掃」，到「落葉秋風早」，不僅聲音上押韻，而且從女子掃地到葉子飄落，鏡頭轉換完全合理。看到落葉，才意識到原來已經是秋天了。在孤獨與哀傷中，問秋天怎麼來得這麼早。「八月蝴蝶黃，雙飛西園草」，在這個定格當中，會看到很多畫面，一些對別人來說微不足道的畫面，全部變成她的感

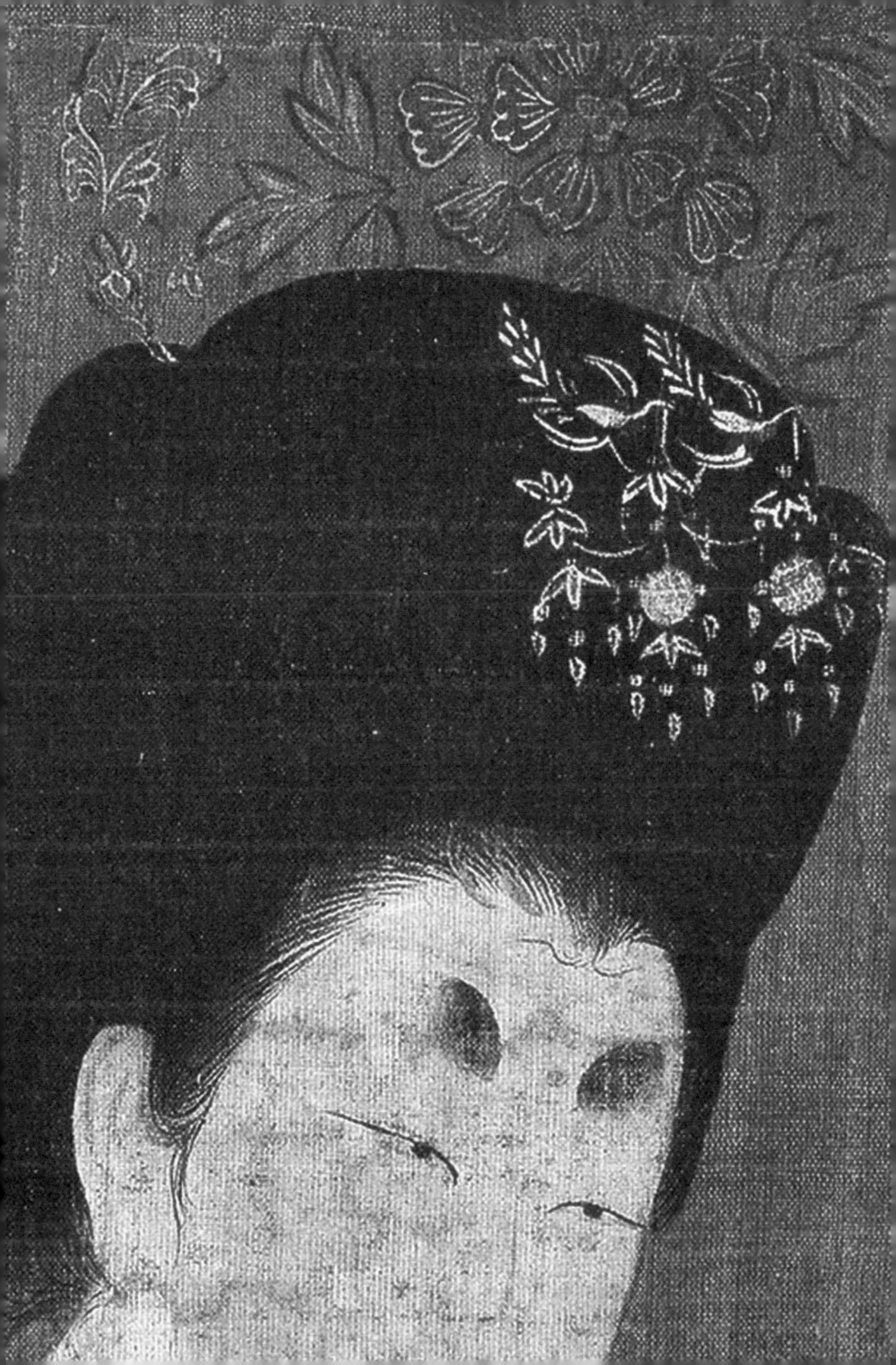

傷。「感此傷妾心，坐愁紅顏老」，「掃」、「早」、「老」幾個轉韻，時間歲月逝去，這種感傷是因為覺得大概這一輩子就是這樣發愁了，自己的紅顏就要如此老去了。這就是定格。生命已經不會再有新的事物發生，就停留在這樣一個狀態。之前十四、十五、十六歲的速度那麼快，現在一天被拉長，變成一個永無止境的回憶。

文學藝術裡的結尾非常重要。「早晚下三巴，預將書報家」，如果有一天丈夫真的從上游回來，經過三巴，至少先寫一封信，早一點讓我知道這件事。「相迎不道遠，直至長風沙」，我要去迎接你，可以遠到長風沙這一帶。這裡是用地名描述自己的期待與喜悅。這種結尾給整首詩一種完整度。

民歌本身經過一代一代的口耳相傳，已經有了最完美的形式，完美度是個人的創作永遠比不上的。很少有詩人像李白這樣，個人創作達到如此高的完美度。從「妾髮初覆額」，到最後「直至長風沙」，所有的音調，所有的文字鋪敘，所有的場景發展，到了無懈可擊的地步。唐朝的文字與語言高度成熟，語言經過了外來語言的撞擊，支離破碎之後重新組合，內容與形式之間完全融合。在讀這首詩的時候，不會覺得李白費力，好像很自然就寫出來了，這個不費力是時代的水到渠成。李白如此華貴，又如此民間，不關心「人」，不關心「庶民」、「百姓」，不會懂李白的〈長干行〉。

浪漫詩的極致

這種帶動又不是煽動性的，而是透過視覺與聽覺把我們直接帶到山川中去，經歷一個危險的過程

〈蜀道難〉這首詩運用的技巧比較複雜，包括押韻、文法、結構。如果把〈蜀道難〉分段，用現代詩的方法做排列，就會發現這大概是中國文字結構上，長短句子變化最大的一首詩。就句型上來看，《詩經》多是四言，《楚辭》以六、七言為主，漢代古體詩是五言，樂府詩句型較為參差。「妾髮初覆額，折花門前劇，郎騎竹馬來，繞床弄青梅」沿襲了五言的形式，〈蜀道難〉句型變化多端，用不同的音節帶出飽滿的情緒。

噫吁嚱！危乎高哉！蜀道之難難於上青天。蠶叢及魚鳧，開國何茫然！爾來四萬八千歲，不與秦塞通人煙。西當太白有鳥道，可以橫絕峨眉巔。地崩山摧壯士死，然後天梯石棧相鉤連。上有六龍回日之高標，下有沖波逆折之回川。黃鶴之飛尚不得過，猿猱欲度愁攀援。

青泥何盤盤，百步九折縈岩巒。捫參歷井仰脅息，以手撫膺坐長歎。問君西遊何時還？畏途巉岩不可攀。但見悲鳥號古木，雄飛雌從繞林間。又聞子規啼夜月，愁空山。

蜀道之難難於上青天，使人聽此凋朱顏。連峰去天不盈尺，枯松倒掛倚絕壁。飛湍瀑流爭喧豗，砯崖轉石萬壑雷。其險也如此，嗟爾遠道之人，胡為乎來哉！劍閣崢嶸而崔嵬，一夫當關，萬夫莫開。所守或匪親，化為狼與豺。朝避猛虎，夕避長蛇，磨牙吮血，殺人如麻。錦城雖云樂，不如早還家。蜀道之難難於上青天，側身西望長咨嗟！

我曾經試著用現代詩的方法去改寫〈蜀道難〉，發現「噫吁嚱」是三個單音，就是三個「啊！啊！啊！」不應該連在一起。這種形式在《詩經》、《楚辭》、漢樂府和其他唐詩中都看不到，李白在語言的創造上真是大膽。這三個單音非常像貝多芬的《命運交響曲》開始時的那幾個重音。

素有「鋼琴詩人」之稱的音樂家傅聰，一直認為自己在詮釋貝多芬的時候，最喜歡用的是李白的詩。西方人在傅聰的鋼琴當中聽到某一種熱情，好像是貝多芬，又有一部分不完全是貝多芬，他們一定不知道這部分來自李白。

在我們的文學中，激情常常被壓抑，會以比較含蓄的方法處理，李白卻在〈蜀道難〉中，以「噫！吁！嚱！」三個驚嘆號，把情感一下釋放出來。感嘆詞為什麼會出現？是因為覺得情感飽滿、洋溢到形式無法容納，必須這樣表達。「噫吁嚱」只有聲音的存在意義，沒有文字的存在意義。當對一個情境簡直無言以對時，就會發出「啊！」的感嘆。

感嘆之後，才可以寫出有意思的字，也就是「危」和「高」。李白直接把我們帶到這麼危險的一條路上，接下來是「蜀道之難難於上青天」。這句話，通常斷句在「難」，如果我斷句，不會斷在「難」。「蜀道之難難於上青天」，應該是一個連接，兩個「難」一起出現的時候，有更大的連轉性。

一個好的詩人不只在寫文字，而且在寫視覺上的那種感覺。在「高」、「危」的路上，無論從上往下看，還是從下往上看，兩端的空間都非常大，視覺上就是拉長的感覺。如果沒有前面的短句子，「蜀道之難難於上青天」這麼長的句子出不來。李白先用三個字的短句子，然後用兩個字「危」和「高」，再加上兩個感嘆詞「乎」和「哉」，成為稍微長一點的句子做為襯托，再到「蜀道之難難於上青天」，五個短音襯出一串長音，形成一個強烈的對比。在視覺上也是對比，而且放大了。

「蠶叢及魚鳧」，這句詩很拗口，我是到了三星堆（三星堆遺址乃位於四川省廣漢附近，屬青銅時代文化遺址），才知道什麼叫「蠶叢」，什麼叫「魚鳧」。蠶叢和魚鳧分別都是君王的名字，可是如果把典故拿掉，還是很有感覺。我一直把這一段當成人類文明的進化過程，「蠶叢」令我想到宇宙洪荒時的很多昆蟲，「魚」和「鳧」，就是昆蟲世界已經有魚與鳥了。為什麼我們說「詩無達詁」？如果有人注解說蠶叢是第一代皇帝，魚鳧是第二代皇帝的名字，其實沒有什麼意思。我還是希望大家感受文字自己的美麗。我們忽然被李白帶進了洪荒，好像進入洪荒叢林當中。

李白開始追溯這一條路最早什麼時候存在。「……開國何茫然！爾來四萬八千歲……」，他用一個抽象數字，來表示時間上的茫然。「開國何茫然」，也真的是很茫然，這裡講的開國，不僅是古蜀國，還有宇宙洪荒的開闢。人沒有記憶，文字都沒有紀錄的年代，叫作「開國何茫然，爾來四萬八千歲，不與秦塞通人煙」。還有一個版本寫作「始與秦塞通人煙」，都是說有一段漫長的歲月是跟秦地沒有來往的。這也說明蜀文化的獨立性。這首詩對解讀三星堆的蜀文化有很大幫助。李白描述了他自己進入這樣一個奇險風景時的情感。「西當太白有鳥道，可以橫絕峨眉巔」，太白山上有鳥可以飛過的道路，但人過不去，因為全是懸崖峭壁——「橫絕」兩個字用得極好。這裡用鳥類的飛翔帶出俯瞰的角度。太白山在陝西，峨眉山在四川，這些連綿不斷的山峰阻絕了中原與巴蜀的來往，他用鳥的飛翔，來書寫這一大片領域。李白的「設身處地」不僅可以將自己設身成妾，還可以設身成鳥。他忽然就變成了那隻鳥，然後從鳥的視角來看宇宙中的風景。

「橫絕」是講鳥，透過這種書寫，呈現出太白山與峨眉山的狀態。這裡面可以看到李白與莊子的關係，莊子寫過「北冥有魚」，然後那個魚忽然異想天開要變成鳥，就變成大鵬飛起來了。莊子從心靈的自由出發，鼓勵生命不斷轉換形式，李白也是如此。李白是一個詩人，他一下變成一個發愁的女人，一下又變成一隻飛翔的鳥。在〈蜀道難〉當中，即使有第三人稱的客觀性，第一人稱的主觀性也常常表現出來。

「地崩山摧壯士死，然後天梯石棧相鉤連」，唸一下這個句子，感覺一下節奏吧。這是我們非常陌生的節奏，傳統古典詩裡很少有這種節奏。讀「地崩山摧壯士死」時，節奏不會快，而「蜀道之難難於上青天」是快節奏，可以對比一下。下一句，「然後」、「天梯」、「石棧」都是兩個字，二加二再加二，節奏一定會慢下來。通常是二加二再加三，可是這裡李白把速度放慢了，如果用音樂形式來解讀李白，把「然後」拿掉，直接接到「天梯石棧相鉤連」，速度不會這麼慢。

「天梯」、「石棧」是講在懸崖峭壁上打木頭樁做棧道。這裡寫的是開闢蜀道的過程。可能先是炸山、劈山，死掉很多人，然後在峭壁上一個個打樁，鋪上木板連成棧道。《明皇幸蜀圖》描繪的是唐明皇到四川去的景象，那張畫裡就有石棧，畫面上可以看得很清楚，就是在峭壁上架出棧道。

「上有六龍回日之高標，下有沖波逆折之回川」有令人眩暈的感覺，他把視覺先拉到上，再拉到下，上面是巨大的天體運行。「六龍回日」用了典故，中國神話裡認為是六條龍替太陽神拉車。「六龍回日之高標」，太陽神的車子碰到蜀山最高的位置了。「沖波逆折」，峽谷裡面的水在迴旋沖刷。這是非常精采的描述，整個視覺忽上忽下遨遊，完全被放大。

前面我們說到「然後天梯石棧相鉤連」，已經在文字句法上對唐詩當中最常見的五、七句式產生了破壞，這裡的「上有六龍回日之高標，下有沖波逆折之回川」又都是二二二的關係。這兩個句子是從南朝的四六駢文變出來的。「關山難越，誰悲失路之人；萍水相逢，盡是他鄉之客」（王勃〈滕王閣序〉）就是這種四六句式。

再往下看，「黃鶴之飛尚不得過，猿猱欲度愁攀援」，在語言的節奏上，李白似乎一直在給我們設置阻礙，讀這首詩會覺得不順，可是又不知道原因何在。其實是因為節奏一直在發生變化，比如「黃鶴之飛尚不得過」是四四的關係，「猿猱欲度愁攀援」又回到了四三的關係。有時候只是一個字的差別，讀起來卻覺得有節奏有很多變化。下面又進入五言與七言，比如「青泥何盤盤」是五，「百步九折縈岩巒」又變成七。我們彷彿在跟著李白去爬山，走在坎坷的山路上。他的語言和節奏也是坎坷的，有很多的阻礙，讓我們讀起來不那麼順暢。他似乎想讓我們體會爬山的艱難，那個艱難全部轉成了語言上豐富的變化。

下面還是以五言和七言為主調。「捫參歷井仰脅息」，「參」、「井」是星宿的名稱，描述在爬山時，到了晚上，看到滿天的繁星，因為山很高，星星彷彿可以摸得到，使人凝神屏息透不過氣。「以手撫膺坐長歎」，這是客觀的描述，用手拍拍自己的胸膛，趕快坐下來，兩隻腳都癱軟了。李白交替用客觀與主觀兩種描述方法，將我們帶到爬山的驚險暈眩過程。

有人認為〈蜀道難〉是寫唐玄宗逃難到四川的故事，「問君西遊何時還」就好像問唐玄宗：你到西邊來，什麼時候回去啊？我不喜歡這種太政治的解讀。我覺得李白關心的不是現實，而是在描述生命的流浪與自我放逐。在他的詩中，生命從人的世界出走到自然的世界，體會到一種孤獨感。我更願意相信李白這是在問自己，這樣的流浪、這樣的徬徨什麼時候會結束？什麼時候找回自己？那是一種對內心世界的叩問。

「問君西遊何時還？畏途巉岩不可攀」，「畏途」是風景裡面最危險的路途，「巉岩」是最陡峭的崖壁，當然也可以引伸為人世當中到處是小人陷害的危險路。我不希望在解讀這首詩時離開李白對自然的描述。李白應該不是那種糾纏於瑣碎事情的人，當然歷史上他曾被小人陷害過，可是我總覺得他那麼瀟灑，也許爬山時就會忘掉這些。我們去爬一座大山時，會感覺到彷彿在挑戰一種精神，然後會把心中的汙濁之氣全部拋掉。在旅途當中讀李白是最大的愉悅，在自我流浪的過程中，會體驗到「但見悲鳥號古木，雄飛雌從繞林間」所描寫的自然世界中蒼老的林木和鳥淒厲的叫聲。

「又聞子規啼夜月，愁空山」，在夜晚的月光下聽到子規鳥的啼叫。古蜀國的皇帝死後化為鳥，也就是望帝，不斷地叫，一直要把春天叫回來。幾句七言之後，又出現了三言。李白總是帶給我們意外，無法預知他接下來的節奏，彷彿是行山時的峰迴路轉。很少有文學作品可以透過對語言與節奏的把握，直接表現這樣驚險的過程。

我們再回頭看一下，「捫參歷井仰脅息，以手撫膺坐長歎。問君西遊何時還？畏途巉岩不可攀。但見悲鳥號古木，雄飛雌從繞林間。又聞子規啼夜月，愁空山」，這些詩句似乎進入了七言詩的規則當中，忽然又用「愁空山」把七言收住，進入另外一個不同的節奏，有點像交響詩，每一段帶我們體驗不同的風景。「又聞子規」是平鋪直敍，「啼夜月」令人想到很多民謠。這裡描述的是一個很蒼涼的景象。「愁空山」與「啼夜月」剛好相對，所以這三個字並不突兀。在荒涼的山裡，看到一輪月亮出來，聽到鳥的叫聲，在山路上時常會看到這種場景。我一直覺得教會我讀李白的不是學校，而是山水。

「蜀道之難難於上青天，使人聽此凋朱顏」，光是聽敘述就已經使人變老了。「感此傷妾心，坐愁紅顏老」，是說在時間的遷徙中一個女子慢慢老去的悲哀；現在講的則是男性在山中經歷的驚險，好像一聽到那種驚險，整個青春都凋落、憔悴了。這裡也是一個強烈的對比。

「連峰去天不盈尺」，山峰與天接到一起，「枯松倒掛倚絕壁」，絕壁枯松往下垂掛。我們剛剛被李白帶著仰望了天，又往下看到懸崖峭壁上向下生長的松樹，然後他開始描寫峽谷裡的水，「飛湍瀑流爭喧豗，砯崖轉石萬壑雷」。如果大家去過太魯閣，就可以理解詩裡面描述的景象了。大山把水封住，水出不來，立霧溪像一把刀子，用水切割山。我們覺得立霧溪峽谷漂亮，是因為溪水在切割那山，好讓自己有一條路走向海洋，水就變成激流。水碰到石頭會轉彎，在轉彎的過程中不斷切割沖刷，就變成「飛湍瀑流爭喧豗，砯崖轉石萬壑雷」。水聲成為雷聲轟隆。

之後忽然出現「其險也如此」，這五個字根本是散文而不是詩。這個時候李白跑出來告訴你：「你看多危險。」李白為什麼要這樣處理？他要產生詩句上的大變化，各種敘述方法都要用到。「嗟爾遠道之人，胡為乎來哉！」他的角色又轉換了，「嗟爾」是感嘆詞「啊」，說遠道之人，你們從那麼遠的地方來，為什麼來這裡呢？好像是山水在問人。「其險也如此」是李白說好危險，忽然一個「啊」，好像是荒山在問：「你們這麼遠跑來幹什麼呢？怎麼會跑到這個地方來呢？」大概沒有其他的詩人可以在一首詩裡做這麼多角色轉換。

「劍閣崢嶸而崔嵬」，又出現了新的句型。「劍閣」有極狹窄的山道，「崢嶸而崔嵬」，是描述它的險峻。下面「一夫當關，萬夫莫開」，我們現在常常用的成語出現了，李白用很通俗的語言，直接把險要的感覺講出來。

「所守或匪親，化為狼與豺」又回到五言詩的形式。這是比較有敘述性的句子，說只要一個人守在劍閣，幾萬人都打不開這個城，因為旁邊全是懸崖，只有一條路可走。「一夫當關，萬夫莫開」，這個人非常重要，如果不是親信在這裡，那就完了，「化為狼與豺」是說他可能會變成對抗你的豺狼虎豹。武俠小說裡總說「天下未亂蜀先亂」，因為在蜀地有一個人一叛變就完了，四川就獨立了。四川一直保有這種山川形勢上的特徵。下面又出現了四個字的句子，「朝避猛虎」，早上躲避猛虎，「夕避長蛇」，晚上躲避長蛇，「磨牙吮血，殺人如麻」，不僅山路是危險的，還有這麼多危險的動物，人還要與動物搏鬥。所以「錦城雖云樂」，四川成都雖然是天府之國，但「不如早還家」。想到「蜀道之難難於上青天」，所以「側身西望長咨嗟」，還是要發出感嘆。

這首詩大概是浪漫詩的極致，裡面描述的心情跌宕起伏，洶湧澎湃，完全可以用貝多芬最好的交響曲來做對比。我們在讀這首詩的時候，情緒一直被李白帶著走，愈來愈高亢，這種帶動又不是煽動性的，而是透過視覺與聽覺把我們直接帶到山川中去，經歷一個危險的過程。

盛放與孤獨

生命總是要追求快樂的，要追求快樂就要趁年少青春

讀過〈長干行〉，讀過〈蜀道難〉之後，再來看大家最熟悉的〈月下獨酌〉，這首詩在形式上一點都不複雜。

花間一壺酒，獨酌無相親。舉杯邀明月，對影成三人。
月既不解飲，影徒隨我身。暫伴月將影，行樂須及春。
我歌月徘徊，我舞影零亂。醒時同交歡，醉後各分散。
永結無情遊，相期邈雲漢。

「花間一壺酒，獨酌無相親」，在盛放著的花當中有一壺酒，一個人孤獨地喝酒，沒有人陪伴。第一個意象是盛放的花，第二個意象是孤獨。這兩個意象是互相矛盾的，繁花盛開怎麼會孤獨呢？可是李白剛好是身在繁花盛開當中的孤獨者，這就在美學上形成了非常特殊的感覺。貴遊文學中也有一種自負。自負是孤獨的，感覺到青春、感覺到美、感覺到華麗，又不屑於與世俗對話，這是貴遊文學中常見的情緒表達。唐朝寫王謝家族的詩最有名的是「舊時王謝堂前燕，飛入尋常百姓家」，唐朝人感傷的是南朝時富貴的王家、謝家的燕子已經「沒落」了，飛入了尋常百姓家。其中有貴遊文學的傳統，即身處繁華的自負與孤獨。

「花間」是繁華，「獨酌」是孤獨，在最孤獨的時候，人會渴望知己。如果在人世間無所盼望，與人世間的汙濁沒有辦法對話，詩人寧可「舉杯邀明月」，與月亮或者自己的影子一起喝酒。月亮與影子又是一個華貴與孤獨的對比：與月亮喝酒是高貴的，與影子喝酒是悲哀的。華麗與孤獨一直在彼此交錯。在這首詩中，李白用對比的形式，使喝酒這個事件變成一種生命哲學。「對影成三人」，是月亮、影子與詩人自己，變成三種生命形式。最終卻依然是悲哀的，因為「月既不解飲，影徒隨我身」，月亮是不懂得喝酒的，只是一個寄託罷了；影子也不過是跟在身邊，人怎麼動，影子就怎麼動。這裡面有種找不到知己的絕望，在整個宇宙當中，他都沒有找到真正可以一起喝酒的對象。孤獨到「月既不解飲，影徒隨我身」的時候，更為更為荒涼。生命本質上何嘗不是荒涼？

下面又發生了轉折，「暫伴月將影」，不過是一個短暫的存在，何必在意是否有知己，就把月亮和影子當成朋友吧。不過是偶然交會，就不要在意是否是知己了，還是「暫伴月將影，行樂須及春」吧。李白又回到了華麗，生命總是要追求快樂的，要追求快樂就要趁年少青春。生命那麼短，只有一次，為什麼不好好地去享樂？李白詩的華麗、孤獨、揮霍、享樂主義，構成了他浪漫文學的基礎。完全是淒涼與孤獨的，可是他又去調侃自己，說「行樂須及春」。

「我歌月徘徊」，唱歌的時候，月亮在慢慢移動；「我舞影零亂」，跳舞的時候，影子在地上零亂地動著。在這裡，「零亂」變成一種蒼涼，好像很繁華，可是又很孤獨，李白以此來描繪自己影子在地上的狀況。用這種方法將自己的心情表達出來。「我歌月徘徊」是比較抒情的感覺，「我舞影零亂」是比較悲愴的感覺，在這首詩裡，這兩句最令我感動。李白詩中有很多「我」，杜甫詩裡很少有「我」。李白是一個把自己的生命做為觀察主軸的詩人，以浪漫來對抗客觀。

「醒時同交歡，醉後各分散」是對生命的最後總結，近於哲學上的感悟。人在沒有喝醉以前，彼此認識，同時歡樂，醉了以後，就各自散開，這是在講生命的狀態。

「醒」是理性，「醉」是感性。醒的時候有一種理性對生命的了解，要有人世間的應酬、應對，醉了以後也許就看到了生命更本質的部分。醒醉之間看人生，李白在半醒半醉之間，總結出他對生命的感覺。

「永結無情遊」，這非常接近莊子的態度。從莊子的角度，生死如四季，循環不已，而且不能強求。我自己也寫過類似的句子：「人與人之間，一是生離，一是死別，其實並沒有第三種結局。」李白在這裡講的「無情遊」也是這個意思，雖然有些版本解讀「無情」為忘情，或指月、影是無情之物。所有的「情」不過是短暫的，因為死亡在前面等著。「相期邈雲漢」，我們期待生命終結之後，也許有一天在渺茫的宇宙中還會有相遇的機會。在無限的時間當中，還有相遇的緣分嗎？既然如此，不必去設定虛擬的情，人生不過是無情之遊。無情之遊好像是月亮與影子的關係、星辰與星辰的關係，彼此不過是按照自己的軌跡運轉，如果碰到了，是一個意外，不碰到，那它本來就是如此，「一切如夢幻泡影」。

這裡我們也可以看到李白詩的一種完整性，就是文學抒情的能力，以及對生命的本質探討的能力。這首詩從頭到尾就是五言，形式上很安靜，最後帶出了一個最完美的詩的內容。

從〈長干行〉，到〈蜀道難〉，再到〈月下獨酌〉，可以看到三個不同的李白。做為創作者，李白不斷超越自己、突破自己，不同的詩用不同的形式，脫口而出，純乎天籟。為什麼說李白不可學？因為他的詩出乎天性，幾乎沒有規則，他的詩，是生命最自然的狀態。而杜甫是很刻意地錘煉詩句的。他們是兩種完全不同的典型，那要向李白學什麼？學生命的狀態。學〈蜀道難〉的方法就是去爬大山，到山裡歷險，在適當的時刻，真的寫詩時，那個句子就會出來。李白的詩不只是一個形式，而是生命直接爆發出來的力量。在小小書齋中是很難理解真正的李白的。

長風破浪會有時，直掛雲帆濟滄海

對海洋、對破浪、對太陽的嚮往，是李白生命的主調

下面〈行路難〉可以看作李白內心的表白。

金樽清酒斗十千，玉盤珍羞直萬錢。停杯投箸不能食，拔劍四顧心茫然。
欲渡黃河冰塞川，將登太行雪滿山。閑來垂釣碧溪上，忽復乘舟夢日邊。

行路難！行路難！多歧路，今安在？長風破浪會有時，直掛雲帆濟滄海。

〈蜀道難〉與〈行路難〉兩首詩寫的都是李白所體驗到的生命的荒涼與茫然。這首詩是很典型的貴遊文學，「金樽清酒斗十千，玉盤珍羞值萬錢」，「金樽」是黃金的酒杯，喝著清酒，一喝就上斗，多麼豪華、奢侈，又揮霍。「玉盤珍羞」，用玉做的盤子，盛放著最珍貴的食物。

剛經歷過貴族的華麗，忽然就變成荒涼——「停杯投箸不能食」，最豪華的菜放在面前，可是忽然把杯子放下來，筷子丟下，不想吃了，因為心裡有一種哀傷。「拔劍四顧心茫然」，把牆上掛著的劍拔出來，四面看了一看，心裡很茫然。我們不知道李白的悲哀是什麼，要對抗的是什麼，好像就是心裡的一種荒涼。不知道大家會不會偶然有這樣的心情，面對著最豪華的物質，有種很大的孤獨感，你覺得生命沒有意義或者虛無。對生命斤斤計較也很難懂李白。

李白的貴遊文學不俗氣，因為他有種「停杯投箸不能食，拔劍四顧心茫然」的荒涼感，在擁有人世間最大的繁華時選擇出走。李白會令我們想到悉達多太子，擁有最華麗的宮殿與最美麗的妃子，還是會出走。

「欲渡黃河冰塞川」，講的是生命的茫然。拔劍四顧，要到哪裡去呢？往北走吧，往北走想渡過黃河，可是黃河已經結冰。那麼往西走吧，「將登太行雪滿山」，想爬過太行山，可是滿山都是大雪，似乎生命當中都是阻礙，都是困頓。李白會怎麼面對呢？他用調侃的方式給了自己一個解放，「閑來垂釣碧溪上」，不要這麼悲壯，把生命看得悠閒一點吧，不要去做什麼偉大的事業，就在小溪邊釣魚吧。「忽復乘舟夢日邊」，釣著釣著累了，睡著了，夢到自己坐著船到了太陽的旁邊。這是李白的浪漫。在無法解決現實中的阻礙與困頓時，他會做夢，用夢來把自己帶到最美麗的世界。

人活著，現實的人生如此艱難，每一步走下去都是歧路，都是困頓，都是挫折。李白覺得他唯一的快樂是在酒中與夢中，一回到現實人生，就覺得到處都是陷阱。即使身處繁華，他心裡面也是荒涼。

「行路難！行路難！多歧路，今安在？長風破浪會有時，直掛雲帆濟滄海」，但他很少悲哀到底，他會給生命一個巨大的希望，這是李白內在世界裡的嚮往。「會有時」是說要有一個機遇。李白的詩裡有豪邁之氣，因為他一直沒有放棄對大空間的嚮往。對海洋、對破浪、對太陽的嚮往，是他生命的主調。但現實中，他時常陷入困頓，想出走又無處可去，似乎走到哪都是這樣困頓的人生，只好回來尋找心靈的悠閒。

吳宮花草埋幽徑，晉代衣冠成古丘

這裡有一種緬懷，燦爛的東吳、晉代、繁花、一代菁英，今天都是幽徑與古丘

唐朝格式最嚴格的詩叫作「律詩」。什麼是「律」？就是格律、規則。〈登金陵鳳凰臺〉是李白很有代表性的律詩。

鳳凰臺上鳳凰遊，鳳去臺空江自流。吳宮花草埋幽徑，晉代衣冠成古丘。
三山半落青天外，二水中分白鷺洲。總為浮雲能蔽日，長安不見使人愁。

讀完〈蜀道難〉，也許會覺得李白是一個不懂規則的人，因為他那麼叛逆地去破壞規則。其實，真正懂得叛逆的人是懂得規則的人，不懂規則的叛逆叫作胡鬧。在美學上，叛逆可以被理解為創新。

「鳳凰臺上鳳凰遊，鳳去臺空江自流」，一開始氣勢就好大。在南京（金陵），傳說山上有鳳凰翔集，鳳凰飛走以後，那個地方就被命名為鳳凰臺。鳳凰是華麗的，是貴族的象徵，全身的羽毛都是彩色的。「鳳凰臺上鳳凰遊」重複兩次「鳳凰」，華麗性更高了。第二句開始出現他的茫然與悲哀——鳳去臺空，長江兀自流去。

律詩的第三到第六句最為嚴格，就是所謂的頷聯和頸聯。「吳宮花草埋幽徑，晉代衣冠成古丘」，完全對仗的兩句。李白完全懂規則，只是有時候不用這個規則，這個規則只能講一種話，可是他想講很多種話，於是他就創造新規則。「吳宮花草埋幽徑」，曾經建都在南京的吳，華麗的宮廷、花草已經埋在了荒涼的幽徑底下，李白一直在把華麗與悲哀這兩個元素做著對比。「晉代衣冠成古丘」，東晉貴族如今已經成為了古墓荒丘。這裡有一種緬懷，燦爛的南朝——東吳、晉代、繁花、一代菁英，今天都是幽徑與古丘。

「三山半落青天外，二水中分白鷺洲」是最明顯的律詩結構，可看出李白運用文字的精準程度。「三山半落」是遠遠看到三座山聳立在青天之外，然後「二水中分」，江水被白鷺洲分割成兩道水流。文字構成了一個畫面，我們看到青天外面半落著三座山，白鷺洲分開了兩條水。「三」和「二」當然也只是格律對仗，未必硬解為數字上的「三」與「二」。

「總為浮雲能蔽日，長安不見使人愁」，最後兩句再把意思收回來。這首詩起頭很大氣，收尾收得有餘韻，中間講規則，三、四、五、六句是最體現功力的地方。

最貴重的是生命的自我反省

空間如此空曠，時間如此短促，我們活著為什麼不好好盡歡

〈將進酒〉是大家很熟悉的一首詩，如果說〈蜀道難〉應該到太魯閣去讀，這首詩則應該到酒樓餐會上讀。

君不見、黃河之水天上來，奔流到海不復回？
君不見、高堂明鏡悲白髮，朝如青絲暮成雪？
人生得意須盡歡，莫使金樽空對月。天生我材必有用，千金散盡還復來。
烹羊宰牛且為樂，會須一飲三百杯。岑夫子，丹丘生，將進酒，杯莫停。
與君歌一曲，請君為我傾耳聽。
鐘鼓饌玉不足貴，但願長醉不復醒。古來聖賢皆寂寞，惟有飲者留其名。
陳王昔時宴平樂，斗酒十千恣歡謔。主人何為言少錢？徑須沽取對君酌。
五花馬，千金裘，呼兒將出換美酒，與爾同銷萬古愁。

在〈將進酒〉中，李白從一開始就沒有遵守規則，他用「君不見、黃河之水天上來」開頭，「黃河之水天上來」是七個字，李白總是在五與七中間玩遊戲，但他不是玩技巧，真的有話要講，形式的變化是跟著情感在走。「君不見、黃河之水天上來，奔流到海不復回」，天上來的黃河之水，氣勢洶湧澎湃，一直流到海裡。唐詩中的空間都非常廣闊，時間也非常遼遠，李白四處流浪之後，生命中有一種豁達與豪邁。空間的無限性接著時間的無限性。

「君不見、高堂明鏡悲白髮，朝如青絲暮成雪」，「高堂」是指父母，父母對著鏡子看見白髮，頭髮早上還是黑色的，到了黃昏就已經像雪一樣白了。浪漫的詩非常誇張，這之前是空間放大，現在是時間速度加快，用「朝」與「暮」來形容不過是一瞬間，生命就老去了。在生命老去的過程中，在無限的茫然中，才有了下面的結論「人生得意須盡歡」。

空間如此空曠，時間如此短促，我們活著為什麼不「人生得意須盡歡，莫使金樽空對月」？不要讓自己華麗的酒杯空空地對著月亮，有酒就好好去享樂吧。在這裡能看到貴遊文學最明顯的特點，那就是華麗，以及華麗背後的感傷。感覺到了時間的壓迫性，要讓生命去盡情享樂。李白有享樂主義傾向，可是他不是放縱，而是不要荒廢生命。如果只有一次生命，如果時間如此短暫，如果父母如此快速地衰老，至少要讓自己的生命能夠「天生我材必有用」。這個生命如此自信，覺得「千金散盡還復來」。「烹羊宰牛且為樂，會須一飲三百杯」，非常直白，沒有任何地方讀不懂。這首詩直接唱給岑夫子、丹丘生聽，對方就在現場，「岑夫子，丹丘生，將進酒，杯莫停」，很有節奏感，似乎李白在拿著筷子敲打酒杯。李白當時似乎是喝得半醉，手舞足蹈，把生命經驗直接唱了出來。李白的詩有臨場感，讀時自己可以走到現場。

李白的纏綿與哀傷非常動人，這首詩裡面有很多「君」、「我」、「爾」，有很明顯的對話形式。李白似乎有一個關心的對象，他多次重複「君」字，這裡是「請君為我傾耳聽」。生命這麼茫然，這麼沒有意義，這麼哀傷，可是此刻有你有我，「請君為我傾耳聽」是多麼動人的感覺。這就是李白的深情，到最後生命其實就是「暫伴月將影」，在暫時的情感裡棲身。

下面的句子簡直像勸世歌：「鐘鼓饌玉不足貴，但願長醉不願醒。古來聖賢皆寂寞，惟有飲者留其名。」李白經歷了豐富的物質生活之後，發現最貴重的可能是生命的自我反省，所以「但願長醉不復醒」。李白常常用醒與醉來對比生命的美好形態。「醒時同交歡，醉後各分散」，「醉」變成李白追求的一種生命的本質狀態。

「古來聖賢皆寂寞」，「聖」與「賢」都是在追求生命向外的使命感，所以他們都是寂寞的。「惟有飲者留其名」，還是那個喝著酒的人，可以在民間留下一點名聲吧。「陳王昔時宴平樂」，「陳王」就是寫〈洛神賦〉的曹植，他在平樂觀舉辦宴會時，「斗酒十千恣歡謔」。前面有「金樽清酒斗十千」，這裡又出來「斗酒十千恣歡謔」——揮霍何必在意物質。

「主人何為言少錢」，不知道那一天誰請客，有一點不太願意再拿錢出來請大家喝酒了。李白直接就唱出來：「主人何為言少錢，徑須沽取對君酌。」你把酒買來吧，有多少酒都買來。這裡面有一種豪邁，生命真是豁達豪邁到讓人開心。人們在喝酒，非常吵鬧，李白唱起歌來了。這首詩裡面有很多現場即興的感覺。「五花馬，千金裘，呼兒將出換美酒」，喝到這裡，大概沒有錢了，就說外面還有一匹馬，身上還有貂裘，就叫孩子拿它去換美酒。生命不斤斤計較，不瑣碎，就靠近李白了。

結尾是「與爾同銷萬古愁」，為了無解的孤獨，我們一起來忘掉孤獨。李白的美學風格非常清楚，他的美建立在生命的華麗上，與哀傷形成互動。

詩存在於生活中

李白的詩句有生活當中的喜悅與活潑

再看李白一首很漂亮的詩——〈金陵酒肆留別〉。

風吹柳花滿店香，吳姬壓酒喚客嘗。
金陵子弟來相送，欲行不行各盡觴。
請君試問東流水，別意與之誰短長。

「風吹柳花滿店香，吳姬壓酒勸客嘗」，開頭就給人一種春天來臨的感覺，春天來了，風吹著柳絮四處飛。「吳姬」是江南的女孩子，是賣酒的人，會與客人調笑，「壓酒喚客嘗」。李白的詩句有生活當中的喜悅與活潑。真喜歡這個「壓」字，果然是吳姬，是酒店的中心。

「金陵子弟來相送」，大概是李白要離開南京的時候，當地的讀書人來送行。「欲行不行各盡觴」，應該走了，可是大家不走，還在那邊喝酒，愈喝愈過癮。「請君試問東流水，別意與之誰短長」，別人問：「你這次走，離開我們會不會難過？」李白回答：「你問問水，告別的心情，和水相比誰短誰長？」他是說他哀傷的長度比長江水還要長。

下面是李白的〈早發白帝城〉。

朝辭白帝彩雲間，千里江陵一日還。兩岸猿聲啼不住，輕舟已過萬重山。

整首詩全部講速度，一瀉千里的感覺：早上離開白帝城的時候，它還在一片白雲之間，千里江陵一天就走完了，路過三峽時聽到兩岸的猿猴一直叫，船已經過了千萬座山。真是大才氣！絕句只有四句，非常難寫，必須把感覺精練地一下子釋放出來。清代乾隆御定《唐宋詩醇》說：「順風揚帆，瞬息千里，但道得眼前景色，便疑筆墨間亦有神助。」這個「神」就是那個時代的氣度，以及李白生命的狀態，使他寫詩可以完全沒有任何阻礙。

再看一下李白的〈客中作〉。

蘭陵美酒鬱金香，玉碗盛來琥珀光。但使主人能醉客，不知何處是他鄉。

「蘭陵美酒鬱金香」，「鬱金香」是講蘭陵出產的美酒，透著鬱金芳香，鬱金是種香草，浸在酒裡，使酒色金黃。「玉碗盛來琥珀光」，杯子是用崑崙玉做的，裡面裝的酒有琥珀的光澤。從這裡可以看到李白的生命狀態，也形容那碗酒，酒給他的感覺是憂鬱、黃金、芳香。最好的法國紅葡萄酒令人想到的就是這三種感覺，因為裡面有苦、有澀、有香、有黃金的光亮。

詩仙和詩聖

「仙」是個人化的自我解放，「聖」則是個人在群體生活當中的自我鍾煉

李白和杜甫剛好跨越中國詩歌的黃金時代，成為兩個高峰，他們只相差十一歲，可是個性明顯不同，我們稱李白為「詩仙」，稱杜甫為「詩聖」。

李白之所以被稱為「詩仙」，是因為在詩的國度裡，他是一個不遵守人間規則的人。「仙」的定義非常有趣，李白本身建立起來的個人生命風範，不能夠用世俗的道德標準去看待，比如李白的好酒、遊俠性格，和對人世間規則的叛逆。可以說李白把道家或老莊的生命哲學做了盡情發揮。杜甫是「詩聖」，儒家生命的最高理想是成為聖人，「聖」需要在人間完成。「仙」是個人化的自我解放，「聖」則是個人在群體生活當中的自我鍾煉。

在青春期，很自然會喜歡李白。李白的生命裡所呈現出的自由形態，如他的〈少年

行〉中的青春形式，在正統文學裡較不被鼓勵。在整個文化體制中，受鼓勵或讚賞的是經過很多歷練之後的成熟與穩重。青春的熱情、衝動、勇氣或冒險，在文化當中很容易被忽略。早期思想家並非沒有碰到這個部分，只是生命充滿了兩難，為了有所偏重，勢必造成對某一部分的忽略。李白式的生命形態，年輕、大膽、冒險，在我們的歷史當中愈來愈少，尤其是宋之後。〈蜀道難〉把我們帶到一個驚險的世界，對非規則世界發出感嘆，這是我們很少有的體驗。我們在成長與求知的過程裡，一再聽到「讀萬卷書不如行萬里路」，可是行萬里路其實很難。大多數時候我們是在書房中，生命的真正歷練其實非常少。

年輕時對李白的愛好很容易理解，因為那時很想背叛學校的教育，很想背叛家庭的規矩，想背叛社會的桎梏，很想像李白一樣出走冒險。這未必是對李白絕對正確的理解，可是李白令人感覺到他的生命可以豁達到孤獨地出走。今天我對杜甫的感動，是在進入中年滄桑之後，開始明白他對人世間的悲憫，以及他把個人放入群體中，對使命與責任的承擔。

杜甫的社會性很強，李白則較無社會性，「舉杯邀明月，對影成三人」，月亮與影子都要解脫社會性。李白鼓勵個人把社會性的部分切斷，從獨與天地精神往來的個人角度思考生命的意義和價值。儒家對於一個人生命的意義與價值，一定是放在群體當中考慮，比如孝與忠，是在家族與國家裡完成自我，如果抽離了家族和國家，個人的意義無從討論。李白不討論這些問題，他就是一個孑然的個人。「天生我材必有用」，「我」是一個孤立的個體，而杜甫的每一個動作、每一個行為都是把自己放到群體當中。

「聖」與「仙」是非常不同的兩種形態。李白體現了老莊思想的高度完成，杜甫則體現了孔孟哲學的高度完成。宋朝就開始討論到底李白、杜甫孰優孰劣，從文學的技巧上來講，杜詩可以學，李白不能夠學。李白才氣縱橫，杜甫有嚴格的規範，在杜詩的國度中有蹤跡可循。

宋朝的蘇轍認為李白這樣的詩人不道德，說李白「白晝殺人，不以為非」，因為李白的詩句當中有「笑盡一杯酒，殺人都市中」。其實文學創作與藝術創作一樣，很難用社會的功利去解讀。比如莎士比亞的《羅密歐與茱麗葉》，兩個十四、五歲的小孩愛得天翻地覆，最後自殺。如果多想一點社會道德或者社會現實，可能會覺得這本書應該禁掉。在〈蜀道難〉中，最令人感動的是我們必須披荊斬棘自己開路。宋以後的教育體系害怕李白，因為他的詩裡對個人出走的鼓勵有很多叛逆，還有因為他的創造力。創造力常常被理解為毀滅力，太冒險了，太不遵循人間的規則。杜甫逐漸成為正統文學裡的偉大代表者，而李白則備受爭議。

在皓月當空的夜裡，自己一個人喝酒，感覺到生命的孤獨與茫然，會體悟到李白詩裡最美的部分；一個寒冷的冬夜，在地下道裡，看到乞丐在行乞，也許會想起杜甫詩中最感人的部分，想到「朱門酒肉臭，路有凍死骨」。二者其實是不同的感動，我不覺得在皓月下喝酒的那個我，走到地下道看到乞丐就不會有悲憫之心。這中間並不衝突，而是生命的兩種完成。

這裡有種生命的互補，大唐盛世的迷人不只是李白生命的豐富，更是李白與杜甫一起構成的大豐富，因為他們如此不同，又是同一個花園裡開出來的花朵。他們彼此也知道各自的定位都是對方不能取代的。李白讓人覺得生命還可以發亮，而杜甫則是照到最角落的光。不懂李白，不會懂杜甫，同樣，不懂杜甫，也很難真正懂李白的價值，這就是唐詩的格局。

杜甫說李白「冠蓋滿京華，斯人獨憔悴」，長安城中這麼多士紳崇拜李白，可是這個人怎麼這麼孤獨、這麼憔悴。杜甫非常清楚李白的孤獨，但李白不會無緣無故地對杜甫說「我孤獨啊，孤獨啊」，他是從作品裡讀出來的，比如〈月下獨酌〉中就有繁華裡面的荒涼和孤獨。杜甫也預言「千秋萬歲名，寂寞身後事」，他覺得李白將來會名垂千古，那個時候李白還沒有去世，杜甫已經確定他未來的聲名。「寂寞身後事」，李白沒有爭現世的名利，潦倒以終。

杜甫與李白之間有一種知己情誼。歷史上最讓我感動的畫面，是李白與杜甫在酒樓上坐下來喝酒，談他們的生命理想。這種感情就是「永結無情遊，相期邈雲漢」。大約七百年後，在佛羅倫斯，達文西與米開朗基羅也開啟兩個人的對話關係。李白與杜甫，達文西與米開朗基羅，他們的相遇是生命中不可思議的撞擊。我們每一個人的生命裡都有李白和杜甫：對個體生命完成的追尋，讓我們放歌山林；回到這世界上，對於最卑微的生命又有著同情、悲憫。

杜甫〈飲中八仙歌〉說：「李白斗酒詩百篇，長安市上酒家眠，天子呼來不上船，自言臣是酒中仙。」他非常知道李白的豪邁，他也可以這樣做，可是杜甫好像在生命的兩難裡，先選擇了路邊凍死的那些人，所以就暫時沒有機會去描述李白那種豪情。這是生命的偏重，詩人在兩難中，選擇了暫時要完成的角色。

柔情與陽剛

在精采的唐朝，生命有機會釋放自己，產生了活潑的生命形式

李白寫過〈長相思〉這種非常柔情、抒情的詩，也寫〈關山月〉這種充滿陽剛氣魄的詩。兩首詩的情感非常不一樣，「天長路遠魂飛苦」的纏綿與「明月出天山」的豪邁相差實在很遠。

其實我們自己也是多元的，並非那麼單一，可能是因為接受的教育，讓我們愈來愈覺得自己只有一種面目。當我們被定型之後，也不敢去觸碰另外的我。在精采的唐朝，生命有機會釋放自己，產生了活潑的生命形式。

下面這首〈長相思〉是非常美的思情詩，與〈蜀道難〉和〈將進酒〉都不一樣。

長相思，在長安。
絡緯秋啼金井闌，微霜淒淒簟色寒。孤燈不明思欲絕，卷帷望月空長歎。
美人如花隔雲端。
上有青冥之高天，下有淥水之波瀾。天長路遠魂飛苦，夢魂不到關山難。
長相思，摧心肝。

「長相思，在長安。絡緯秋啼金井闌……」，秋天的時候，昆蟲在井邊發出微微的叫聲。「微霜淒淒簟色寒」，「簟」是竹席，秋天薄霜初降，蓆子有冰涼的感覺。這首詩一開始的調子比較低微，不像〈將進酒〉、〈蜀道難〉那麼高亢。「孤燈不明思欲絕，卷帷望月空長歎。美人如花隔雲端。上有青冥之高天，下有淥水之波瀾」，這裡又用到一點〈蜀道難〉裡面的技法。

「天長路遠魂飛苦」，這裡的主題是魂。心靈在空明的境界中飛，飛在空茫的青冥長天上，也飛在清水的波瀾之上，一片茫然之中有思緒一直在飛，天長地遠地飛。這裡講的是思念。李白用了一個很特殊的方法，整個空間被擴大，然後描述在天長地遠中飛的那個魂，好像有根細絲牽繫著，可是「夢魂不到關山難」。

「長相思，摧心肝」，這一句多麼直接、大膽，李白敢用最平易的字。我覺得李白一定常常在酒樓裡混，在那裡他會聽到不同階層人的聲音。

〈關山月〉也是大家很熟悉的一首詩。

明月出天山，蒼茫雲海間。長風幾萬里，吹度玉門關。
漢下白登道，胡窺青海灣。由來征戰地，不見有人還。
戍客望邊邑，思歸多苦顏。高樓當此夜，嘆息未應閑。

唐代很多詩人都曾經跟著軍隊到塞外，出塞時看到的大風景，對他們的創作產生了很大影響。「明月出天山，蒼茫雲海間。長風幾萬里，吹度玉門關」是不是很容易令人聯想到王維的「大漠孤煙直，長河落日圓」？一首詩的好，不見得是全部都好，有一個畫面讓人難忘就已經足夠。

從「漢下白登道，胡窺青海灣」開始講漢胡打仗。「由來征戰地，不見有人還。戍客望邊邑，思歸多苦顏」，守衛邊疆的軍士叫「戍客」，他們每天都想回家，可是回不去。「高樓當此夜，嘆息未應閑」，在這樣的晚上，某一個地方的高樓上應該有人在嘆息。這些內容在唐詩中經常出現，最驚人的還是開頭四句顯露出來的宏大氣度。

浮雲遊子意，落日故人情

人的感傷眷戀到了極致，變成無情，就是揮手自茲去

除了「風吹柳花滿店香」，李白也寫過以送別為主題的律詩，比如〈送友人〉。

青山橫北郭，白水繞東城。此地一為別，孤蓬萬里征。

浮雲遊子意，落日故人情。揮手自茲去，蕭蕭班馬鳴。

一開始是風景的描述，要送朋友，送到一個地方，看到北邊有青山，還有城牆，東邊有一條水繞過去，陽光照在水面上發出亮光。「此地一為別，孤蓬萬里征」，從這裡告別以後，孤獨的遊子就要走萬里的路。「孤蓬」，一個孤獨的渺小的存在，可是要去走萬里的路。

因為朋友要走了，是一個遊子，要描寫流浪，就用到浮雲，李白覺得浮雲很像一種浪子的感覺，所以是「浮雲遊子意」。「落日故人情」，太陽要落下去的時候，總是好像戀戀不捨，所以用落日來形容與老朋友告別時的眷戀。「浮雲遊子意，落日故人情」是一組很工整的對仗。在水到渠成的語言模式中，唐詩的形式本身已經極其完美，李白就在這麼完美的形式當中把內容傳達出來。

「揮手自茲去，蕭蕭班馬鳴」，這也是非常李白式的結尾。人的感傷眷戀到了極致，變成無情，就是「揮手自茲去」，我揮一揮衣袖吧，不願意帶走一片雲彩，不做任何的牽掛。在轉身走時，視覺不見了，只聽到朋友的馬仍在淒涼地叫，有一點憐惜的感覺。

醉月頻中聖，迷花不事君

李白與孟浩然有一種從人世間出走的生命情操

李白與孟浩然是好朋友，寫過一首〈贈孟浩然〉給他。

吾愛孟夫子，風流天下聞。紅顏棄軒冕，白首臥松雲。
醉月頻中聖，迷花不事君。高山安可仰，徒此挹清芬。

在唐朝，朋友與朋友之間有一種投契，這種投契是出於對生命狀態的欣賞。這首詩起頭非常自然，就是「吾愛孟夫子」，李白那麼坦然，幾乎從來不婉轉。「風流」是說有自己的見解，有個性和真性情。大家都知道孟浩然非常瀟灑，活得很自在。隨後，李白解釋了「風流天下聞」的原因——「紅顏棄軒冕」。年輕的時候，孟浩然就已經決定不參加考試，不去做官，「軒」、「冕」分別是車子與帽子，代表功名爵祿。孟浩然卻「紅顏棄軒冕」，追求青春生命的美，拋棄了名與利。「白首臥松雲」，現在他老了，頭髮也白了，自在地靠著松樹，在山上隱居。「紅顏棄軒冕，白首臥松雲」是一組對仗，可看出李白在文學形式上的講究。「醉月頻中聖」，在有月亮的晚上不斷喝酒，喝醉了。「迷花不事君」，因為著迷於花的美麗，而不去伺候君王了。可以「迷花不事君」嗎？我常常這樣問自己。

李白在這裡提供了生命的另外一種情操，這種情操不是世俗可以判定的。這類人在功利世俗的社會，可能一點地位都沒有，可是他們會驚動朝野。李白也是如此。李白沒有經過任何國家功名的考試，他就是寫詩、練仙、煉丹、練劍。賀知章很賞識他的才華，認為這是「謫仙」。後來藉由舉薦，唐玄宗讓李白供奉翰林。

以詩驚動朝野在今天是不可思議的事情，可是在唐代，詩的確有這種影響。詩人可以透過創作，實現個人生命的完成，使天下對他有一種尊重，所以「高山安可仰，徒此揖清芬」。李白把孟浩然比喻為一座我們要仰望的高山，留下大家可以傳頌的芬芳。這首詩歌頌的完全是超離在世俗之外的生命情操，裡面也有很大部分也是李白寫給自己的。杜甫這樣的詩比較少，個人生命的完成不是杜甫關注的重點，他總覺得在很多生命還在忍受巨大的饑餓或者說連溫飽都沒有的狀況下，不忍心去寫這種詩。李白與孟浩然則有一種從人世間出走的生命情操。

憂傷與豁達

生命有如此多的憂傷，但並非無從解脫

李白還寫過一首送別詩，也寫到了自己，是〈宣州謝朓樓餞別校書叔雲〉。

棄我去者、昨日之日不可留，亂我心者、今日之日多煩憂。
長風萬里送秋雁，對此可以酣高樓。蓬萊文章建安骨，中間小謝又清發。
俱懷逸興壯思飛，欲上青天攬明月。抽刀斷水水更流，舉杯銷愁愁更愁。
人生在世不稱意，明朝散髮弄扁舟。

「棄我去者、昨日之日不可留」，離我而去的昨天，以前所有的日子，怎麼留都留不住。這裡說的是因為時間流逝引發對生命的茫然。「亂我心者、今日之日多煩憂」，讓我心裡煩亂與憂傷的是今天與今天以後的日子。這幾乎就是在寫日記，忽然就寫出了自己最深的心事，而且句型非常特殊。「棄我去者」是四個字，「昨日之日」是四個字，「不可留」是三個字，運用了四四三的規則。這個開頭不是很像「現

代詩」嗎？

「長風萬里送秋雁，對此可以酣高樓」，生命有如此多的憂傷，但並非無從解脫。只要長風吹來，看到大雁飛過，就覺得很開心，可以好好在樓上喝酒。李白的詩似乎充滿矛盾，一般人大概會一路憂傷下來，可是李白不會，他一轉，就豁達了。他的憂傷與豁達之間似乎沒有界限。下面開始使用典故，「蓬萊文章建安骨，中間小謝又清發」，李白藉建安七子與謝朓，來講他要告別的李雲和他自己，覺得都有飄逸的胸懷，都有雄壯的心靈，所以「俱懷逸興壯思飛，欲上青天攬明月」。

在〈將進酒〉裡面，我們感覺到他的憂鬱與豪邁形成強烈的對比，這裡也是一樣，憂傷又一次湧上心頭。「抽刀斷水水更流」，這是個非常奇特的比喻，拿刀子去切水，不管怎麼切，只要刀子拿開，水還是在流。他用這種具象化的方法描述自己難以消散的憂愁。「舉杯銷愁愁更愁」，怎麼喝酒，愁緒都無法飄散。「人生在世不稱意」，活在人世間有這麼多不如意，不如「明朝散髮弄扁舟」——明天散著頭髮駕一葉扁舟去吧！李雲是去做官的，在李白的世界裡，做官就是有軒有冕的人，大概會有很大的壓力。「明朝散髮弄扁舟」，好像是與現世當中的拘禁形成對比。「散髮」不僅是散掉頭髮，更是散掉人世間的拘束，回復到自由狀態。

我本楚狂人

李白在歷史上最重要的意義，就是對正統文化的巨大顛覆

〈廬山謠寄盧侍御虛舟〉也是李白非常重要的作品。我們看看這首詩開頭最重要的幾個句子：「我本楚狂人，鳳歌笑孔丘。手持綠玉杖，朝別黃鶴樓。五嶽尋仙不辭遠，一生好入名山遊。」從中我們可以了解李白的思想背景。

「我本楚狂人，鳳歌笑孔丘」，在我們的歷史上似乎沒有人敢笑孔丘，可是這個「楚狂人」就可以。《論語》中有「楚狂接輿」，他唱著一首歌：「鳳兮鳳兮，何德之衰？往者不可諫，來者猶可追。」狂人唱完歌以後，孔子想下車跟他講話，覺得這個人不是普通的瘋子，他是特別來點醒自己的。

後來有的書籍中，「丘」這個字都不敢用，用其他字代替，叫「避聖諱」。孔子太神聖了，所以連名字都不能講。李白的世界裡沒有「聖諱」，他直接「鳳歌笑孔丘」。李白在歷史上最重要的意義，就是對正統文化的巨大顛覆。他很叛逆，對於權威特別不服氣，別人覺得孔丘神聖不可觸犯，可是他覺得自己根本就是楚狂人，敢於狂歌，可以笑孔丘。這在我們的教育裡太少了，年輕一代似乎很少接觸叛逆性的文

化，總是被權威的陰影所壓住。尊敬傳統最動人的方式可能是李白式的顛覆吧！

「手執綠玉杖，朝別黃鶴樓」，李白追求的不是儒家的終極，而是老莊的求仙，「綠玉杖」是仙人所用的手杖。「五嶽尋仙不辭遠，一生好入名山遊」，李白是一個從人世間出走的角色，他不用人世間的定位，他要去追尋山水或者是道家的仙人。

美到極致的感傷

李白的豪放與豁達背後一直有種感傷，這個感傷是時間本身的感傷

李白的〈清平調〉大家也很熟悉。

（其一）

雲想衣裳花想容，春風拂檻露華濃。若非群玉山頭見，會向瑤臺月下逢。

（其二）

一枝紅豔露凝香，雲雨巫山枉斷腸。借問漢宮誰得似，可憐飛燕倚新妝。

（其三）

名花傾國兩相歡，長得君王帶笑看。解釋春風無限恨，沉香亭北倚闌干。

當時唐玄宗寵愛楊貴妃，在春天牡丹花開的時候，覺得這樣一個景象應該要有新歌，就找李白以唐朝大曲《清平調》來寫三首詩。這是李白奉命寫的詩。通常我們會覺得藝術家奉命寫的詩一定不好，而且皇帝對貴妃的喜愛與李白有什麼關係？可是李白看到了牡丹，看到了這麼美的女子，也被感動了。

「名花傾國兩相歡，長得君王帶笑看」，唐玄宗看到美的東西已經看呆了，這個形容非常有趣，「帶笑看」非常白話，卻又很生動。「解釋春風無限恨」，春風吹過去，好像裡面含著一種無限的恨。恨誰呢？我覺得這是整首詩裡最好的句子。這麼美的花，這麼美的人，這麼有名的君王，喜悅裡仍懷著哀傷。「沉香亭北倚闌干」，「沉香亭」是宮廷裡牡丹花旁邊的亭子，楊貴妃當時坐在亭子中，靠在欄杆上看花。因為這個「恨」字，李白還受到小人的中傷，畢竟是寫給君王的一首詩。美到了極致的確會帶給人感傷。李白的豪放與豁達背後一直有種感傷，這個感傷是時間本身的感傷。再美的事物，再偉大的功業，在李白的生命當中也是當春風吹過，時間會把一切美好沖淡。「恨」其實是生命本質的遺憾吧！

第一首中的「雲想衣裳花想容，春風拂檻露華濃」也是李白的名句。我們可以感覺到「露」、「華」、「濃」分別都是一個東西，「露華濃」就是花開放時花上的露水正濃，其實是在講色彩，講香味，也是講水的光澤。這些文字可以透露出李白對華美的追求。「若非群玉山頭見，會向瑤臺月下逢」，這當然是講楊貴妃。如果不是在仙山上看到，大概也是在月下瑤臺上相逢，描述楊貴妃美到不像是人間的樣子，在仙界才能遇見。這是李白的應命之作，他竟然可以寫到這種程度。

「一枝紅豔露凝香」是講芍藥花的紅豔，露水上有香氣凝結，也是在形容楊貴妃的美。「雲雨巫山枉斷腸」，這是比較大膽的一句，也是後來遭小人誣陷的口實，其實他還是在寫美，以及情感的纏綿與眷戀帶來的哀傷。「借問漢宮誰得似？可憐飛燕倚新妝」，如果這樣美麗的女子在漢代會是誰呢？應該是化好妝的趙飛燕吧！可以看到，在〈清平調〉中，李白把貴遊文學的風格發揮到了極致。

思君若汶水，浩蕩寄南征

河水不斷往南流去，思念就像水一樣一波一波地往南流去

進入杜甫的詩歌之前，我們先來看看李白的〈沙丘城下寄杜甫〉。

我來竟何事？高臥沙丘城。城邊有古樹，日夕連秋聲。
魯酒不可醉，齊歌空復情。思君若汶水，浩蕩寄南征。

「我來竟何事？高臥沙丘城」，李白寫的詩開頭永遠這麼直接。我覺得他的詩最大的祕密就是把主題寫出來。這兩句詩很平白地說：我到這裡來幹什麼？怎麼會在沙丘城待這麼久？杜甫收到這首詩時，就知道是李白在沙丘城寫給他的詩。李白的詩第一個字常常是「我」，杜甫很少用「我」，兩個人的個性真是非常不同。

「城邊有古樹，日夕連秋聲」，還是白描手法，小城旁邊有一些古老的樹木，白天晚上都有樹木被風吹動的聲音。「魯酒不可醉，齊歌空復情」，沙丘城這個地方在山東，古代齊國和魯國的地方。魯國的酒很有名，可是魯國的酒好像老是喝不醉人；別

人說齊國的歌也很有名，可是聽了後覺得沒有什麼真正的內容與情感。這種描述透露的是李白的寂寞。為什麼寂寞？因為他想念杜甫，他覺得雖然與杜甫相處時間不長，卻是真正知心的來往。「思君若汶水」，想念到什麼程度？就像那條汶水一樣「浩蕩寄南征」。杜甫這個時候在南方，河水不斷往南流去，思念就像水一樣一波一波地往南流去。

李白寫給杜甫的這首詩翻譯成白話，依然是一首很大膽的思念之詩。我們看到，李白作品中對杜甫的情感，是一個詩人對另外一個詩人的知心欣賞。

第五講

杜甫

千秋萬歲名，寂寞身後事

他們都有一種瀟灑與豁達的志願，又常常陷在人世的困頓當中

杜甫曾經夢到李白，他覺得有點不祥，不知道李白是不是死了。李白當時被放逐，四處流浪，很久都沒有消息。那個地方瘴癘橫行，所以杜甫有些擔心，有些難過，也有些害怕。〈夢李白〉兩首詩可以看到杜甫對李白的情感之深。

（其一）

死別已吞聲，生別常惻惻。江南瘴癘地，逐客無消息。
故人入我夢，明我長相憶。恐非平生魂，路遠不可測。
魂來楓林青，魂返關塞黑。君今在羅網，何以有羽翼？
落月滿屋樑，猶疑照顏色。水深波浪闊，無使蛟龍得。

（其二）

浮雲終日行，遊子久不至。三夜頻夢君，情親見君意。

告歸常局促，苦道來不易。江湖多風波，舟楫恐失墜。
出門搔白首，若負平生志。冠蓋滿京華，斯人獨憔悴。
孰云網恢恢？將老身反累。千秋萬歲名，寂寞身後事。

「死別已吞聲，生別常惻惻」，如果有一天要面臨死別，大概只有哭泣了。可是他與李白不是死別，而是活生生兩個人告別，非常難過。「江南瘴癘地，逐客無消息」，李白被貶到南方瘴癘之地，非常容易生病，至今一點消息都沒有。「故人入我夢，明我長相憶」，老朋友到我的夢裡來，大概是知道我非常想念他。

他又擔心李白到底是不是遭遇不測，不然為什麼會到他的夢裡來，所以說「恐非平生魂」。這裡面有杜甫對李白的深情厚誼。「路遠不可測」，道路這麼遙遠，也沒有機會可以打探到消息。「魂來楓林青」，魂從南方來的時候，會看到一片青色的楓林。「魂返關塞黑」，到我的夢裡之後，是不是還要回去？你的夢魂回去時大概又要經過黑暗的關塞，多麼遙遠而孤單。這些都是在寫李白的魂進入他的夢之後的超現實狀態。接著，看看第二首。

「浮雲終日行，遊子久不至」，杜甫用了李白也曾經用過的譬喻——浮雲與遊子。李白是個不斷流浪的人，有時候寫信說要來，可是又不來，所幸夢魂前來探訪。「三夜頻夢君，情親見君意」，連著三個晚上夢到你，所以也知道你非常想念我。杜甫很有意思，這麼深的情感，就是不用第一人稱。「告歸常局促，苦道來不易」，夢見李白匆匆告辭離去，還說來見我真是不容易，「江湖多風波，舟楫恐失墜」，一路上很危險，也擔心搭乘的船會不會出事。

「出門搔白首」，李白出門的時候，摸了摸滿頭白髮。「若負平生志」，好像違反了平生的志願，這是講李白，也是講杜甫自己。他們都有一種瀟灑與豁達的志願，又常常陷在人世的困頓當中。

「冠蓋滿京華，斯人獨憔悴」，看看這個繁華盡是權貴往來的城市，為什麼只有李白這麼憔悴孤獨？「孰云網恢恢，將老身反累」，誰說天網恢恢，廣闊無所不包，李白臨老反而獲罪，因為在安史之亂的時候，李白與永王李璘在一起。杜甫的命還不錯，投靠的皇子後來當了皇帝，就是唐肅宗。永王後來兵敗，李白也因而被流放夜郎。杜甫認為不管李白現在是不是階下囚，總會「千秋萬歲名，寂寞身後事」。杜甫非常確認李白在歷史上會留下聲名，這是一個很重要的肯定與讚美。

杜甫還給李白寫過一首〈不見〉。

不見李生久，佯狂真可哀。世人皆欲殺，吾意獨憐才。
敏捷詩千首，飄零酒一杯。匡山讀書處，頭白好歸來。

「不見李生久，佯狂真可哀」，好久沒有見到李白了，想想他經常裝得瘋瘋癲癲的。「世人皆欲殺，吾意獨憐才」，當時很多人討厭李白，也許是政治立場有衝突，杜甫說好像只有我覺得他的才華真是值得憐愛。因為李白「敏捷詩千首，飄零酒一杯」，多麼漂亮的對仗，好像敏捷與飄零就可以概括李白的全部，落魄、流浪，又聰明到才華蓋世。杜甫好像永遠有一種寫格言的意圖，永遠想勸勉別人，所以他又寫道：「匡山讀書處，頭白好歸來。」「匡山」是李白少年時讀書的地方，杜甫覺得在那邊終老很好，為什麼不回到匡山去呢？再來是呼應題目〈不見〉，杜甫盼望李白歸蜀，兩人可以再相見。在這首詩裡可以看到杜甫對李白的深深懷念。

社會意識的覺醒

杜甫在描述華麗之後，終究還是落腳於對老百姓的同情

〈麗人行〉這首詩是歌行體，同李白的〈長干行〉一樣都來源於民謠系統。

三月三日天氣新，長安水邊多麗人。態濃意遠淑且真，肌理細膩骨肉勻。
繡羅衣裳照暮春，蹙金孔雀銀麒麟。
頭上何所有？翠微㔩葉垂鬢脣。背後何所見？珠壓腰衱穩稱身。
就中雲幕椒房親，賜名大國虢與秦。紫駝之峰出翠釜，水精之盤行素鱗。
犀箸饜飫久未下，鸞刀縷切空紛綸。黃門飛鞚不動塵，御廚絡繹送八珍。
簫鼓哀吟感鬼神，賓從雜遝實要津。後來鞍馬何逡巡，當軒下馬入錦茵。
楊花雪落覆白蘋，青鳥飛去銜紅巾。炙手可熱勢絕倫，慎莫近前丞相嗔。

〈麗人行〉描繪了女性在春天盛裝出遊的景象。杜甫寫過很多「仿樂府」，他已經離開了貴遊文學，開始追求比較平鋪直敘的歌謠體。李白的詩有很多形式上的創造，對貴族的華麗生活多有涉及，杜甫這方面的因素相對較少。愈到後期，杜甫愈是返璞歸真，收斂華麗，非常平實。杜甫是寫實文學的代表，李白則是浪漫文學的代表。

〈麗人行〉與唐代畫家張萱《虢國夫人遊春圖》講的是同一個故事。彷佛畫家張萱與詩人杜甫都在農曆三月三日這一天，在長安曲江邊，看到貴族婦人盛裝遊春。

「三月三日天氣新，長安水邊多麗人」，用「新」去形容天氣，是因為沉悶的、寒冷的冬天過去了，天氣終於轉暖，長安城的曲江旁邊有很多美麗的女子。「態濃意遠淑且真」，「態濃」是妝容非常濃豔，唐朝女性塗的胭脂、貼的花黃，非常華麗，會在整個額頭上畫一隻鳳凰。「態濃」必須要「意遠」，也就是精神層面上要夠高遠，才能平衡，才能美。美常常是兩個相反事物之間的平衡。「態濃」、「意遠」、「淑且真」，然後是「肌理細膩骨肉勻」，只有在唐代才會如此直接地描述女性的真實身體。

下面開始講衣服。「繡羅衣裳照暮春」，繡著非常美的紋樣的羅衣，與暮春景致相映照。「蹙金孔雀銀麒麟」，衣服上有金銀線繡出的孔雀與麒麟形狀。「頭上何所有？翠微㔩葉垂鬢唇」，頭上的翡翠裝飾從鬢角垂下來。「背後何所見？珠壓腰衱穩稱身」，腰帶上鑲有珍珠，壓住腰際合身穩當。

「就中雲幕椒房親，賜名大國虢與秦」，所有漂亮的女子當中，最重要的是楊貴妃的親姊妹，即虢國夫人和秦國夫人。她們在雲帳裡設宴，「紫駝之峰出翠釜」，用一個翡翠小鍋，裝了駝峰肉；「水精之盤行素鱗」，鮮魚放在水晶盤子裡。「犀箸饜飫久未下」，手持犀牛角做的筷子，已經不想吃了，因為每天都在吃這些東西，多沒意思。李白〈行路難〉中的「投箸」是心茫然，這裡的「饜飫」是厭煩，對華麗和富貴的厭煩。「鸞刀縷切空紛綸」，佳餚已經吃到膩了，皇宮中的御廚還在絞盡腦汁想做出最好的菜。杜甫在做對比，他的社會意識慢慢出來了。

「黃門飛鞚不動塵」，「黃門」是管馬的太監，為了讓夫人們吃的東西安全衛生，從皇宮中送來的食物能保持熱度和乾淨，特地選用訓練有素的太監，雖然駕馬飛奔，但控制得很好，依然「不動塵」。「御廚絡繹送八珍」，一道一道菜送過來。「簫管哀吟感鬼神，賓從雜遝實要津」，旁邊有人演奏音樂，賓客眾多盡是達官貴人。「後來鞍馬何逡巡？當軒下馬入錦茵」，晚到者（暗指楊國忠）顧盼一番後，下馬立即步入錦緞的鋪毯。

「楊花雪落覆白蘋，青鳥飛去銜紅巾」，這兩句詩暗用北魏胡太后與楊白華私通之事，及青鳥做為男女間信使的典故，來影射楊國忠與虢國夫人兄妹間的不倫關係。「炙手可熱勢絕倫」，這個家族炙手可熱，聲勢到了最高點。然後杜甫開始與他最關心的人講話，他最關心的人是誰？小老百姓。「慎莫近前丞相嗔」，你們不要隨便走到前面，小心丞相罵你。丞相是誰？楊國忠。杜甫在描述華麗之後，終究還是落腳於對老百姓的同情，在這樣一個富貴權勢被壟斷的社會中，百姓是最卑微的角色。杜甫與李白的不同，就是這種社會意識的覺醒。

記錄時代的悲劇

杜甫的詩散發出來的力量非常強，讓我們看到詩人在介入現實之後的痛苦

杜甫的每一首詩都有非常具體的事件，我覺得杜甫可以說是詩人當中最具紀錄片導演性格，他的詩是見證歷史的資料。紀錄片最大的特徵是不能加入自己太多的主觀感受，這就是為什麼李白的詩裡面有很多「我」，而杜甫詩裡幾乎很少出現「我」。〈兵車行〉講的是抓兵。古代不斷發生戰爭，需要有人去打仗，人們會逃避，政府就去抓兵。杜甫看到這個現象，就去描述這個畫面。為什麼杜甫的詩被稱為「詩史」？因為他的詩寫出了那個時代的歷史。也許我們在讀唐朝歷史的時候，讀不到〈兵車行〉所描述的畫面，可是杜甫替我們保留了下來。

車轔轔，馬蕭蕭，行人弓箭各在腰。爺娘妻子走相送，塵埃不見咸陽橋。
牽衣頓足攔道哭，哭聲直上干雲霄。道旁過者問行人，行人但云點行頻。
或從十五北防河，便至四十西營田。去時里正與裹頭，歸來頭白還戍邊。
邊庭流血成海水，武皇開邊意未已。君不聞，漢家山東二百州，千村萬落生荊杞。

縱有健婦把鋤犁，禾生隴畝無東西。況復秦兵耐苦戰，被驅不異犬與雞。
長者雖有問，役夫敢申恨？且如今年冬，未休關西卒。
縣官急索租，租稅從何出？信知生男惡，反是生女好。
生女猶得嫁比鄰，生男埋沒隨百草。君不見，青海頭，古來白骨無人收。
新鬼煩冤舊鬼哭，天陰雨濕聲啾啾。

「車轔轔，馬蕭蕭，行人弓箭各在腰」，車子在趕路，馬也在嘶鳴，一開始就帶出街頭的混亂局面。這首詩中的杜甫是一個旁觀者，他擠在人群當中，描述自己看到的現象。杜甫的角度不是貴族的角度，而是最卑微的老百姓的角度。「行人弓箭各在腰」點出了軍隊，下面講「爺娘妻子走相送」，杜甫在群體的家族文化當中，最關心人的親情。「塵埃不見咸陽橋」，送行人眾，灰塵揚起，塵土飛灰大到連咸陽的橋都看不見了。

杜甫在一群小市民當中跑來跑去，有點像紀錄片的拍攝者，拿著鏡頭拍了這些場景。「牽衣頓足攔道哭，哭聲直上干雲霄」，對杜甫來說人間的一切都是牽扯不斷的，「牽衣頓足」，因為分別後大概這一輩子都見不到了。戰爭引發的恐懼感一下突顯出來，一片哭聲，簡直都衝到天上去了。做為一個優秀的社會詩人，杜甫用紀錄片的方法描述了一個時代開疆拓土的戰爭背後悲慘的事件。「牽衣頓足」，非常杜甫的句子，平實樸素，全是「人」的關心。

唐代歷史上我們看到的都是帝王的功業，這些功業背後卻是人仰馬翻、妻離子散的悲劇。杜甫記下了這些悲劇，讓文學成為另外一種歷史。他讓我們看到帝王將相的功業以外，人民被戰爭所牽連的悲哀與痛苦。「道旁過者問行人」，一個過路的人，去問旁邊的人。李白的詩幾乎是「我」，杜甫的詩卻多半是這種路邊的人，「過者」與「行人」，都是過路的人。紀錄片的特點就是高度的客觀性。紀錄片最好的拍攝方法，就是創作者始終沒有出來。這句話變得很重要，到底發生了什麼事？「行人但云點行頻」，「點行」就是徵兵、抓兵，政府抓兵抓得太頻繁了，所以民間不堪其苦。〈石壕吏〉是另外一部紀錄片，一家有三個兒子都被抓去當兵了。「頻」才是關鍵，所以後面引發的問題很嚴重，為了開疆拓土，為了發展帝王的功業，已經忽略了民間生存的基本穩定性。

杜甫的客觀性一直延續下去，下面的話可能都是行人講的。「或從十五北防河」，路邊的人說，你知道有的人十五歲就被抓到北邊的河西去禦敵，「便至四十西營田」，四十歲了還要到西邊去從事屯墾，這完全是紀錄片中的舉證。杜甫不會從個人角度說，我不喜歡戰爭，而是用客觀描述的方式揭露殘酷的現實。「去時里正與裹頭，歸來頭白還戍邊」，走的時候里長要替他們綁一個頭巾，表示說要從軍了；回來的時候頭髮都已經白了。

下面直接描寫戰爭的悲慘，「邊庭流血成海水」，因邊疆的戰爭而流淌的血像海水一樣四處漫延，「武皇開邊意未已」，這裡的武皇是以漢喻唐，指的其實是唐朝的皇帝。這是非常大膽的發言，這些詩歌就在民間流傳，代表人民的聲音，變成對抗當時朝廷的巨大力量。

武皇不斷開疆拓土，可是接下來的結果是，「君不聞，漢家山東二百州，千村萬落生荊杞」。華山以東兩百多州的農家村落已經沒有人種田，男人都被抓去打仗，村落裡面長滿了野草荊棘。「縱有健婦把鋤犁，禾生隴畝無東西」，非常寫實，即使有身體強健的女人可以接替男人去做鋤田、犁田的工作，但因為農業人口不夠，稻禾亂長，也沒有阡陌了。「況復秦兵耐苦戰，被驅不異犬與雞」，被抓去當兵，簡直是被奴役到像狗、像雞。李白永遠在超越於現實之上的個人心靈世界行走，杜甫則落腳於實在的土地，讓我們看到人世間最大的悲痛和具體的悲劇。

下面一句，杜甫從七言轉到五言。「長者雖有問，役夫敢申恨？」長者是行人對杜甫的尊稱，杜甫問有沒有人受虐，得到的回答是服兵役的人哪裡敢講一句話！人民的恐懼到了一定程度，即使有可以疏通的管道，下情也還是不能上達。然後開始舉例：

「且如今年冬，未休關西卒」，像今年冬天，關西這邊還是沒有停止徵兵。「縣官急索租，租稅從何出？」當地的縣官還要分派租稅，可是人已經被抓去當兵了，根本就沒人種田，怎麼交租稅呢？這裡談到了大唐帝國內部體制的敗壞。

「租稅從何出？」這種句子已經不像詩了。我年輕時不喜歡杜甫，那個年齡很容易「為賦新詞強說愁」，總是希望句子要像詩，所以不太懂杜甫。到某一個年齡後，會感覺到杜甫關心人遠勝過關心詩，這個句子才可以這樣大膽地出來，他根本覺得詩好不好不是那麼重要。「租稅從何出？」是直接的問話、直接的抗議、直接的控訴——到底你要老百姓拿什麼來交租稅？要了解杜甫，就要從個人對文藝文學的愛好，轉到對社會的關懷，這不是年輕的時候容易懂的。今天的報導者一樣可以問政府：「租稅從何出？」

「信知生男惡，反是生女好。生女猶得嫁比鄰，生男埋沒隨百草」，大家彼此勸說，不要再生男孩子了，生男孩子真是遭殃。生個女孩子，還可以在身邊。這已經講到民間最大的悲哀了。

杜甫用自己的文學為時代留下的見證非常驚人。大概是一九八〇年代，我在美國，有段時間一直在讀杜詩，我稱為我的「懺悔期」，因為年輕時沒有讀懂杜甫，或者讀懂了，可是沒有深切的感受。在體會到一個社會中個人可以被政策體制壓迫到那種狀況的時候，我才開始發現杜甫的重要性。他可以把時代的悲劇闡述出來。

〈兵車行〉最後的結尾非常特別。「君不見，青海頭，古來白骨無人收。新鬼煩冤舊鬼哭，天陰雨濕聲啾啾」，你沒有看到青海，打仗打得最厲害的地方，歷來戰爭剩下的那些骨頭，到現在也沒有人收。新死掉的鬼，心裡充滿對生命沒有完成的怨恨，舊的鬼魂則在哭泣。「天陰雨濕聲啾啾」，在下雨的天氣裡，魂魄的悲怨似乎撲面而來。這裡面有非常清楚的事件，而不是官方紀錄或報告，我們可以感覺到杜甫真正以民間立場去看待老百姓對抓兵這件事的反應。

〈石壕吏〉是我看過的所有類似紀錄片的詩歌當中，最讓我感動的一首，杜甫完全採用了客觀的角度。

暮投石壕村，有吏夜捉人。老翁逾牆走，老婦出門看。
吏呼一何怒！婦啼一何苦。聽婦前致詞，三男鄴城戍。
一男附書至，二男新戰死。存者且偷生，死者長已矣！
室中更無人，惟有乳下孫。有孫母未去，出入無完裙。
老嫗力雖衰，請從吏夜歸。急應河陽役，猶得備晨炊。
夜久語聲絕，如聞泣幽咽。天明登前途，獨與老翁別。

「暮投石壕村」，紀錄片一定要有時間、地點、事件。時間是「暮」，黃昏的時候，「投」是投宿的意思。安史之亂發生了，這個時候杜甫也在逃難，經過石壕村，就寄宿下來。然後那一天他碰到一個事件，「有吏夜捉人」，晚上官吏來抓兵。他用十個字就已經把紀錄片的主題說清楚了。紀錄片的畫面是：「老翁逾牆走，老婦出門看。」這個畫面非常荒謬，因為年輕人都抓完，換抓老人了，這家有一個老頭，立刻翻牆跑掉，只得由老太太開門周旋。

杜甫用我們最容易了解的文字和語言，進入這個悲劇世界。「老婦出門看」以後，是「吏呼一何怒，婦啼一何苦」，抓兵的官吏發脾氣罵人，說敲門敲了半天，怎麼都不來開門，老太太一直在哭。這裡運用對仗來清楚地表達官方與民間的立場。杜甫一句話都沒有講，只是在旁邊看。下面「聽婦前致詞」，「聽」是一個動詞，誰在聽？是杜甫聽到老太太在說話，從頭到尾杜甫沒有講話，他只記錄老太太說什麼話。

這是非常難的技巧，一般人會忍不住要自己跳出來說話，說你看這些官吏多壞。可是杜甫卻讓老太太說話，像一個錄音機記錄下來。「三男鄴城戍」，我有三個兒子，都在山西省的鄴城防守邊疆。老太太的敘述完全是平鋪直敘地交代事實，是一個母親講三個兒子被抓走當兵的事實。然後下面是非常慘的悲劇，「一男附書至」，最近有一個兒子寫信了，「二男新戰死」，說兩個兒子已經在戰爭裡死掉了。

讀到這個地方會有很大的不忍，「二男新戰死」之後，老太太安慰自己說：「存者且偷生，死者長已矣！」活著就好好活著吧，死掉的已經死了，沒有辦法追究了。這時候我們感覺到強烈的悲劇性，她應該要吶喊、要控訴，可是沒有，只是安慰自己說死了就算了，只能祈禱剩下的那個不要死吧。我第一次讀的時候非常震撼，發現杜甫的詩裡有一種力量。一個好的藝術家，在最悲慘的事件上是不准自己流淚的。流淚的時候，會看不清楚事實，而看不清楚事實，作品就不會感動人。著名攝影家尤金・史密斯（William Eugene Smith, 1918–1978）在日本拍攝工業汙染造成的人的病變時，就告訴自己不能流淚。他說一個攝影家流淚的時候，鏡頭是模糊的，他其實是要求自己有高度的節制。

老太太又開始講，「室中更無人」，她開始說謊，隱瞞了老翁已經逃走的事實。真的要進來查嗎？「惟有乳下孫」，還有一個在吃奶的孫子，總不能把他抓去當兵吧。這裡面透露了民間的悲痛，不能夠違抗官吏，可是又必須想辦法躲過災難。「有孫母未去，出入無完裙」，她說家裡太窮了，兒媳已經沒有完整衣裙可穿，沒有辦法出來。這首詩透露出唐代的繁華背後，人民疾苦到了非常驚人的地步。

接下來我們看到更大的悲劇。官吏來抓兵抓不到，總要有一個交代，老太太就說「老嫗力雖衰，請從吏夜歸」，說我已經是老太婆了，沒有力氣了，但可以跟你去軍隊裡服兵役。大概官吏覺得抓一個老太太回去幹什麼，她就開始說服他「急應河陽役，猶得備晨炊」，說我還可以幫軍隊煮早飯。

杜甫的「三吏」、「三別」非常沉重，我覺得〈石壕吏〉是裡面最令人心痛的。「夜久語聲絕，惟聞泣幽咽」，夜已經很深了，講話的聲音慢慢沒有了，而低聲哭泣的聲音也慢慢遠去。「天明登前途，獨與老翁別」，天亮了，要繼續趕路，老太太已經被官吏抓走了，杜甫告別的時候只剩下老翁。

在這首詩裡，杜甫一句話都沒有講，只是敍述事件。可是讀完這首詩，心裡面會有很大的悲痛。文學帶來的壓力，留在整個歷史當中，會變成一種良心。一個政治人物，讀到這首詩的時候，也要想想看，為什麼民間的詩會是這樣？〈石壕吏〉大概是杜甫詩裡的極致，它的力量其實比〈兵車行〉還要大，因為〈兵車行〉還有很多有關戰爭的敍述，〈石壕吏〉連戰爭都沒有提到，只講抓兵，講戰爭讓民間一個家庭破碎的過程，這個家庭裡男孩子都不在了，老父親逃走，老母親最後也被抓去兵營裡煮飯。他只是在講一個現象，所以張力更強。

歷史上鮮少有人去做這樣的記錄，鮮少有有這樣一種人道主義的關懷。在一九七〇年代美國反越戰的時候，杜甫的詩常常被提出來證明戰爭的可怕。現在的戰爭也許與那時不完全相同，但杜甫詩中描述的悲劇今天依然可以發生，翻譯成任何語言，都會讓人感動。

這種詩要非常安靜，才能夠寫好。從「暮投石壕村」一直到「獨與老翁別」，如果把一個個畫面連起來，可以看到從黃昏到天亮這段時間裡所發生的一個歷史事件，完全是一部紀錄片。人們其實要的就是很平凡的生活，如果連這樣卑微的要求都得不到滿足，就會產生巨大的控訴。杜甫的詩散發出來的力量非常強，非常滄桑，也非常蒼涼，會讓我們看到一個詩人在介入現實之後的痛苦。

安得廣廈千萬間，大庇天下寒士俱歡顏

杜甫有一種天真，他的人道主義最後天真地直接在詩裡寫出來了

下面是〈茅屋為秋風所破歌〉。

八月秋高風怒號，卷我屋上三重茅。
茅飛渡江灑江郊，高者掛罥長林梢，下者飄轉沉塘坳。

南村群童欺我老無力，忍能對面為盜賊。
公然抱茅入竹去，脣焦口燥呼不得，歸來倚杖自嘆息。
俄頃風定雲墨色，秋天漠漠向昏黑。布衾多年冷似鐵，嬌兒惡臥踏裡裂。
床頭屋漏無乾處，雨腳如麻未斷絕。自經喪亂少睡眠，長夜沾濕何由徹！
安得廣廈千萬間，大庇天下寒士俱歡顏，風雨不動安如山！
嗚呼！何時眼前突兀見此屋，吾廬獨破受凍死亦足！

這是我年輕讀大學時，感到最煩的一首杜詩。這首詩敍述的情節很簡單。杜甫在安史之亂以後來到四川成都，蓋了幾間破茅草房。八月時江邊的風很大，上面的茅草被吹走了到處飄，南村的小孩們就跑來搶茅草。杜甫當時年紀很大了，就在那邊追罵他們，要他們把茅草還給自己。

那時候我覺得為了幾根茅草這樣吵，實在很滑稽，口乾舌燥，一路去追這些小孩子，小孩子又跑得特別快，他也追不回那個茅草，就站在那裡，痛恨「群童欺我老無力」，可是後面一轉，好像很八股地說「安得廣廈千萬間，大庇天下寒士俱歡顏」。那個時候我就覺得杜甫有一種天真，他的人道主義最後天真地直接在詩裡寫出來了。

我很喜歡的日本導演黑澤明（1910–1998），他年輕時拍過《七武士》、《羅生門》，對人性剖析很深。後來許多人覺得曾經是大師的他，怎麼晚年的電影變得這麼簡單，在電影《夢》裡面講環保、反戰，讓人覺得有點幼稚。其實一個人到了七、八十歲，大概就覺得該講的話乾脆就直接講，不想再繞彎了。今天看來，杜甫的這首詩，貫穿其中的還是他一向堅持的那種精神，就是講民間最卑微的生活。李白不會寫這樣的詩，李白的世界是長風幾萬里吹過去，他怎麼會去講那幾根茅草？可是杜甫體會到了生存的卑微與生命的蒼涼。他看到了許多人像螞蟻一樣地生存，卑微地、骯髒地、汙穢地、邋遢地活著的生命狀態，他就去描述這樣的日子。

這首詩裡他用了很接近民歌的敘事方式，「八月秋高風怒號」，八月的風吹起來，裡面沒有用難字。「卷我屋上三重茅」，把他屋子上一層一層的茅草全部吹走了，「茅飛渡江灑江郊」，茅草飛過江，散落在野地荒郊。「高者掛罥長林梢，下者飄轉沉塘坳」，有的是掛在樹上，有的飄到了池塘當中。杜甫很耐心地告訴我們，茅草怎麼被吹走，掛在哪裡。如果不是一個真的有所關懷的人，不可能注意到這些細節。

「南村群童欺我老無力」，南村跑來的一群頑童，欺負他年紀大沒有力氣。這裡的杜甫一定是個讓小孩子討厭的人。我記得小時候每一次去偷芭樂，一個纏小腳的老太太就會拿棍子追出來，我們一看到她拔腿就跑。童年時有很多這種記憶。杜甫是從他自己的角度寫兒童，直接寫這些小孩子很壞，像紀錄片一樣真實地寫下來。「忍能對面為盜賊，公然抱茅入竹去」，風把我屋頂的茅草吹下來，你們竟敢當著面搶走茅草就躲到竹林當中去。我們可以感覺到杜甫真的很生氣。這句詩勾勒出非常生動的畫面，這和李白很不一樣，李白是又和月亮喝酒，又和影子喝酒，杜甫呈現的卻是最瑣碎、最卑微卻也最平實的生活細節。

「唇焦口燥呼不得」，罵了很久，口乾唇焦了，用的都是非常民間的字。最後也沒有辦法，所以「歸來倚杖自嘆息」。這是農村裡面被小孩子欺負的老先生最常見的下場，靠著竹杖，自己哀嘆自己。哀嘆之後，他開始描述當時看到的風景：「俄頃風定雲墨色，秋天漠漠向昏黑」，秋天已經來了，天已經黑了。「布衾多年冷似鐵」，身上蓋的那床單薄的布衾，因為太舊，再加上也沒有好好地洗，已經冷得像鐵一樣。「嬌兒惡臥踏裡裂」，這裡又開始埋怨他的孩子，孩子不好好睡覺，亂蹬，所以布衾的內裡都裂了。他好像想起生活裡所有不快樂的瑣碎小事。我記得小時候在一個眷村門口，也常常會聽到鄰居太太在罵小孩，翻舊帳罵出好幾年間發生的事情。我覺得杜甫很有趣，他描述的悲哀是小市民才有的悲哀，一件衣服也要講一下。「床頭屋漏無乾處」，又想到自己家裡面的屋子，一下雨就會漏水，衣服也常常會被淋濕。「雨腳如麻未斷絕，自經喪亂少睡眠」，「喪亂」是講安史之亂，自那之後，睡覺一直不安穩，好像老是會被驚醒，這是一個逃過難的人的焦慮不安。「長夜沾濕何由徹」，沒有辦法一整夜睡得踏實。

下面忽然講「安得廣廈千萬間，大庇天下寒士俱歡顏」，杜甫的人道主義就在這裡發生。他從自己的悲哀、卑微和窮困中走了出來，忽然了解到，剛才那些小孩搶我的茅草，不是跟我一樣，都是因為貧窮嗎？好像沒有人有錯。這個時候他的視野開始擴大，最後想到的是人能不能有一個富有的環境，誰能夠使老百姓過上比較安樂的日子，能不能讓大家都有屋子住？「風雨不動安如山」，什麼樣的風雨都不會摧毀這樣的房子。「嗚呼！何時眼前突兀見此屋」，人在貧窮當中，好像忽然出現幻象，眼前真的有了很多房子，窮人都可以進去住，好像一下變成住在理想國裡面了。

黑澤明一直拍黑白片，《羅生門》、《七武士》、《生之欲》、《天堂與地獄》，後來他自殺過一次，被救活以後，拍了第一部彩色片《電車狂》。講一個智能不足的小孩子，每天幻想自己開電車，開到貧民窟。裡面一段一段講貧民窟的故事，其中有一個窮乞丐後來瘋了，忽然發現他眼前出現一幢巴洛克式的皇宮。這與杜甫描述的感覺非常像，人在高度貧窮以及巨大絕望當中，會出現幻境。「嗚呼！何時眼前突兀見此屋」中的「嗚呼」是非常絕望的叫聲。「吾廬獨破受凍死亦足！」那時候就算我的房子是破爛的，只能挨餓受凍死掉，都覺得沒有關係。杜甫似乎覺悟到他罵的那些小孩子其實是無辜的，他說就讓他自己貧窮吧，不要這麼多人貧窮。「吾廬獨破受凍死亦足！」這個結尾轉得非常奇特。他一下覺得房子破不破沒有關係了，這是從大的人道關懷角度開始對前面進行反省。如果沒有前面那種一個老翁罵小孩子的場景，後面不會這麼感人。

在詩歌的創作手法上，杜甫在這首詩中運用了對比。前面他就是一個讓人討厭的老頭子，在那邊罵來罵去。後面他忽然轉調，開始覺得自己剛才那種表現是因為不了解什麼叫貧窮，他意識到整個民間窮苦到了何種程度。

〈茅屋為秋風所破歌〉因為其人道主義的角度，後來非常受中國文人的喜愛，很多書法家都寫過，最著名的是元朝一個大書法家鮮于樞寫的。他寫杜甫詩的時候，線條拉出去的感覺，可以看出在宋朝黃庭堅的書法基礎上，又發展出開闊的力量，裡面的筆法很類似魏碑。

人世間不可解的憂愁

他感覺到繁華盛世已經過去了，民間的疾苦時時在擾動他的心靈

〈觀公孫大娘弟子舞劍器行〉是杜甫晚年的詩歌。

昔有佳人公孫氏，一舞劍器動四方。觀者如山色沮喪，天地為之久低昂。
㸌如羿射九日落，矯如群帝驂龍翔。來如雷霆收震怒，罷如江海凝清光。
絳唇珠袖兩寂寞，晚有弟子傳芬芳。臨潁美人在白帝，妙舞此曲神揚揚。
與余問答既有以，感時撫事增惋傷。先帝侍女八千人，公孫劍器數第一。
五十年間似反掌，風塵澒洞昏王室。梨園弟子散如煙，女樂餘姿映寒日。
金粟堆前木已拱，瞿塘石城草蕭瑟。玳筵急管曲復終，樂極哀來月東出。
老夫不知其所往？足繭荒山轉愁疾。

公孫大娘是當時一個以舞劍器聞名的舞蹈家。杜甫年約七歲時看過公孫大娘舞劍，他憶起當時看到的舞劍過程，並做了一些形容。這其中有藝術性的描述，「觀者如山色沮喪」，就是大家在看她舞劍的時候，都被劍氣逼到好像抬不起頭來一樣。「天地為之久低昂」，好像天地都發生了變化。「㸌如羿射九日落」，「㸌」是講光線，就是公孫大娘在舞劍的時候發出的亮光，好像神話裡后羿射下了九個太陽。接下來說舞劍的線條很美。「矯如群帝驂龍翔」，好像天上的諸神駕著龍拉的車在飛翔，是在講線條的飛揚感覺。

看舞蹈的時候也有聲音方面的感受，「來如雷霆收震怒，罷如江海凝清光」是一組對仗，力量來的時候好像雷霆，停下來的時候，彷彿江與海上只剩下一道光。僅僅看這四句「㸌如羿射九日落，矯如群帝驂龍翔。來如雷霆收震怒，罷如江海凝清光」，已經是對抽象行為非常精緻的描述，用來形容貝多芬的音樂也很恰當。杜甫在這裡講的是感覺上的動與靜、大與小、明亮與黑暗之間的對比，可以看到詩中很強烈的意象。

唐詩的妙處就在意象的處理，在敘事空間中，意象會一直交錯出現。比如說，接下來杜甫開始講公孫大娘「絳脣珠袖兩寂寞，晚有弟子傳芬芳」，從公孫大娘轉到了對她弟子的描繪。「臨潁美人在白帝」，就是在四川這個地方，「……妙舞此曲神揚揚。與余問答既有以，感時撫事增惋傷」，講到當年先帝時代，是豪華盛世，但在安史之亂後，大唐帝國開始衰落。「先帝侍女八千人」，那個時候陪侍皇帝的宮女有八千人之多，「公孫劍器數第一」，公孫大娘的劍舞技藝在所有宮女中排名第一。

「五十年間似反掌，風塵澒洞昏王室。梨園弟子散如煙，女樂餘姿映寒日」，「梨園」就是唐玄宗的「國家歌舞團」，原有上千人，安史亂後，皇室沒落，梨園崩潰，所以「梨園弟子散如煙」，都流落民間，自己想辦法求生活。這是講帝國由繁華到沒落的過程。「金粟堆前木已拱，瞿塘石城草蕭瑟。玳筵急管曲復終，樂極哀來月東出」，杜甫比李白小十一、十二歲，對於安史之亂以後的敗落有更多感受，自然就寫到這種樂極哀來的感覺。「老夫不知其所往」，自己年紀也大了，不知道應該到哪裡去，「足繭荒山轉愁疾」，在荒山裡走來走去，走到腳都生繭了，還在發愁。

杜甫的愁與李白的愁很不一樣，李白的愁是生命本質上的哀傷，是在人生現象裡不可解的一種本質的憂愁；杜甫的愁是因為他感覺到繁華盛世已經過去了，民間的疾苦時時在擾動他的心靈，是在人世間跑來跑去，怎麼奔忙都覺得無法解決的憂愁。我們自己也可以感受到兩種不同的憂愁：有一種是覺得心情煩亂，生命有一種茫然；另一種憂愁可能是到了醫院，看到有人生病，或者看到路邊有人窮困。「仙」的愁與「聖」的愁是兩種不同的愁緒。

離亂與還鄉

那種現世當中的哀傷，與李白的瀟灑很不一樣

比起李白，杜甫對安史之亂以後皇室的敗落特別有感覺。〈春望〉是大家很熟悉的

一首詩。

國破山河在，城春草木深。感時花濺淚，恨別鳥驚心。
烽火連三月，家書抵萬金。白頭搔更短，渾欲不勝簪。

一個人在戰亂當中，感覺到江山還在，所謂的國，也就是我們今天講的政治上的組織，已經破敗了，可是山河還在。在城裡，春天來了，詩人因感傷時事，連看到花開都想哭泣；聽到春天的鳥在叫，也有一種驚心的感覺。因為戰亂中有這麼多人世間的生離死別，並不複雜的文字，卻凝聚了時代的抽象力量。

之後，杜甫又從抽象的敘事跳到白描：「烽火連三月，家書抵萬金。白頭搔更短，渾欲不勝簪。」杜甫總是給人留下一個形象，就是盛年已過，老在那邊抓著愈來愈少的白頭髮的一個老人。那種現世當中的哀傷，與李白的瀟灑很不一樣。

我們開始被杜甫打動的時候，也就知道自己到了哪一個年齡階段。李白與杜甫提供的生命經驗真的非常不同，我很高興杜甫會在某一個年齡那裡等著，讓人對很多原來不屑一顧的卑微人生產生理解與悲憫。

很多書法家用不同的書體來寫杜甫的詩，但我覺得，杜甫的詩不適合用太漂亮的書體去寫。杜詩給我的感覺就是應該用魏碑寫，很笨拙、很木訥、很樸素，不需要太多線條的美在裡面。

〈述懷〉是杜甫自己的逃難紀錄。

去年潼關破，妻子隔絕久；今夏草木長，脫身得西走。
麻鞋見天子，衣袖露兩肘；朝廷愍生還，親故傷老醜。
涕淚受拾遺，流離主恩厚；柴門雖得去，未忍即開口。
寄書問三川，不知家在否。比聞同罹禍，殺戮到雞狗。
山中漏茅屋，誰復依戶牖？摧頹蒼松根，地冷骨未朽。
幾人全性命？盡室豈相偶？嶔岑猛虎場，鬱結回我首。
自寄一封書，今已十月後。反畏消息來，寸心亦何有？
漢運初中興，生平老耽酒。沉思歡會處，恐作窮獨叟。

「去年潼關破，妻子隔絕久」，安史之亂的叛軍破了潼關後，杜甫開始逃難，在戰亂當中，他和妻兒分離了，不知道他們流落到哪裡去。「今夏草木長，脫身得西走」，今年夏天草木都長起來的時候，他才得以脫身，能夠往西走。杜甫這個時候從西安往甘肅逃，因為唐肅宗在甘肅繼位。「麻鞋見天子」，逃難時用草與麻編了鞋，去見皇帝時還穿著麻鞋，「衣袖露兩肘」，衣服已經破到手肘都露出來。杜甫的詩裡，透露的全是戰亂中的悲劇，他對逃難的描寫細緻入微。

「朝廷愍生還，親故傷老醜。涕淚受拾遺，流離主恩厚」，杜甫說朝廷很悲憫，給了他一個官位，也就是「拾遺」，所以我們今天稱杜甫為「杜拾遺」，他很感動，哭著接受了朝廷的恩典。在流離失所當中，皇帝對他還很有恩，「受拾遺」就表示有薪水了，雖然這個時候薪俸可能很微薄。「柴門雖得去，未忍即開口」，日子還是很難過，過得很不好。

「寄書問三川，不知家在否」，戰亂中親人流離，趕緊詢問家人的消息，這是最要緊的事情了。「比聞同罹禍，殺戮到雞狗」，聽到大家在講戰亂中的災禍，連雞狗都被殺了。「山中漏茅屋，誰復依戶牖」，住在這個地方，山裡面的茅屋都是漏雨的，哪一家還會有窗戶這些東西呢？

整首詩都在講逃難的情形，從「摧頹蒼松根」到「今已十月後」，說一封信可能要到十個月以後才收得到。「反畏消息來，寸心亦何有」，收到信以後，反而很矛盾，害怕知道信裡到底寫什麼，因為很可能是報喪。「漢運初中興，生平老耽酒。沉思歡會處，恐作窮獨叟」，杜甫就是這樣描寫了自己做為難民的經歷與心情。

杜甫在寫〈石壕吏〉的時候，是在關照比他的境況還要慘的人。因為有官位，在逃難當中，多多少少還是受到保護的。可是〈石壕吏〉中描寫到的老太太和老翁，一點屏障都沒有。當杜甫特別為這些普通百姓講話的時候，就將自身的經驗擴大出去了。

杜甫有一首五言古詩〈北征〉，篇幅很長，我們談談講其中幾句：「經年至茅屋，妻子衣百結。慟哭松聲回，悲泉共幽咽。平生所嬌兒，顏色白勝雪。見爺背面啼，垢膩腳不襪。床前兩小女，補綻才過膝。海圖坼波濤，舊繡移曲折。天吳及紫鳳，顛倒在裋褐。」寫逃難到最後，終於見到妻兒了，然而「妻子衣百結」，妻兒的衣服已經一個個破洞了。「平生所嬌兒」，平常最疼的這個孩子，「顏色白勝雪」，面色蒼白，「見爺背面啼」，見到爸爸，背過臉去哭，因為「垢膩腳不襪」，身體髒得一塌糊塗，腳上連襪子都沒有。「床前兩小女，補綻才過膝」，在床前的兩個小女兒，身上補得一塊一塊的，「海圖坼波濤，舊繡移曲折。天吳及紫鳳，顛倒在裋褐」，舊的官服已經被拆開來做小孩子的衣服，上面的花紋都拆移顛倒了。

年輕的時候常常覺得詩應該很華美，但在經歷過生命中的一些事情之後，會覺得大概生活裡面最難寫的就是上面這些細節了。我童年的時候，也曾經歷逃難和安定下來的感覺，在一個異鄉落腳，真不曉得媽媽是怎麼帶大家裡六個小孩。想到這些，忽然能體會杜甫詩中描寫的心情。

〈聞官軍收河南河北〉是杜甫常常被引用的一首詩。

劍外忽傳收薊北，初聞涕淚滿衣裳。卻看妻子愁何在，漫卷詩書喜欲狂。

白日放歌須縱酒，青春作伴好還鄉。即從巴峽穿巫峽，便下襄陽向洛陽。

安史之亂以後，官軍打敗安祿山的軍隊，收回了河北北部。「劍外」就是劍閣以南，劍閣在四川，正是當時杜甫所在的地方。「初聞涕淚滿衣裳」，逃難逃了這麼久，希望國家安定，知道官軍已經收復了河北，不禁大哭起來，滿身都是淚。「卻看妻子愁何在」，妻子從逃難以來老是在發愁，現在看看她怎麼樣呢？憂愁無影無蹤了。「漫卷詩書喜欲狂」，草率收拾了書本，高興得幾乎要發狂。

「白日放歌須縱酒，青春作伴好還鄉」是非常明顯的對仗，這個句子有一點像李白的風格，我們會發現不是杜甫寫不出李白那種肆意浪漫的詩，是因為杜甫後來的遭遇，讓他實在是沒有心情寫這樣的詩。杜甫快樂的時候，也懂得人活著應該好好唱唱歌，好好喝喝酒，應該青春作伴，回到故鄉。「即從巴峽穿巫峽，便下襄陽向洛陽」，這兩句詩用了四個地名，很像四個蒙太奇畫面，充滿了速度感，也讓時間得到了加強，表現出他想回家的急迫心情。此處可看出杜甫驚人的詩歌技巧。

通常講杜甫的律詩，〈登高〉會被當作格律最嚴的例證，可看出他對文字語言驚人的掌握能力。

風急天高猿嘯哀，渚清沙白鳥飛迴。無邊落木蕭蕭下，不盡長江滾滾來。
萬里悲秋常作客，百年多病獨登臺。艱難苦恨繁霜鬢，潦倒新停濁酒杯。

「風急天高猿嘯哀，渚清沙白鳥飛回」，一開始就是對仗。「風急天高」都是往上面發展，好像高音，之後的「渚清沙白」都是往低迴。前一句是垂直線，後一句是水平線。這邊是「猿嘯哀」，猿很尖銳的淒厲叫聲；那邊是「鳥飛迴」，鳥在上面迴旋。一個是上升的力量，一個是下降的力量，美學上的對仗非常明顯。一路讀下來，整首詩八個句子全部是對仗，這不能不說是律詩的極致。非常驚人，文學節制的力量比李白還驚人。

晚年自傷

悲哀的背後是貧窮，他當然是在為自己悲哀，同時也是對民間生活的喟嘆

〈乾元中寓居同谷縣作歌七首〉是杜甫晚年的作品，我們談談其中幾個句子。

（其一）

有客有客字子美，白頭亂髮垂過耳。歲拾橡栗隨狙公，天寒日暮山谷裡。
中原無書歸不得，手腳凍皴皮肉死。嗚呼一歌兮歌已哀，悲風為我從天來！

「有客有客字子美」，子美就是杜甫自己。「白頭亂髮垂過耳」，他開始描述自己「糟老頭」的形象。「歲拾橡栗隨狙公，天寒日暮山谷裡。中原無書歸不得，手腳凍皴皮肉死」，因為沒有收到從洛陽捎來的信，所以不能回去，冬天手腳都凍裂了。「嗚呼一歌兮歌已哀，悲風為我從天來！」寫的是他晚年自傷的感覺。

（其二）

長鑱長鑱白木柄，我生托子以為命！黃獨無苗山雪盛，短衣數挽不掩脛。
此時與子空歸來，男呻女吟四壁靜。嗚呼二歌兮歌始放，閭里為我色惆悵！

第二首是「長鑱長鑱白木柄」，每天拿著一個圓鍬在那邊挖地，「我生托子以為命」，他必須要種田才能夠活下去。「黃獨無苗山雪盛，短衣數挽不掩脛」，衣服短短的在冬天連足踝都蓋不住。「此時與子空歸來，男呻女吟四壁靜。嗚呼二歌兮歌始放，閭里為我色惆悵！」悲哀的背後是貧窮，他當然是在為自己悲哀，同時也是對民間生活的喟嘆。

（其三）

有弟有弟在遠方，三人各瘦何人強？生別輾轉不相見，胡塵暗天道路長。
東飛駕鵝後鶖鶬，安得送我置汝旁！嗚呼三歌兮歌三發，汝歸何處收兄骨？

第三首詩用了歌曲形式，用到重複的方式。有家人，可是沒有辦法見面。「有弟有弟在遠方，三人各瘦何人強？」說三個人都很瘦，哪一個好一點呢？親人們都一樣在過苦日子。「生別輾轉不相見，胡塵暗天道路長」，活生生的卻不能在一起，因為戰亂導致彼此在不同的地方。

杜甫這七首自傷遭遇的悲劇，除了寫自身，也為大時代留下了沉痛的心聲。

第六講

白居易

惟歌生民病，願得天子知

文學不只是錦上添花，而更是雪中送炭

白居易非常關注民間，高高在上的執政者是不太了解普通百姓如何生活的。白居易對自己的創作物件有清晰的界定，寫的詩要讓不識字的老太太聽懂，是他做為一個知識分子的心願。他覺得文學如果只滿足上層階級，是沒有意義的。白居易的寫作理想是成為民間的發聲者，成為民間的代言人。大家在讀白居易的一些詩時，會覺得他在努力避開一些生僻的字。所謂「非求宮律高，不務文字奇」，是他檢驗詩作的原則。他對詩的「宮律」、「文字奇」不是不懂，而是覺得還有更高的追求——對「人」的關懷。

〈賣炭翁〉是白居易非常著名的一首詩。

賣炭翁，伐薪燒炭南山中。滿面塵灰煙火色，兩鬢蒼蒼十指黑。
賣炭得錢何所營？身上衣裳口中食。可憐身上衣正單，心憂炭賤願天寒。
夜來城外一尺雪，曉駕炭車輾冰轍。牛困人饑日已高，市南門外泥中歇。

翩翩兩騎來是誰？黃衣使者白衫兒。手把文書口稱敕，回車叱牛牽向北。
一車炭，千餘斤，宮使驅將惜不得。半匹紅綃一丈綾，繫向牛頭充炭直。

一開頭是「賣炭翁，伐薪燒炭南山中」，有一點像民歌，一個賣炭的人，砍下樹，然後在山裡面燒成炭。「滿面塵灰煙火色」，燒炭當然是一件辛苦的事情。「兩鬢蒼蒼十指黑」，形容他的頭髮已經斑白，十個指頭都是黑的。這樣一個辛勤勞動的老人，「賣炭得錢何所營？身上衣裳口中食」，賣炭得來的錢能夠做什麼呢？也不過就是求飯飽，有衣穿。

這幾乎是比漢樂府還要淺白的文字，我覺得白居易選擇這種書寫方式，是他做為知識分子的自覺，是對把玩文字的一種慚愧。托爾斯泰（Lev Nikolayevich Tolstoy, 1828–1910）曾經為創作了《戰爭與和平》而困擾，他覺得現實中有的人連生活都難以維持，而他的文學卻沒有關照到這些，我稱其為一個知識分子的自覺與自我道德批判。我們不能說在文學史上這一定是正確的選擇，因為文字修辭也是重要的。但這樣的自覺是非常感人的事。

「身上衣裳口中食」，如果是講究修辭的人，可能會寫得非常美，這剛好是白居易努力迴避的狀態。白居易其實有意把自己做為革命的對象。文學上的反省，最了不起的不是批判別人，而是批判自己。白居易似乎覺得自己過去寫了那麼美的詩，好像對整個社會一點好處都沒有，所以回過頭來，想寫一些百姓可以聽懂的事情。

「可憐身上衣正單，心憂炭賤願天寒」，這裡寫到老翁的矛盾心理。他覺得自己身上衣服很單薄，沒有棉衣穿，天氣冷了日子就很難過；可是心裡又擔憂，如果炭賣不出去怎麼辦，就一直祈禱天再冷一點吧，天冷一點炭才會好賣。做為詩人的白居易，只有真正置身於底層，有過饑寒交迫的經歷，才會懂得這種矛盾和痛苦。

「夜來城外一尺雪，曉駕炭車輾冰轍」，晚上城外面下了一尺高的雪，終於有機會賣炭了。破曉時分老翁就駕著炭車，在雪地當中壓著冰駛過。這當然在講勞動的辛苦。「牛困人饑日已高」，沿路賣炭，賣到牛都疲困了，人也餓得不得了，太陽已經升很高了。「市南門外泥中歇」，在城市南門外休息一下。「翩翩兩騎來是誰？」忽然看到兩匹馬非常瀟灑地跑來，是誰呢？「黃衣使者白衫兒」，原來是皇帝的侍從。「手把文書口稱敕」，拿著皇帝的命令，「回車叱牛牽向北」，一句話也不多說，就把牛車往北牽。「一車炭，千餘斤，宮使驅將惜不得」，就這樣，一車炭被帶走了，宮使沒有任何同情，好像認為老百姓失去這一車炭不是什麼大事。「半匹紅紗一丈綾，繫向牛頭充炭直」，官家在徵收民間財物的時候，會拿一塊紅綾綁在牛頭上，就沖抵價值了。官府徵收，彷彿是「天恩」，是莫大榮寵，卻不顧人民死活。

這首詩描寫了一個社會悲慘現象，而這個現象，很可能在我們讀文學、讀歷史時不容易觸碰到的。白居易這些知識分子出於一種自覺，開始用自己的良心去做紀錄，要讓人們知道當時底層人的生存狀況。

唐代的官吏在被貶下放的時候，會接觸到民間，如果這可以喚起社會良知，會是一個非常好的啟蒙運動。事實上，在唐代，權貴階級與下層階級之間的對立非常嚴重，到宋代好了一點，也還是沒有得到徹底的改善。有時候知識分子會趨附於上層階級，去壓迫老百姓，不要忘記，拿著紅綾把牛頭綁一綁就可以「口稱敕」，也都是知識分子制訂出來的政策。有時候，知識分子也會幫助老百姓去對抗權貴的壓迫。知識分子在這種狀況下，始終在權力者與人民間游離。

在韓愈悼念柳宗元的文章裡，為什麼會那麼強烈地歌頌他？因為他覺得這樣的知識分子太少了，是應該被標舉的。韓愈所談的道德理念，從〈祭十二郎文〉，到〈送孟東野序〉、〈送李愿歸盤谷序〉，到〈柳子厚墓誌銘〉，以及柳宗元寫的〈捕蛇者說〉，然後到白居易寫的〈賣炭翁〉，一種關注百姓的社會思想慢慢完整起來。這些知識分子努力讓自己接近可能他們已經有一點遠離的民間。韓愈因為出身很苦，比較了解民間；柳宗元是世家子弟，可能一開始並不了解，最後他們都有了不同程度的自覺。白居易也是如此。這群人構成了唐代非常重要的道德自覺的力量。

在文學史上，大家熟悉的白居易，是寫出〈長恨歌〉、〈琵琶行〉這兩首文學成就非常高的詩的詩人。可是我們要知道，白居易到了晚年，也許希望能夠流傳的是〈新豐折臂翁〉或者〈賣炭翁〉。我想這裡面有一種心痛，一個社會上如果有這樣一群貧苦的人存在，還要吟唱〈長恨歌〉，他會覺得不安吧？後來白居易與元稹共同推行社會道德的自覺運動，希望文學能夠走向非常淺白的道路，能夠真正與社會改革結合起來。我在年輕的時候，讀到這種「文以載道」的文學的時候，甚至是有一點反感的，覺得裡面有很多八股教條，可是今天卻覺得他們對自己的反省與批判非常動人。知識分子最可貴的一部分，是對自己道德不完美的檢查。有時候我們常常會誤認為道德是拿來批判別人的，其實不是。韓愈、柳宗元、白居易，都對自我進行了反省與批判。

柳宗元寫過一篇〈鈷鉧潭記〉。他去看山水，覺得山水好美，有一家人實在受不了稅賦了，要把潭邊的田地賣給他。柳宗元買了下來，修建檯子，用來中秋賞月。柳宗元是世家子弟，通常一個文人在清風明月下欣賞山林的時候，不會記得這塊地原來是老百姓用來生活的，柳宗元了不起的地方就是他很誠實，把這些都記錄下來：他喜歡山水，但擁有山水的人已經活不下去了，然後他有了山水。那麼柳宗元屬於哪一個階層呢？他對抗權貴被貶了官，可是在當地，他還是一個權貴。他買了當地老百姓的地，他問自己是不是應該喜歡這個地方，決定永遠住在這裡，不再回京城了。這裡有很多伏筆。這類知識分子很想改換自己，中間又充滿矛盾。

愛山水沒有錯，而如果因為愛山水，去買老百姓的地，像今天在農地上蓋豪宅，則會使老百姓失去祖居的地。其間的矛盾在柳宗元的文章裡表達得特別清楚。我希望大家在看白居易、柳宗元的作品時，都可以看到他們的矛盾，這也剛好展現了他們的可愛之處。比如，在〈捕蛇者說〉中，柳宗元就透露了自己的無奈，面對龐大的國家機器和頑固的體制，個人的力量實在微薄。權力者往往比「蛇」還毒的。

白居易寫了很多「新樂府」。漢代的樂府負責到民間收集民歌，記錄下來呈給皇帝，讓皇帝了解民情。樂府中保留了很多民間生活的真實細節。魏晉以後，樂府的傳統中斷了，唐以後曾經有一種「仿樂府」，李白、杜甫都寫過。白居易希望「新樂府」能夠「繫於意，不繫於文」，就是說能夠真正把意思傳達出來，而不要在意文辭修飾。這與「古文運動」的主旨關係密切，他說「其言直而切」，就是文字要直接、切中要害，把話講出來。他已經感覺到文學被裝飾得太厲害，真正的主題被掩蓋了。他的目的非常清楚：「欲聞之者深戒也。」聽到的人，能夠真正去改正一些事情，就像〈賣炭翁〉，他絕不希望人們只是把它當成文學作品來欣賞，而是希望讀過以後能夠廢掉不合理的制度。他希望「為君、為臣、為民、為物、為事而作，不為文而作」，什麼都可以，就是不要為文而文。

白居易對自己的文學創作有一種期待，比如他寫過一首〈寄唐生〉：

賈誼哭時事，阮籍哭路岐。唐生今亦哭，異代同其悲。
唐生者何人？五十寒且饑。不悲口無食，不悲身無衣。
所悲忠與義，悲甚則哭之。太尉擊賊日，尚書叱盜時。
大夫死凶寇，諫議謫蠻夷。每見如此事，聲發涕輒隨。
往往聞其風，俗士猶或非。憐君頭半白，其志竟不衰。
我亦君之徒，鬱鬱何所為？不能發聲哭，轉作樂府詩。
篇篇無空文，句句必盡規。功高虞人箴，痛甚騷人辭。
非求宮律高，不務文字奇。惟歌生民病，願得天子知。
未得天子知，甘受時人嗤。藥良氣味苦，瑟淡音聲稀。
不懼權豪怒，亦任親朋譏。人竟無奈何，呼作狂男兒。
每逢群盜息，或遇雲霧披。但自高聲歌，庶幾天聽卑。
歌哭雖異名，所感則同歸。寄君三十章，與君為哭詞。

「非求宮律高，不務文字奇，惟歌生民病，願得天子知」，這與「古文運動」之間有某些呼應關係，他覺得「鬱鬱何所為？不能發聲哭」，心裡面的鬱悶，如何能夠轉換為樂府詩篇？「篇篇無空文，句句必盡規」，他認為文學裡的格律、形式、文字不是那麼重要，真正要關心的只有三個字「生民病」，也就是老百姓的痛苦。「未得天子知，甘受時人嗤」，如果寫出這樣的東西天子看了沒有感覺，他願意被大家嘲笑。這是非常大膽的言論。皇帝看了都不懂嗎？執政者沒有感覺嗎？這些人後來為什麼被貶官？可能皇帝根本都沒有看到，他就已經被貶了。事實上，是整個利益集團而不僅僅是一個皇帝在壓迫百姓，所以這群文人就不斷地在政治上受到壓迫。

「藥良氣味苦」，這樣的東西是好的，可以改革社會，大家可能都不願意吃，因為它就像藥一樣苦。「琴淡音聲稀」，這個琴不華麗，不會讓大家覺得很美。「不懼權豪怒，亦任親朋譏」，韓愈為柳宗元寫的墓誌銘中，也有類似的詩句，寫這樣的詩要不懼怕權貴豪門，不怕朋友親戚嘲笑。在那個時代，所謂知識分子的良知與自覺，要面臨如此大的壓力。

從上面〈寄唐生〉這首詩裡面，可以很明顯地看到白居易對自己的勉勵，在災難與被貶的痛苦中，他還在提醒自己是為什麼做這些事情，而且無怨無悔。

〈新豐折臂翁〉這首詩就是希望不要再為了開疆拓土而打仗了，不論國家多麼強盛偉大，還是看看老百姓受到什麼苦吧。

新豐老翁八十八，頭鬢眉須皆似雪。玄孫扶向店前行，左臂憑肩右臂折。
問翁臂折來幾年，兼問致折何因緣。翁云貫屬新豐縣，生逢聖代無征戰。
慣聽梨園歌管聲，不識旗槍與弓箭。無何天寶大徵兵，戶有三丁點一丁。
點得驅將何處去，五月萬里雲南行。聞道雲南有瀘水，椒花落時瘴煙起。
大軍徒涉水如湯，未過十人二三死。村南村北哭聲哀，兒別爺娘夫別妻。
皆云前後征蠻者，千萬人行無一回。是時翁年二十四，兵部牒中有名字。
夜深不敢使人知，偷將大石捶折臂。張弓簸旗俱不堪，從茲始免征雲南。
骨碎筋傷非不苦，且圖揀退歸鄉土。此臂折來六十年，一肢雖廢一身全。
至今風雨陰寒夜，直到天明痛不眠。痛不眠，終不悔，且喜老身今獨在。
不然當時瀘水頭，身死魂孤骨不收。應作雲南望鄉鬼，萬人塚上哭呦呦。
老人言，君聽取。君不聞開元宰相宋開府，不賞邊功防黷武。
又不聞天寶宰相楊國忠，欲求恩幸立邊功。邊功未立生人怨，請問新豐折臂翁。

「新豐老翁八十八，頭鬢眉須皆似雪」，八十八歲的老翁頭髮、眉毛都已經白了。「玄孫扶向店前行」，玄孫扶著他往前面的商店走，文字非常簡單。「左臂憑肩右臂折」，左邊的手臂扶在玄孫肩上，右邊的手臂折斷了。白居易「問翁臂折來幾年」，即你這隻手臂斷了有多少年，「兼問致折何因緣」，到底什麼原因導致手臂折斷。「翁云」，這個老先生說話了。大家會回想到杜甫的〈石壕吏〉，都是用民間的語言。「翁云貫屬新豐縣」，他們家住在新豐縣，「生逢聖代無征戰」，他生在沒有打仗的承平時代，「慣聽梨園歌管聲」，從小就聽著民間的戲曲長大，「不識旗槍與弓箭」，不太懂得怎麼射箭或者拿槍。「無何天寶大徵兵」，天寶年間忽然大徵兵，「戶有三丁點一丁」，一家有三個男孩就有一個男孩要被徵兵。這已經比杜甫描寫的景況要好很多，杜甫寫的是「……三男鄴城戍。一男附書至，二男新戰死」，因為那個時候已經到了戰爭沸點，連法律都不遵守了。

「點得驅將何處去，五月萬里雲南行」，這些人被徵了兵以後到哪裡去？五月非常熱的時候，往雲南走。「聞道雲南有瀘水，椒花落時瘴煙起」，當時北方人對雲南根本不了解，有很多傳說。「大軍徒涉水如湯，未過十人二三死」，光是過瀘水的時候，十個人當中就有兩三個人死掉了。「村南村北哭聲哀，兒別爺娘夫別妻」，抓兵時，村南村北都是一片哭聲，兒子告別爸爸媽媽，丈夫告別妻子。「皆云前後征蠻者，千萬人行無一回」，大家都說千萬人中，沒有一兩個人能回來。

「是時翁年二十四，兵部牒中有名字」，那年老翁二十四歲，兵部的徵兵手冊裡面有他的名字，所以「夜深不敢使人知，偷將大石捶折臂」，夜晚的時候不敢讓別人知道，偷偷拿一塊大石頭把自己的手臂砸碎。這在當時是觸犯法律的事——白居易在用報導文學的方法講戰爭在民間引發的恐懼。「張弓簸旗俱不堪，從茲始免征雲南」，這樣才避免了到雲南去。「骨碎筋傷非不苦」，骨頭碎了，筋受傷了，當然很痛苦，「且圖揀退歸鄉土」，至少覺得自己還能夠活著，就算殘廢了，還在家鄉。「此臂折來六十年，一肢雖廢一身全」，這六十年間，一隻手臂廢掉了，至少一身保全。想想被抓兵的人，大概都死掉了，都沒有回來。「至今風雨陰寒夜，直到天明痛不眠」，現在一下雨，手臂是酸痛的，「痛不眠，終不悔」，可他還是不後悔，因為「且喜老身今獨在。不然當時瀘水頭，身死魂飛骨不收。應作雲南望鄉鬼，萬人塚上哭呦呦」。

我們可以看到白居易開始批評政治，他從老人折臂這件事入手，批評國家的制度，談到天寶年間的宰相楊國忠，「又不聞天寶宰相楊國忠，欲求恩幸立邊功」，為了讓皇帝寵幸他，為了掌握權力，不惜發動戰爭。「邊功未立生人怨，請問新豐折臂翁！」戰功還沒立，就引起民間這麼大的怨恨，你應該來問問新豐這個折臂翁。白居易用詩記錄了令人心痛的歷史事件。

一個巨大的知識分子自覺運動開始興起，普通百姓，不管是捕蛇的人、折臂的人，還是賣炭的人，變成了中國文學的主角。知識分子成為普通百姓的代言人。在〈新豐折臂翁〉中，白居易只是在後面出來講了幾句話，大部分是老人在講。詩人只是替那些沒有發言權的人去代言，這與「古文運動」的本質精神相關。

〈買花〉這首詩經常被人提到。

帝城春欲暮，喧喧車馬度。共道牡丹時，相隨買花去。
貴賤無常價，酬直看花數：灼灼百朵紅，戔戔五束素。
上張幄幕庇，旁織巴籬護。水灑復泥封，移來色如故。
家家習為俗，人人迷不悟。有一田舍翁，偶來買花處。
低頭獨長歎，此歎無人喻：一叢深色花，十戶中人賦！

貴族喜歡牡丹，牡丹沒有固定的價格，要看花的品種是否容易取得。愛花這件事情沒有什麼不好，可是詩人慢慢感覺到一種社會階級之間的對立。因為「有一田舍翁」，忽然出來了一個農民。過去中國的詩裡很少出現這種人，白居易的詩裡卻出現了。「有一田舍翁，偶來買花處。低頭獨長歎，此歎無人喻」，所有買花的人都不知道他為什麼嘆氣。他說：「一叢深色花，十戶中人賦！」這樣一叢花的價錢等於十戶中等人家的賦稅。

白居易的意圖已經愈來愈明顯，他就是想使他的文學變成重要的社會批判力量。本來閱讀文學的人都試圖要讀到美，他現在要寫的，卻可能是讓讀者心裡不安。當然白居易不能希望每一個人讀完以後立刻會有改變，他只是希望可以形成另一個不同的文學發展方向。白居易中年以後，明顯地使自己的文學變成一種革命力量。他在做文學革命，他已經不在意人家說他的詩好或不好。很多人讀這樣的詩，會覺得意識形態色彩太強了，文字很淺白，沒有文學性。重要的是，從著力於「新樂府」開始，他就聲明所重視的已經不再是文字，而是內在的意涵能否令大家有一點覺悟與反省。〈賣炭翁〉當中有「翩翩兩騎來是誰……手持文書口稱敕」，「敕」只有皇帝可以用，這個時候白居易非常大膽地在直接批判皇帝，拿著「敕書」的人，就可以把民間的財富隨便搶走，這簡直是把官家當強盜來看待，裡面的批判性非常強。當然白居易這麼直接去批判皇室，一定會有後果的，很多人都是靠著皇室權威吃飯，他得罪了利益集團，最後當然就被貶官。

〈上陽白髮人〉談的是曠男怨女的孤獨。

上陽人，上陽人，紅顏暗老白髮新。綠衣監使守宮門，一閉上陽多少春。

玄宗末歲初選入，入時十六今六十。同時采擇百餘人，零落年深殘此身。

憶昔吞悲別親族，扶入車中不教哭。皆云入內便承恩，臉似芙蓉胸似玉。
未容君王得見面，已被楊妃遙側目。妒令潛配上陽宮，一生遂向空房宿。
宿空房，秋夜長，夜長無寐天不明。耿耿殘燈背壁影，蕭蕭暗雨打窗聲。
春日遲，日遲獨坐天難暮。
宮鶯百囀愁厭聞，梁燕雙棲老休妒。鶯歸燕去長悄然，春往秋來不記年。
唯向深宮望明月，東西四五百回圓。今日宮中年最老，大家遙賜尚書號。
小頭鞵履窄衣裳，青黛點眉眉細長。外人不見見應笑，天寶末年時世妝。
上陽人，苦最多。少亦苦，老亦苦，少苦老苦兩如何？
君不見昔時呂向美人賦，又不見今日上陽白髮歌！

「上陽人，上陽人，紅顏暗老白髮新。綠衣監使守宮門，一閉上陽多少春。玄宗末歲初選入，入時十六今六十」，這裡描寫的場景是在美術史中，張萱、周昉的那些畫作裡時常看到的，當初選三千人進宮，十六歲選進去，直到六十歲都沒有見到皇帝，一輩子就沒有了。這些女子從紅顏到白髮，不過是帝王的犧牲者。從來沒有人敢講，可是白居易講了，他覺得這些少女的生命怎麼可以這樣被糟蹋，皇室的排場與妃嬪的制度使這些少女受到很大的傷害。他說：「同時采擇百餘人，零落年深殘此身。」當時與她一起選過來的那上百人，這些年也都老了，有的死掉了，與家人沒有機會見面，也可能一輩子都見不到皇帝，在冷宮裡面住著。

十六歲被選中入宮，告別家人，「扶入車中不教哭」，怎麼能哭？這是榮耀。白居易從百姓的角度開始批判皇家的榮耀。「皆云入內便承恩」，大家都和她說妳不能哭，一到皇宮，就要開始接受皇帝的寵幸。「臉似芙蓉胸似玉」，這是描寫青春的美；「未容君王得見面」，事實上根本沒有機會見到君王，「已被楊妃遙側目」，那個時候被專寵的楊貴妃看一眼，就被發配到上陽宮去了。「妒令潛配上陽宮，一生遂向空房宿」，她的一生就在一間空房子裡住著。

我們常常覺得同情就是在高高在上的位置，去施捨一些給我們覺得可憐的對象。我覺得這是世俗對同情的一個誤解，白居易的同情是他把自己變成那個人，他寫〈賣炭翁〉時就變成賣炭翁，寫〈新豐折臂翁〉時就變成折臂翁，現在白居易寫這個他應該很不了解的十六歲就進宮，然後被打入冷宮的女子一生的惆悵，竟然這麼女性化。在〈琵琶行〉裡，他碰到一個年老色衰的女子，忽然說：「同是天涯淪落人，相逢何必曾相識。」這絕對是一種感同身受，也就是我所說的「同情」，一個好的文學家讓自己設身處地，才是真正的同情。所以我們會感覺到好像他就是一個宮女，備受冷落，青春一直這樣過去，沒有任何其他可能。死一般地活著，任歲月無情地走過，從十六歲走到六十歲。

結尾部分說：「上陽人，苦最多。少亦苦，老亦苦。少苦老苦兩如何？君不見昔時呂向〈美人賦〉，又不見今日上陽白髮歌！」白居易在做對比，過去呂向寫過〈美人賦〉，諷刺「密采豔色」的做法，現在白居易希望大家看一看他寫的上陽宮人白髮歌。文學不只是錦上添花，而更是雪中送炭。文學有另外一個職責是真正使人類的災難、苦難、孤獨和寂寞被人聽到，而不是僅僅去歌功頌德。

對生命的豐富關懷

對於一朵花都會尊重，都會疼惜，這才是文學真正的力量

這裡面當然牽扯到白居易自己對文學的定位。他用很直接的表達方式去寫民間受到賦稅壓迫活不下去的哀傷。如果白居易認為他早期的詩沒有意義，是不是我們今天不該讀他早期的作品？我們會發現文學真的是兩個矛盾同時在調整，文學本身絕對有對生命豐富的關懷。像〈買花〉這一類的樂府詩，就比較傾向於社會道德層面的評價。

我覺得必須把兩部分結合起來，做為一個詩人的白居易才完整。我的意思是說，白居易的同情在〈琵琶行〉裡也擴大了，在〈長恨歌〉裡也擴大了。文學關心的層面非常多，一個手臂折斷的人的悲哀，一個從沒有見到君王的白髮宮女的悲哀，當然值得同情，可是「悲哀」還有其他不同層次，〈琵琶行〉中「老大嫁作商人婦」的女子，彈著琵琶敍述自己的故事，也是一種悲哀。

白居易懷念朋友「劉十九」，兩人很久沒見面，就作了一首〈問劉十九〉給他。

綠螘新醅酒，紅泥小火爐。晚來天欲雪，能飲一杯無？

剛剛釀好的酒上面，浮著一層微綠的酒渣，像螞蟻一樣。讓爐火熱熱酒吧，冬天很冷，要下雪了，你要不要過來喝一杯酒？只有二十個字，就把對朋友的思念寫得淋漓盡致。詩中的顏色非常美麗，又有冷與暖之間的對照，這麼有色彩感！文字用到這麼完美，可是又這麼簡潔。

白居易會不會覺得這首詩對於百姓沒有什麼好處，也要刪掉？我在讀白居易的時候非常矛盾，替他矛盾，也替自己矛盾。在家裡，也常常覺得有那麼好的茶葉，不如泡一壺茶，找一個朋友來，看到白居易的文學理論，會覺得這樣子是不是太貴族了，太文人氣了。白居易自己也懂這是生活裡面小小的品味和情調。我們不能因為讀了〈賣炭翁〉、〈新豐折臂翁〉，就覺得這些部分應該完全從生活裡面消失。也許我們會發現賣炭翁、折臂翁的生活裡未嘗沒有這種情調，他們也會燒個小火爐，烤點魷魚，幾個朋友一起來喝一點酒。我覺得「古文運動」最了不起的地方是對於自己的道德自覺，對自己在社會裡的定位有多一重的思考，也會在專業領域，或者在生活當中對人有更多一點的同情。我想這是非常可貴的。愛生命的美，也有對生命的不忍吧！

我特別希望大家可以同時讀白居易的兩類作品。把〈花非花〉放在〈新豐折臂翁〉旁邊，真的像兩個詩人寫的東西。白居易內心有一種痛苦，路上有人被凍死、餓死，還有賣炭翁遭遇是如此悲慘，他應該到街頭去看這些人的生活，這是一種出於良知的慚愧，他有一點強迫自己進入一個令他痛苦的世界。同時他又懂得美，我們看一下這首〈花非花〉：

花非花，霧非霧。夜半來，天明去。來如春夢不多時，去似朝雲無覓處。

他覺得生命不是那麼清楚，也不是那麼確定，對於生命有一種幻滅、一種悵然、一種對華麗不可把握的感覺。他可能在講青春吧，因為他不是在講花，不是在講霧，也不是在講夢。這有一點像象徵派的詩，很像李商隱的風格。我們看到社會意識與道德主張這麼強的詩人，竟然有如此浪漫的部分。

我覺得白居易的矛盾是我們心裡的矛盾，我愛美，愛美不見得與社會道德感衝突，因為公理與正義的推展也包含著美的共同完成。一個人如果有性情上的美做為基礎，在任何職位上，他要做的東西都是對的。這就是人性。有對於美的基礎認同，每一步做起來都是人性的本質。

另外，〈慈烏夜啼〉用各種象徵去詮釋生命裡的各種可能，我們今天的詩人未必能夠寫出這麼好的生命感覺。

慈烏失其母，啞啞吐哀音。晝夜不飛去，經年守故林。
夜夜夜半啼，聞者為沾襟。聲中如告訴，未盡反哺心。
百鳥豈無母，爾獨哀怨深？應是母慈重，使爾悲不任。
昔有吳起者，母歿喪不臨。嗟哉斯徒輩，其心不如禽！
慈烏復慈烏，鳥中之曾參。

「慈烏失其母，啞啞吐哀音」，這是寫烏失去母親以後的悲哀。接下來的詩句，我們看到白居易愈來愈有一種道德意圖，覺得一首詩應該清楚地傳達意義，即使寫鳥，也要寫到鳥對於母親的反哺沒有完成的哀傷，如果人們連這點都做不到，那就禽獸不如了。讀〈慈烏夜啼〉與讀〈花非花〉，是非常不同的感覺。

我覺得文學的功能在社會裡是非常多重的，而不是變成教條。「花非花，霧非霧，夜半來，天明去」開啟了另外一個美學領域，這個領域開了以後，人對於人的愛，對於生命的尊重，已經不是孝順母親的問題，而是對於一朵花都會尊重，都會疼惜，這才是文學真正的力量。

如果要求文學藝術必須直接對社會有所改善，有可能帶來不好的後果，尤其在窮困和沒有人性的年代。另一個關鍵是，白居易在道德覺醒了之後才寫〈賣炭翁〉，真正的道德自覺應該是發自每一個知識分子的內心，而不帶有某種政治目的。

〈長恨歌〉——本事

他單純寫一個男子被一個美人驚動以後的專注

寫〈長恨歌〉時候的白居易年紀不大，大概三十歲左右，在陝西做一個小官，聽到別人講五十年前唐明皇與楊貴妃是經過這一帶到四川去的。

安祿山造反之後，戰爭發生。有一天早上，皇宮的宮門打開，有一隊人馬往西去。老百姓都不知道發生什麼事，原來是密報來了，說潼關已經破了，京城即將不保。皇帝匆匆忙忙帶著重要的大臣、貴妃，由三軍護衛出了城。到了馬嵬坡，軍隊要求楊家的權力受到約束，楊貴妃被賜死。這樣一個事件，在當地一直在傳述，五十年之後，白居易寫了〈長恨歌〉。

漢皇重色思傾國，御宇多年求不得。楊家有女初長成，養在深閨人未識。
天生麗質難自棄，一朝選在君王側。回眸一笑百媚生，六宮粉黛無顏色。
春寒賜浴華清池，溫泉水滑洗凝脂。侍兒扶起嬌無力，始是新承恩澤時。
雲鬢花顏金步搖，芙蓉帳暖度春宵。春宵苦短日高起，從此君王不早朝。
承歡侍宴無閒暇，春從春遊夜專夜。後宮佳麗三千人，三千寵愛在一身。
金屋妝成嬌侍夜，玉樓宴罷醉和春。姊妹弟兄皆列土，可憐光彩生門戶。
遂令天下父母心，不重生男重生女。

驪宮高處入青雲，仙樂風飄處處聞。緩歌慢舞凝絲竹，盡日君王看不足。
漁陽鼙鼓動地來，驚破〈霓裳羽衣曲〉。九重城闕煙塵生，千乘萬騎西南行。
翠華搖搖行復止，西出都門百餘里。六軍不發無奈何，宛轉蛾眉馬前死。
花鈿委地無人收，翠翹金雀玉搔頭。君王掩面救不得，回看血淚相和流。
黃埃散漫風蕭索，雲棧縈紆登劍閣。峨嵋山下少人行，旌旗無光日色薄。
蜀江水碧蜀山青，聖主朝朝暮暮情。行宮見月傷心色，夜雨聞鈴腸斷聲。
天旋地轉回龍馭，到此躊躇不能去。馬嵬坡下泥土中，不見玉顏空死處。
君臣相顧盡沾衣，東望都門信馬歸。

歸來池苑皆依舊，太液芙蓉未央柳。芙蓉如面柳如眉，對此如何不淚垂？
春風桃李花開日，秋雨梧桐葉落時。西宮南內多秋草，落葉滿階紅不掃。
梨園弟子白髮新，椒房阿監青娥老。夕殿螢飛思悄然，孤燈挑盡未成眠。
遲遲鐘鼓初長夜，耿耿星河欲曙天。鴛鴦瓦冷霜華重，翡翠衾寒誰與共？
悠悠生死別經年，魂魄不曾來入夢。

臨邛道士鴻都客，能以精誠致魂魄。為感君王輾轉思，遂教方士殷勤覓。

排空馭氣奔如電，升天入地求之遍。上窮碧落下黃泉，兩處茫茫皆不見。
忽聞海上有仙山，山在虛無縹渺間。樓閣玲瓏五雲起，其中綽約多仙子。
中有一人字太真，雪膚花貌參差是。金闕西廂叩玉扃，轉教小玉報雙成。
聞道漢家天子使，九華帳裡夢魂驚。攬衣推枕起徘徊，珠箔銀屏迤邐開。
雲鬢半偏新睡覺，花冠不整下堂來。風吹仙袂飄飄舉，猶似霓裳羽衣舞。
玉容寂寞淚闌干，梨花一枝春帶雨。

含情凝睇謝君王，一別音容兩渺茫。昭陽殿裡恩愛絕，蓬萊宮中日月長。
回頭下望人寰處，不見長安見塵霧。惟將舊物表深情，鈿合金釵寄將去。
釵留一股合一扇，釵擘黃金合分鈿。但教心似金鈿堅，天上人間會相見。
臨別殷勤重寄詞，詞中有誓兩心知。七月七日長生殿，夜半無人私語時。
在天願作比翼鳥，在地願為連理枝。天長地久有時盡，此恨綿綿無絕期。

從《詩經》、《楚辭》以降，中國很少有長篇史詩。〈長恨歌〉和〈琵琶行〉的重要性在於讓我們看到中國人善於寫精簡短詩的風氣被白居易改變了。〈長恨歌〉中那種大篇章進行歷史敘事的能力非常驚人。一個寫「松下問童子，言師采藥去」這種精簡絕句的詩人，不一定能夠寫出這種長篇史詩。希臘有長篇史詩，印度也有，中國很少有史詩傳統，我想這與文字結構有關，與文字本身的涵蓋力量有關。我覺得直到今天，〈長恨歌〉和〈琵琶行〉還是非常重要的文學範本，因為這兩首詩能夠押韻，有詩的節奏、結構，還能清楚地敘事。

「漢皇重色思傾國」，「漢皇」在此借漢說唐，是在講唐明皇，這個皇帝因為「重色」，所以「思傾國」，每天在思念有傾國傾城美貌的女子。「御宇多年求不得」，這個皇帝統治天下這麼多年，老是找不到他滿意的。與〈上陽白髮人〉做對比，會感覺到滿有趣，他寫過對美的尋找，又寫了這種尋找裡的殘酷。

「楊家有女初長成，養在深閨人未識」，讓人感覺到用任何語言去寫少女的青春，都沒有「初長成」好，好像在發芽一樣。生命的美剛剛透露出來的那種新鮮的氣息，幾乎撲面而來。五官長得好不好都不重要，只是生命一種清新的力量。她一直在家裡面住著，也沒有人知道她美。

白居易如果只有社會意識，是寫〈新豐折臂翁〉和〈賣炭翁〉的狀態，不會懂得欣賞這種美。無論如何，〈長恨歌〉和〈琵琶行〉用字的準確，對於畫面的精采形容，對於人的同情，都值得好好欣賞。〈長恨歌〉如果是從白居易寫〈賣炭翁〉的角度去寫，可能會變成另外一首詩。折臂翁為什麼折臂？因為天寶年間要徵兵。如果折臂翁是主角，唐明皇就是最大的禍因。但是，我們看到白居易在寫〈長恨歌〉的時候，他的同情甚至擴大到了唐明皇身上，他感覺到一個男子在愛情上的不能完成，是非常大的哀傷。

〈長恨歌〉讀起來非常感人，會令人忘掉唐明皇是皇帝。唐明皇本身也非常矛盾。如果從道德、倫理和社會習俗去講，他有許多可以被批判的部分。這個「養在深閨人未識」的美麗女子，嫁給了唐明皇的兒子壽王，成為壽王妃。在家族宴會當中，唐明皇看到兒媳婦這麼美，硬是搶過來。這背後隱藏了很多讓我們非常驚訝的事情，白居易在寫這個故事的時候，把這些社會性的東西全都去除了。他單純寫一個男子被一個美人驚動以後的專注——我不知道這與〈花非花〉的美學精神有沒有關係。從歷史上去看唐明皇，他有很多值得批判的地方；從美學上去看，就覺得他留下來的那種美的崇高性，讓人非常感動。

白居易把發生在五十年前的事，用非常完整的結構敘述出來。第一大段大概在講女子美的長成。「天生麗質難自棄」，真正的美會驚動人間。春天花的開放也是如此，會使人對美有無法言喻的一種親近。如果是一個意識形態強烈的詩人，很可能會覺得那是一個禍水。白居易就寫她真的是美，美沒有罪過，青春的美的綻放，像花一樣，讓人感動。「一朝選在君王側」，也許錯誤只是後來到了「君王側」，如果沒有這些，美只是天生麗質。

「回眸一笑百媚生，六宮粉黛無顏色」，這是在形容女子的美。回眸一笑裡面有動作，有旋轉，有委婉，有很多好像要消失，可是又剎那出現的美。「回眸」中的「回」字，本身有曲線的意義在裡面。回眸一笑，不呆板，有更生動的感覺。

後面是「六宮粉黛無顏色」，皇宮裡面所有美麗的女子，她們全部黯然失色了，白居易用這種方式突顯一個發亮的生命狀態。我們在這裡可以看到寫〈新豐折臂翁〉和〈賣炭翁〉的白居易非常懂美，寫出心裡面的真實感覺，他對美的事物是有所追求的。這是他與一般社會意識強的詩人很不同的地方。

「春寒賜浴華清池」，在春天寒冷的時候，皇帝賜她去華清池泡溫泉。「溫泉水滑洗凝脂」，用「凝脂」去形容女性肉體的某一種質感，尤其是唐代那種比較飽滿豐盈的身體，用字到了精準的程度。這是中國文化上比較少有的對女性身體的描寫，是很健康的描述，沒有讓人感覺到淫欲，就是單純描述皮膚的美。

「侍兒扶起嬌無力」，我經常不太能夠想像為什麼唐朝的女人這麼胖，可是又這麼嬌。照理講她應該很壯，可是她同時又很嬌弱。在造型美術上，她的身體非常圓胖，眉眼和手，還有嘴角的部分非常細膩，唐朝綜合了雄壯與纖細兩種精神。

白居易對女性身體的形容，表現出一種慵懶的美，剛好也是唐代女性最常有的美學感覺。「始是新承恩澤時」，「承恩澤」可以解釋成與皇帝發生關係。這一段對女子肉體的直接描述，以及皇帝對她的寵愛，都寫得比較直接。

「雲鬢花顏金步搖，芙蓉帳暖度春宵」，一個受寵愛的妃子，梳著唐代的那種高髮髻。什麼叫「金步搖」？就是古代一種插在頭髮上，垂下來的黃金首飾，走路的時候會隨著身體搖動。「芙蓉帳暖度春宵」，放下用芙蓉花的花色染出來的薄薄紗帳，講他們每天晚上如此相愛。下面是「春宵苦短日高起，從此君王不早朝」。

這裡面的結構一直在轉，步步推進。白居易關注很多細節，從這個楊家女孩長成，到她很美，被選到皇帝的身邊，到她回眸一笑，得到了皇帝的寵愛，到賜浴華清池，到承恩澤，到雲鬢花顏被打扮起來，到芙蓉帳暖度春宵，到君王耽溺於她的美，從此早上都不願意去上朝了，一步一步講下來。

我剛才提到「同情」這個詞，意思是說，從批判的角度與從同情的角度寫，這首詩會非常不一樣。當我們看到「春宵苦短日高起」，會有同情的原因是什麼？因為可能每一個人都有類似的感受，一旦發現美、感覺到美的時候，我們會耽溺，會眷戀那種美。白居易沒有批判這種眷戀，相反他覺得這種眷戀是可以了解的，所以他才寫「春宵苦短日高起」。我們了解人在歡愛眷戀當中的耽溺之深，如果唐明皇只是一個普通男子，也許我們會稱之為深情男子。可惜他是君王，就牽涉到另外一些問題。

在這裡，白居易用同情的方法，儘量把君王的角色慢慢拿掉，而變成一個中立的男子的角色，所以「從此君王不早朝」有一點像李白〈清平調〉寫的「長得君王帶笑看」，都是耽溺，都是對美的眷戀。唐明皇認識楊貴妃時，是中年以後。他是一個經過政變取得權力、功業彪炳的帝王。他是一個有才能的男子，把國家治理得非常好，歷史上稱為「開元之治」。這種人物常常在中年以後有一種幻滅感，會覺得我做了這麼多事，意義何在？其實這些人是愛美的，唐明皇又是一個很好的鼓手，在梨園裡打鼓，是一個藝術家。他感覺到自己君王的部分滿足了，可是藝術家的部分沒有滿足，就想追求浪漫的那個部分。他中年以後碰到十六歲的楊貴妃，就有了美的驚動。

畢卡索（Pablo Ruiz Picasso, 1881–1973）在六十歲左右碰到吉洛（Francoise Gilot）的時候，也是這種感覺。碰到一個年輕的女孩，他一下子呆掉了，在超級市場追著她跑，完全忘掉他自己不應該這麼失態。男子在某一個年齡，他的身體感覺到她，因為身體的轉換是非常明顯的，而那個明顯的轉換裡，他想抓激情的東西。唐明皇在楊貴妃的身上想要抓住青春的激情，這個戀愛當然一定是一發不可收拾。電影《失樂園》也是描述，到這個年齡這樣去追求激情，是滿麻煩的。

下面是對他們歡愛的形容「承歡侍宴無閒暇」，承皇帝之歡，陪侍君王飲宴，這是講楊貴妃的忙碌。「承歡侍宴無閒暇，春從春遊夜專夜」，兩個「春」，兩個

「夜」，春天兩人相攜遊玩，夜晚連綿不斷，都是跟這個女人在一起。專屬他們的春天，專屬他們的夜晚，天長地久，他們這樣耽溺。

「後宮佳麗三千人，三千寵愛在一身」，我們可以感覺到白居易在形容一個被寵愛的女子的美，以及她受的這種專寵。同時，我們開始看到一個在戀愛激情中的男子迷失的感覺。原本唐玄宗是一個聰明的皇帝，可是一下昏了頭，於是在歷史上留下這麼動人的浪漫故事。這首詩在日本流傳很廣，每到櫻花季節，很多人坐在樹下，拿著酒，唱出來的都是翻譯成日文的〈長恨歌〉。日本人日常生活規矩、理性，也許他們看到唐明皇那樣浪漫，就很欣賞。「金屋妝成嬌侍夜，玉樓宴罷醉和春」，非常漂亮的對仗句子，用金玉堆砌出一個華美的世界，來寵愛這個妃子。

更誇張的是「姊妹弟兄皆列土」，哥哥楊國忠是宰相，楊貴妃的三個姊妹分別被封為韓國夫人、虢國夫人、秦國夫人。有一幅畫名為《虢國夫人遊春圖》，現在在遼寧博物館，裡面描繪了虢國夫人進宮的時候竟然是騎著皇帝的馬，而且穿男裝，可以看出這個家族受寵到何種程度。這裡也談到一個帝王因為在愛裡面陶醉，已經失去了帝王的身分。白居易並沒有批判，而是有一點覺得：生命大概會有這樣的時刻吧。我覺得這就是「同情」，這個「同情」並不是說我們要去可憐他，而是了解到生命的狀態裡面有一種無奈。白居易做為詩人，他寫折臂翁的成功，寫賣炭翁的成功，與他寫

〈長恨歌〉的成功一樣，都來源於他的同情。他會變成那個角色來發言，這是好文學的基礎，好的文學不能永遠是自己在批判，必須設身處地成為那個人。「……可憐光彩生門戶。遂令天下父母心，不重生男重生女」，這件事使得所有的人都慨嘆，不要再生男孩，生一個女孩子，你看多麼光宗耀祖。

下面一大段整個在講政變的發生，從寵愛，從這種歡樂，急速轉成戰爭悲劇的發生。大家在閱讀時，可以注意怎樣轉變。「驪宮高處入青雲，仙樂風飄處處聞」，在講宮廷裡面的享樂，每天歌舞的感覺。「緩歌慢舞凝絲竹，盡日君王看不足」，每天都在唱歌跳舞，皇帝每天坐在這個妃子旁邊，好像都看不夠，覺得她這麼美。

忽然「漁陽鼙鼓動地來」，安祿山造反，軍隊鼓聲響起。白居易用前面宮廷裡的緩歌慢舞去對比軍隊的戰鼓，兩個都是聲音。「驚破霓裳羽衣曲」，〈霓裳羽衣曲〉是當時唐玄宗特別為楊貴妃改編的舞蹈音樂。「九重城闕煙塵生」，戰爭開始了。「千乘萬騎西南行」，有一天早上，城門忽然打開，一隊人往四川逃難，百姓都不知道發生什麼事，政變是一剎那發生的。

「翠華搖搖行復止，西出都門百餘里。六軍不發無奈何，宛轉蛾眉馬前死」，我去陝西乾陵的時候，路上經過馬嵬坡，我在那個地方停下來，看了楊貴妃的墳墓，旁邊好多詩，文人們在講他們對這個事情的看法。當時這裡發生了「六軍不發」的變故，所有的軍隊說你必須要處理這個案件，國家發生這麼大的變化，都是因為你專寵楊氏。所以楊貴妃就變成了一個替死者。那個時候唐玄宗本身被威脅了，所有的軍隊不聽命令，手上拿著武器，他可以被處死。「宛轉」是在講楊貴妃死前心裡的委屈和掙扎，這個美麗女子沒有犯什麼滔天大罪，最後竟要被拖出去絞死。「蛾眉」代稱楊貴妃，唐代女子的妝容，把眉毛剔掉，在額頭上畫兩條短短的眉形，哀傷很容易表現在這個位置。

「花鈿委地無人收」，頭上戴的那些黃金珠寶，丟在地上，都沒有人收，因為軍隊匆匆忙忙又逃難了。剛才是「雲鬢花顏金步搖」，現在是「花鈿委地無人收，翠翹金雀玉搔頭」，三句詩都是寫頭上戴的首飾。當年做為受寵愛見證的物品，都還在她身上，可是她已經死亡。這裡可以看到詩人的筆法轉得非常好。下面一句很動人：「君王掩面救不得，回看血淚相和流。」這一句把唐明皇的形象救回來了，至少還看到他掩面救不得的無奈與心裡面的痛。如果是一首存心批判唐明皇的詩，絕對不會用這種句子。我們讀到這裡，忽然有一種震動，感覺到這個男子還是有他的深情，只是完全不知道怎麼辦了，也無奈了，因為這是一場政變。

下面就講軍隊繼續走了，繼續走的時候，白居易所描述的風景，其實不是風景，而是唐明皇的心情：「黃埃散漫風蕭索，雲棧縈紆登劍閣。」到四川去要爬山，一層層地繞來繞去，在《明皇幸蜀圖》裡，整個右上角的隊伍慢慢下到山谷，再盤上去，然後進到四川，就是過蜀道。那個地方叫劍閣，是「一夫當關，萬夫莫開」的地方，李白的〈蜀道難〉就是寫這一段路程。這一段路程好像在講風景，可是又在講皇帝所愛的女子死了以後，他心情上的落寞痛苦，所以「縈紆」好像在講山路的盤旋，又在講他自己的柔腸寸斷；好像在講黃埃漫漫，又在講他自己心情上的寂寞與寥落。

「峨嵋山下少人行，旌旗無光日色薄」，這是在講很沉默的逃難隊伍慢慢走，然後心情黯淡的感覺。下面很明顯直接講到皇帝的心情，已經到了四川，可是「蜀江水碧蜀山青」，看到四川的山，看到四川的水，「聖主朝朝暮暮情」。我們會覺得這個君王真是有情意，好像在政治的無奈裡，他還有這麼大的愛與思念。經過白居易的處理，讓人對唐明皇有很多同情。「行宮見月傷心色」在講住在四川的行宮當中，看到月亮時傷心的感覺。「夜雨聞鈴腸斷聲」，晚上下著雨，聽到鈴聲時心裡感到悲慟。

下面一段就講皇帝又回長安了。「天旋地轉回龍馭」，就是要起駕回宮，重新回到長安去。「至此躊躇不能去」，是講馬嵬坡，好像馬嵬坡這個地方構成了他很大一個心情上的糾結。「馬嵬坡下泥土中，不見玉顏空死處」，已經找不到當年死掉的這個美麗女子了。「君臣相顧盡沾衣，東望都門信馬歸」，所有的人想到那件事情都哭了，然後皇帝有一點落寞，有一點迷失，離長安城已經很近，就讓馬隨意地馱著他進城吧。

如果是敘事詩，敘述到這裡應該做一個總結。可是我們看到後面幾乎還有一大半，在那一大半裡面，我們很明顯看到皇帝的真情，他在思念，在尋找。

〈長恨歌〉——夢尋

當你真正愛一個人的時候，會發現所有世間的東西都與她有牽連

真正的情感、真情，會使他不相信那個人死掉了，或者他相信那個人死掉，但在另外一個不同的空間還存在著。接著我們看到下面這一大段表白，使唐玄宗變成歷史上這麼深情的人，我覺得這裡面有白居易自己渴望的人世間最美好的情感。

「歸來池苑皆依舊」，回來以後皇宮還是皇宮，水池、花園還是同以前一樣，「太液芙蓉未央柳」，「太液」、「未央」是漢宮裡的池名和漢宮名稱，在此是借漢說唐，太液池旁長滿了芙蓉花，未央宮邊植著柳樹，可是他看到芙蓉、柳樹，想到的是「芙蓉如面柳如眉」，所有的花、所有的柳條都變成了那個女子容貌的幻化。當你真正愛一個人的時候，會發現所有世間的東西都與她有牽連，這裡寫思念寫到這麼好。「春風桃李花開日，秋雨梧桐葉落時」，春天桃花、李花在開，秋雨中梧桐的葉子在掉落。「西宮南內多秋草，落葉滿階紅不掃」，感覺到處都是蕭條的，葉子落了滿階，也沒有心情叫人打掃。「梨園弟子白髮新」，唐明皇在世的時候，有個千人編制的「國家管弦樂隊」，叫作梨園，裡面唱歌、跳舞的人，當時都很年輕，現在再看到，發現他們頭髮都白了。「椒房阿監青娥老」，當初服侍過楊貴妃的太監以及宮女也都已經老了，漢皇后住的宮殿叫作「椒房」，就在未央宮中。楊貴妃並不是皇后，可是他用「椒房」來形容這個女子住的地方。

「夕殿螢飛思悄然，孤燈挑盡未成眠。遲遲鐘鼓初長夜，耿耿星河欲曙天」，四句都在講一個睡不著的男子，他是一個曾經有過繁華的老人。他看到螢火蟲在那邊飛，把燈挑起來，聽到鐘鼓在夜裡敲著，看到天上的星河在沉落，這都是在講他心情上的寥落。「鴛鴦瓦冷霜華重，翡翠衾寒誰與共？」鴛鴦瓦上面都是寒冷的霜，曾經一起蓋過的翡翠色的被子，依然寒冷，今天有誰可以來陪伴？「悠悠生死別經年，魂魄不曾來入夢」，已經死了，好像連魂魄都不曾來入夢——他期待人死了之後，夢魂中至少還可以相見。

有這麼強的思念，開始想尋找，所以下面一大段就來了一個道士，這個道士開始作法幫助唐明皇去找那個女子。「臨邛道士鴻都客，能以精誠致魂魄」，只要真有這份精誠，愛戀一個人、思念一個人，是可以使魂魄出現的。這些部分經過白居易的書寫，變成一個非常美的故事，也使大家讀著讀著愈來愈覺得不是在讀唐明皇、楊貴妃的故事，而是在讀我們自己心裡對於那個美好情感的相信，我們大概都盼望著自己曾經愛過的生命是永遠存在的。「為感君王輾轉思，遂教方士殷勤覓」，因為感動於這個君王這樣輾轉反側地思念一個女子，有人就叫道士努力去尋找。「排空馭氣奔如電，升天入地求之遍」，講這個道士作法如何在天上、地下到處尋找。「上窮碧落下黃泉，兩處茫茫皆不見」，過去人相信成仙的到碧落，做鬼以後入黃泉，可是「兩處茫茫皆不見」，到處尋找都沒找到。

這些句子不完全是寫迷信的作法，我們會覺得他在形容一種尋找。所以我剛才講說前一段是思念，這一段是在講尋找，一種個人生命的尋找。

「忽聞海上有仙山，山在虛無縹緲間。樓閣玲瓏五雲起，其中綽約多仙子」，他在絕望當中發現還有一個地方沒有找到，是海上的仙山，那裡有非常多美麗的仙子。「中有一人字太真」，楊貴妃的字在這裡點出來了，忽然有了一個希望。「雪膚花貌參差是。金闕西廂叩玉扃，轉教小玉報雙成。聞道漢家天子使」，這個仙山裡的女子，聽到漢家天子派來使者要見她。這裡從皇帝的主觀轉到了楊貴妃的主觀。「九華帳裡夢魂驚」，正在睡覺的太真被驚醒了，「攬衣推枕起徘徊」，把衣服披起來，然後把枕頭推開，站了起來。她出來見客，「珠箔銀屏迤邐開」在講她走過那些珠簾、屏風，離開臥房，要走出來了，空間感用得極好。「雲髻半偏新睡覺，花冠不整下堂來」，因為好像剛睡醒，還無暇打扮自己，有一點衣冠不整就下來了。

「風吹仙袂飄飄舉」，風吹過來，仙人的衣服輕輕地飄起來，還很像當年她跳霓裳羽衣舞的樣子。一個死去的靈魂，她的衣服飄起來的樣子，剛好對比了她在年華最盛、最被寵愛的時候跳霓裳羽衣舞的狀況。「玉容寂寞淚闌干」，我們可以感覺到這麼美的一個女子死去以後的寂寞。她滿臉都是淚水，「梨花一枝春帶雨」，白居易形容那個感覺，就像春天來的時候梨花上面都是雨珠。我們到現在都還在用他的形容，看到一個女子哭，我們會說「梨花帶淚」。

後面做了一個感人的結束，彷彿可以忘掉現實政治的部分，原諒了這一對深情男女。「含情凝睇謝君王」，含情注視，還是覺得有這麼多的深情要感謝，這個「謝」用得很漂亮，一生當中這樣被寵愛過，好像要去謝一次。其實她可以怨恨的——那個時候怎麼不救我？如果這個題材放到另一個人手上，可以完全變成另外一首詩。「一別音容兩渺茫」，兩個人再也不能相見了。「昭陽殿裡恩愛絕」，以前在昭陽殿裡面那種的受寵已經沒有了，「蓬萊宮中日月長」，現在待在仙人住的蓬萊宮中，時間這樣一直過去。「回頭下望人寰處」，回頭有時候也會想看看人間到底怎麼樣？「不見長安見塵霧」，在仙界想要回頭去看當年牽連過的生命中那些繁華，以及愛她的男子，可是什麼也看不見，看不見長安，只看到一片塵霧而已。「唯將舊物表深情」，今天漢家的天子已經派了使者來，應該有一個表達，她就把以前皇帝給她的東西「鈿合金釵寄將去」。她還把金釵鈿盒分開來，她留一半，另一半給皇帝。這等於是一個信物的表達，也讓這個使者能夠說他真的見到太真了。「釵留一股合一扇，釵擘黃金合分鈿」，這裡面除了表舊情以外，有更多的叮嚀，「但教心似金鈿堅」，如果我們愛戀的心情能夠像黃金一樣堅固，那麼「天上人間會相見」。

白居易已經遠遠離開了這兩個人的故事，而變成去描述人間的至情至性。從一個敍事開始，最後變成一個理想性的抒發。白居易只是藉他們的故事在講人世間不可磨滅的真情所在，這才是這首詩感動了這麼多人最重要的原因。

「臨別殷勤重寄詞」，使者要走了，告別的時候，她一直說著，「詞中有誓兩心知」。她說有一件事情一定要跟皇帝講，因為曾經在「七月七日長生殿，夜半無人私語時」，在一個完全沒有其他人的狀況裡面，他們曾經發過誓，說「在天願作比翼鳥，在地願為連理枝」。她希望對方知道，那一天的誓言，她記得，她相信對方也記得，所以「天長地久有時盡，此恨綿綿無絕期」。

這樣一首完整的長詩，從事件的敘述交代，一直轉下來，變成心情上的昇華，我想當然是文學裡面的極品。

〈琵琶行〉——音樂

白居易在這裡聽到的不只是琵琶聲，更聽到一個生命從繁華到沒落的感傷

我覺得，〈琵琶行〉對於詩歌用字用句的講究可能超過了〈長恨歌〉。〈琵琶行〉完全是一種音樂性的傳達，技巧上非常難。離開了事件以後，去做結構的鋪排更困難。白居易在敘述過程中是一步一步推進的，結構很嚴謹。他可以用這麼細密的方法去描述一個人彈奏音樂的過程。

元和十年，予左遷九江郡司馬。明年秋，送客湓浦口，聞舟中夜彈琵琶者，聽其音，錚錚然有京都聲。問其人，本長安倡女，嘗學琵琶於穆、曹二善才，年長色衰，委身為賈人婦。遂命酒，使快彈數曲。曲罷，憫默。自敘少小時歡樂事，今漂淪憔悴，轉徙於江湖間。予出官二年，恬然自安，感斯人言，是夕始覺有遷謫意。因為長句，歌以贈之。凡六百一十六言，命曰〈琵琶行〉。

潯陽江頭夜送客，楓葉荻花秋瑟瑟。主人下馬客在船，舉酒欲飲無管絃。
醉不成歡慘將別，別時茫茫江浸月。忽聞水上琵琶聲，主人忘歸客不發。
尋聲暗問彈者誰？琵琶聲停欲語遲。移船相近邀相見，添酒回燈重開宴。
千呼萬喚始出來，猶抱琵琶半遮面。轉軸撥絃三兩聲，未成曲調先有情。
絃絃掩抑聲聲思，似訴平生不得志。低眉信手續續彈，說盡心中無限事。
輕攏慢撚抹復挑，初為霓裳後六么。大絃嘈嘈如急雨，小絃切切如私語。
嘈嘈切切錯雜彈，大珠小珠落玉盤。間關鶯語花底滑，幽咽泉流水下灘。
水泉冷澀絃凝絕，凝絕不通聲漸歇。別有幽愁暗恨生，此時無聲勝有聲。
銀瓶乍破水漿迸，鐵騎突出刀槍鳴。曲終收撥當心畫，四絃一聲如裂帛。
東船西舫悄無言，惟見江心秋月白。
沉吟放撥插絃中，整頓衣裳起斂容。自言本是京城女，家在蝦蟆陵下住。
十三學得琵琶成，名屬教坊第一部。曲罷曾教善才伏，妝成每被秋娘妒。

五陵年少爭纏頭，一曲紅綃不知數。鈿頭銀篦擊節碎，血色羅裙翻酒汙。
今年歡笑復明年，秋月春風等閒度。弟走從軍阿姨死，暮去朝來顏色故。
門前冷落車馬稀，老大嫁作商人婦。商人重利輕別離，前月浮梁買茶去。
去來江口守空船，繞船月明江水寒。夜深忽夢少年事，夢啼妝淚紅闌干。

我聞琵琶已歎息，又聞此語重唧唧。同是天涯淪落人，相逢何必曾相識。
我從去歲辭帝京，謫居臥病潯陽城。潯陽地僻無音樂，終歲不聞絲竹聲。
住近湓江地低濕，黃蘆苦竹繞宅生。其間旦暮聞何物？杜鵑啼血猿哀鳴。
春江花朝秋月夜，往往取酒還獨傾。豈無山歌與村笛？嘔啞嘲哳難為聽。
今夜聞君琵琶語，如聽仙樂耳暫明。莫辭更坐彈一曲，為君翻作〈琵琶行〉。
感我此言良久立，卻坐促絃絃轉急。淒淒不似向前聲，滿座重聞皆掩泣。
座中泣下誰最多？江州司馬青衫濕。

首先，詩序提及「元和十年，予左遷九江郡司馬」，「左遷」是貶官的意思。他到了江西，在九江郡做司馬。「明年秋，送客湓浦口」，第二年，在那個地方他有朋友要走了，所以他去送客。這首詩一開始就講「潯陽江頭夜送客」，他是在送客人走的時候，偶然遇到了一件事情——「聞舟中夜彈琵琶聲」。下面開始描述晚上聽到彈琵琶的過程，「聽其音，錚錚然有京都聲」，他聽到這個聲音，覺得不像是地方戲曲，好像是京城流行的歌。白居易聽到「有京都聲」，因為他自己也是從京城來，當然會有一種熟悉的感覺，也有一點好奇，「問其人，本長安倡女」，原來是長安的歌妓。「嘗學琵琶於穆、曹二善才」，她曾經向穆姓和曹姓兩位善於彈奏琵琶的樂師學過琵琶，說明她的技藝是經過正統訓練的。

「年長色衰，委身為賈人婦」，年紀大了，已經沒有那麼紅了，就嫁給商人做太太。「遂命酒，使快彈數曲」，他就請她喝一點酒然後彈琵琶。「曲罷，憫默」，字用得很精簡，「憫」與「默」，很複雜，好像有同情，有一點講不出話來，因為白居易在這裡聽到的不只是琵琶聲，更聽到一個生命從繁華到沒落的感傷。從繁華到沒落是這個女子的感傷，也是他的，他自己也被貶官。

「自敘少小時歡樂事，今漂淪憔悴」，小的時候曾經很快樂，也在繁華裡紅過的，現在到處漂流，生活過得不是很好，「轉徙於江湖間」。「予出官二年，恬然自安」，兩年來他被貶官，好像沒有心情不好過，「恬然自安」，覺得貶就貶，也沒有什麼關係，為什麼一定要在京城做官，所以都滿安適的。可是「感斯人言，是夕始覺有遷謫意」，這一天很奇怪，白居易聽了琵琶聲，聽到這樣一個女子的講話，才感覺到自己真的是在落魄中。我們看到白居易對這位女子的心情能夠感同身受，進一步感覺到兩人命運的相同點。「因為長句，歌以贈之」，所以就寫了這麼長的一首詩，送給這個歌妓。

詩一開始敍述送客的部分，兩個朋友的告別已經很哀傷，而且在秋天，一片蕭條、落寞的景象，沒有音樂，也沒有旁邊演奏的隊伍，他感到孤獨、寂寞，喝醉了酒，想要打發愁緒。

我曾經與學生一起把這首詩變成電影的腳本，把每一個畫面畫出來，覺得完全可以拍成現代電影。「醉不成歡慘將別」是在講兩個人心情很難過，可是白居易沒對這兩個人進行特寫，反而把鏡頭移開去拍江水上的「別時茫茫江浸月」，月光變成了情緒的延長。到這裡的時候，他覺得與朋友應該告別了，酒也喝了，難過也難過了，船應該要走了。可是忽然一轉，「忽聞水上琵琶聲」，這個琵琶聲使他們又暫時不要告別，「主人忘歸客不發」，送客的人忘了回家，應該走的人也忘了要出發，就在那邊聽起琵琶來了。這是很有趣的一個情節轉折。在〈長恨歌〉當中，情節是事件的情節，可是在〈琵琶行〉當中，心情本身變成了一個情節。「尋聲暗問彈者誰？」他們就去找那個聲音，想問是誰在彈琵琶。「琵琶聲停欲語遲」，結果琵琶聲音就停了。他們再去找那艘船，然後「移船相近邀相見」，把船慢慢靠近，邀請說要不要過來見一下面，「添酒回燈重開宴」。本來不是要走了嗎？大概燈也滅了，準備要告別了，現在又添酒，又把燈點起來。本來好像就要結局的詩，忽然又變成開始。這絕對是精采的手法。白居易在詩歌上的結構能力，是非常強的，從〈長恨歌〉和〈琵琶行〉中，可以學詩的結構，學他怎麼轉。

大家在那邊一直邀請，說彈一曲琵琶給我們聽，她「千呼萬喚始出來」。這個不急不是這個彈琵琶的女子不急，是白居易不急。這首詩的結構有一個空間感，一種層次感，可以鋪敍開來，不會一下子慌張地就跳到不應該跳到的地方。「猶抱琵琶半遮面」，拿著琵琶出來的時候，還看不清楚她整個臉。大概她有一點害羞，有一點覺得驚慌，不知道為什麼這一群人要叫她出來彈琵琶給他們聽。

下面這一段非常精采，開始講音樂了，「轉軸撥絃三兩聲」，她坐下來以後，習慣地就轉軸——琵琶上面調音的部分叫作軸。「轉軸撥絃三兩聲」，噹噹噹幾聲，有一點像我們聽交響樂的時候，會看到樂手在試音，指揮還沒有出來，那個時候是最美的。張愛玲說過，音樂裡面最好聽的就是那一段，因為樂手在找感覺。「未成曲調先有情」，真正好的音樂家，這個時候情感已經出來了，會在不成曲調的音節裡面傳達出最好的音樂感。「絃絃掩抑聲聲思」，每一個絃好像都被壓抑著，我們知道左手要壓著絃，所以其實是在講這個動作。可是因為「掩抑」本身有另外一個意思，是心情上壓抑，「絃絃掩抑」就變成「聲聲思」，每一個聲音好像都有特別的意思、特別的感覺。白居易寫了這麼多細節，包括轉軸、撥絃和掩抑的這個絃，他都一步一步慢慢地談。「絃絃掩抑聲聲思，似訴平生不得志」，好像她不僅在演奏藝術，同時也在藝術裡傳達心情上的哀傷與這一生的回憶。好的藝術必定是一生的巨大回憶吧，所以變成「低眉信手續續彈」，低著頭隨隨便便彈一彈，「說盡心中無限事」，好像已經把很多的心事都說出來了。

下面用到的完全是彈琴的技巧，「輕攏慢撚抹復挑」，「攏」、「撚」、「抹」、「挑」，是四個彈琴的手的姿勢，有一種譜叫工尺譜，是古譜，不是現在的五線譜，裡面有手的姿勢。《紅樓夢》就寫到，在彈琴的時候，要講究指法，這與西方的彈奏樂器不太一樣，非常講究手指本身的變化。比如說彈古琴時右邊在彈，左手在按，所以我們會聽到「嗡」的聲音。這裡的「輕攏慢撚抹復挑」，就是在講技法。白居易是真的懂彈琴的，所以他了解這種指法，我們也就看到一個女子在彈琵琶時，手指在上面轉的那種感覺，以及右手手指的轉與左手的按，中間配合的關係。「初為霓裳後六么」，在〈長恨歌〉中，我們已經知道〈霓裳羽衣曲〉是唐代盛世很重要的一部音樂，〈六么〉是胡人的音樂，是一個翻譯過來的樂曲名，有人翻譯成「綠腰」。《韓熙載夜宴圖》裡面有一個王屋山跳舞的場景，其舞據考證就是六么舞。

下面就開始形容這些音樂：「大絃嘈嘈如急雨，小絃切切如私語。」詩人開始提到粗絃、細絃之間高音、低音部位的變化。用文字形容聲音是非常難的事情，這裡把「急雨」與「私語」放在一起，是運用到聯想，好像下得很急的雨聲，或者是兩個人的私語。同時又有對聲音的形容，就是「嘈嘈切切」的聲音。這一段交錯了好幾種技法，又聯想，又直接形容，同時又把聲音演奏出來給我們看。

「嘈嘈切切錯雜彈」，當大絃與小絃一起「錯雜彈」的時候，各種聲音的變化是最複雜的。一些琵琶曲如《霸王卸甲》或《十面埋伏》，都是從慢到快，就是我們講的這一段的感覺。那種急切與高音、低音部位都一起來的時候，白居易用「大珠小珠落玉盤」對音樂做精準的形容，當然是文學史上的絕唱。一首詩，不只是文字，也是聲音。

下面還是在追蹤音樂的發展，「間關鶯語花底滑」，我們會感覺到春天來了，好像有鶯的細密叫聲從花底下滑動過去。白居易用大自然去形容聲音在交錯的雜彈之後，忽然又變成很安靜的一種力量。那個慢慢在流動的聲音，若有若無的感覺。「幽咽泉流水下灘」，好像是泉水在暗流底下慢慢地流動，連聲音都沒有，這裡可以看到他從極動的聲音轉而描寫到極靜的聲音，從非常高亢的聲音轉到對最細密聲音的描寫。當音樂靜下來，我們會很仔細專注去聽，聲音慢慢走，我們整個心情會被它帶動。

接下來「水泉冷澀絃凝絕」，好像是在下大雪的天氣，連水都凍成冰了，原來流動的泉水不再流動，連聲音都沒有，那個絃也沒有聲音了。「凝絕不通聲漸歇」，在最凝絕的時候，最冷的時候，最沒有聲音的狀況裡面，「別有幽愁暗恨生」，又變成另外一種美。我們在交響曲裡聽到樂隊的大合奏，最後有一把大提琴很慢地拉，甚至好像沒有聲音的狀況，那個時候大概是最美的，所以白居易才會總結出這一句：「此時無聲勝有聲。」真正懂音樂的人，大概要聽的是這個「空白」的聲音。音樂裡有很大一部分是回憶，是若有若無，好像聽到了，好像又抓不住，是生命裡面最難得的感覺。懂得留白才是最了不起的，這幾乎變成我們今天美學上很重要的原則，也幾乎是後來繪畫裡出現「空白」的原因。藝術家的生命也是如此，要保留餘地與空間，而不是塞滿。〈琵琶行〉是偉大的交響詩，在音樂的節奏中進行。

到了聲音最低最低的時候，忽然「銀瓶乍破水漿迸」，白居易用瓶子整個炸裂開來的聲音，形容音樂從靜忽然爆開來的情形。柴可夫斯基（Tchaikovsky Peter Ilyich, 1840–1893）的〈悲愴交響曲〉有一段就是這樣，先是安靜，到最後「啪」一下出來，第一次聽那段音樂的人，坐在那邊會忽然嚇一跳。音樂一直在做對比，做速度的加快、變慢，到靜，然後忽然又動起來，音樂一直在玩這種結構。「鐵騎突出刀槍鳴」，這是用戰爭裡面的速度、暴力的感覺去形容音樂的另外一個急轉狀況。「曲終收撥當心畫，四絃一聲如裂帛」，「啪」一聲，音樂就停了。我們看到「銀瓶乍破」

與「鐵騎突出」是為了準備最後收尾。「曲終收撥」，「撥」就是撥板，曲終彈完以後，把撥板一收，然後「四絃一聲如裂帛」，好像撕開布一樣，這樣一個裂聲，然後就停了。

「東船西舫悄無言」，收撥之後，如裂帛般的聲音出來，畫面忽然轉了，大家聽到那裡都愣住了，然後才發現四周這麼安靜，旁邊的船都沒有人在講話了，因為大家都在聽琵琶聲。白居易把鏡頭放大、轉移，剛才是特寫，現在鏡頭忽然拉開拉遠，變成一個大的畫面，「惟見江心秋月白」，鏡頭冷冷地看到一個月亮，秋天的月亮，在江面上懸著。詩人忽然把一個音樂的描寫又拉到自然。這麼長一段，整個講音樂的變化，可是裡面的節奏感這麼豐富，到最後收的這個部分，也不是一下子停，而是把它再擴大，變成對自然的描寫，不然的話就與「潯陽江頭夜送客」呼應不起來——因為剛開始是「別時茫茫江浸月」，現在又回到了「秋月白」。

〈琵琶行〉——深情

我們會感覺到，陌生會變成熟悉，是因為人與人之間有共同的生命默契

下面是這個女子對她自己的一些回憶敘述，「沉吟放撥插絃中」，彈完琴了，把撥放回琵琶當中，「整頓衣裳起斂容」，然後把衣服整理好。唐朝人彈琵琶是一隻腳翹起來的，跟我們今天彈吉他一樣，我想讀過中國美術史的人應該記得那個畫面，是很野的感覺，不像今天一定要像個貴婦人一樣端坐——因為琵琶原本是在馬上彈的，是一種很野的胡人樂器。她把衣服整頓好，「自言本是京城女」，原來也是京城的女孩子，「……家在蝦蟆陵下住。十三學得琵琶成，名屬教坊第一部」，十三歲學會了琵琶，列名在皇宮的教坊第一部當中，等於是當時的名妓。「曲罷曾教善才伏」，每一次彈完音樂以後，都會讓教她的那些老師佩服她。「妝成每被秋娘妒」，每次要出去演奏的時候，盛妝起來就會讓身旁那些美麗的女子嫉妒。這是回憶，回憶當年她曾經這麼紅過。然後她說「五陵年少爭纏頭」，就是長安城有錢人家的男孩子，聽完演奏以後，爭著贈送絲帛給她。「一曲紅綃不知數」，一曲彈完，收到的紅綃不知道有多少，纏頭無數就是最紅的人。「鈿頭雲篦擊節碎」，在彈唱的時候，拿來打拍子的銀篦都打碎了。「血色羅裙翻酒汙」，因為陪客人喝酒，紅色的裙子上面都是酒汙。

「今年歡笑復明年，秋月春風等閒度」，一年一年這樣過去。「弟走從軍阿姨死」，弟弟去當兵了，阿姨也死掉了。「暮去朝來顏色故」，慢慢講到她老了。「門前冷落車馬稀」，慢慢門前沒有人了，沒有車馬來找她了，然後「老大嫁作商人婦」。她大概覺得自己已經不太能夠從事這個行業了，就找一個商人結婚了。可是「商人重利輕別離」，商人常常要做生意，大概也很少陪她，常常都不在身邊。「前月浮梁買茶去」，上個月去買茶，一個月都沒有見到面。「去來江口守空船，繞船月明江水寒。夜深忽夢少年事，夢啼妝淚紅闌干」，這裡面有一種感傷，對自己生命老大以後繁華盡去的哀傷，忽然變成非常憂鬱的感覺。

她的情緒感染了白居易，白居易因此感覺到人生從繁華到最後幻滅，其實是一件重要的事。他說：「我聞琵琶已歎息，又聞此語重唧唧。」原本聽了琵琶聲已經非常感傷，又聽了這樣的故事，他有些難過。最重要的句子出來了：「同是天涯淪落人，相逢何必曾相識。」一個做官的人竟然跟一個老去的歌妓說：我們都是落魄於世間的人，見面何必一定要是舊識。我們會感覺到，陌生會變成熟悉，是因為人與人之間有共同的生命默契。我們都在生死中流浪，是知己，也是陌路擦肩而過。

他開始講到自己被貶謫的經歷：「我從去年辭帝京，謫居臥病潯陽城。」被貶官又生病，其實心情是寥落的。「潯陽地僻無音樂」，這個地方很偏遠，沒有什麼音樂可以聽，「終歲不聞絲竹聲。住近湓江地低濕，黃蘆苦竹繞宅生」，這裡講到環境上的哀苦。「其間旦暮聞何物？」早晚能夠聽到什麼聲音呢？「杜鵑啼血猿哀鳴」，不過是大自然裡面杜鵑的啼叫與猿的哀鳴，都是悲哀的聲音。「春江花朝秋月夜，往往取酒還獨傾」，即使喝酒也常常是一個人在喝，偶然有一個朋友來訪，都會很珍惜，所以當這個朋友要走，就會感到難過。白居易特別提到「豈無山歌與村笛」，其實也有民間的山歌村笛聲，可是「嘔啞嘲哳難為聽」，好像很粗糙。「今夜聞君琵琶語，如聽仙樂耳暫明。莫辭更坐彈一曲，為君翻作〈琵琶行〉」，白居易拜託她再彈一曲給自己聽，他要寫一首〈琵琶行〉，好像是即席就寫詩了。「感我此言良久立，卻坐促絃絃轉急」，這個女子也被他感動了，開始重新轉那個絃，絃愈轉愈急。「淒淒不似向前聲」，那種淒涼與剛才的音樂不同，因為兩個人都把身世放進去了。「滿座重聞皆掩泣」，旁邊所有聽到音樂的人全都哭了。「座中泣下誰最多？江州司馬青衫濕」，如果要問誰哭得最傷心，大概就是白居易了。一個做官的人有這樣的性情，這大概是文學傳統裡最美的部分。

白居易是一個會為賣炭翁、折臂翁哀傷的詩人，也是一個可以為陌生女子感覺到深情可貴的詩人。我想，用這樣的閱讀方法，大家可以把今天我們看起來矛盾的一些文學創作者，重新統合起來。

第七講

李商隱

唯美的回憶

晚唐的靡麗詩歌，其實是對於大唐繁華盛世的回憶

晚唐與南唐是文學史上兩個非常重要的時期，有很特殊的重要性。在藝術裡，大概沒有一種形式比詩更具備某一個時代的象徵性。很難解釋為什麼我們在讀李白詩的時候，總是感到華麗、豪邁、開闊。「明月出天山，蒼茫雲海間」，這種大氣魄就洋溢在李白的世界中。我自己年輕的時候，最喜歡的詩人就是李白。但這幾年，自己也覺得很奇怪，在寫給朋友的詩裡面，李商隱與李後主的句子愈來愈多。我不知道這種領悟與年齡有沒有關係，或者說是因為感覺到自己身處的時代其實並不像大唐。寫「明月出天山，蒼茫雲海間」這樣的句子，不只是個人的氣度，也包含了一個時代的氣度。我慢慢感覺到自己現在處於一個有點耽溺於唯美的時期。

耽溺於唯美，就會感覺到李白其實沒有意識到美。他看到「花間一壺酒」，然後跟月亮喝酒，他覺得一切東西都是自然的。安史之亂後，大唐盛世和李白已經變成了傳奇，杜甫晚年有很多對於繁華盛世的回憶；到了李商隱的時代，唐代的華麗更是只能追憶了。

「活在繁華之中」與「對繁華的回憶」，是兩種完全不同的藝術創作狀態。回憶繁華，是覺得繁華曾經存在過，可是已經幻滅了。每個時代可能都有過極盛時期，比如我們在讀白先勇的《臺北人》時，大概會感覺到作者家族回憶的重要部分是上海，他看到當時台北的「五月花」，就會覺得哪裡能夠和上海的「百樂門」比。

一九八八年我去了上海，很好奇地去看「百樂門大舞廳」和很有名的「大世界」，覺得怎麼這麼破陋。回憶當中很多東西的繁華已經無從比較，只是在主觀上會把回憶裡的繁華一直增加。我常常和朋友開玩笑，說我母親總是跟我說西安的石榴多大多大，多年後我第一次到西安時，才發現原來那裡的石榴那麼小。我相信繁華在回憶當中會愈來愈被誇張——這也完全可以理解，因為那是一個人生命裡最好的部分。我對很多朋友說：我向你介紹的巴黎，絕對不是客觀的，因為我二十五歲時在巴黎讀書，我介紹的「巴黎」其實是我的二十五歲，而不是巴黎。

晚唐的靡麗詩歌，其實是對於大唐繁華盛世的回憶。

幻滅與眷戀的糾纏

捨不得是眷戀，捨得是幻滅，人生就是在這兩者之間糾纏

我想先與大家分享李商隱的〈登樂遊原〉。

向晚意不適，驅車登古原。夕陽無限好，只是近黃昏。

這首詩只有二十個字，可是一下就能感覺到歲月已經走到了晚唐。詩人好像走到廟裡抽了一支與他命運有關的籤，籤的第一句就是「向晚意不適」。「向晚」是快要入夜的時候，不僅是在講客觀的時間，也是在描述心情趨於沒落的感受。晚唐的「晚」不僅是說唐朝到了後期，還有一種心理上結束的感覺。個人的生命會結束，朝代會衰亡，所有一切在時間的意義上都會有所謂的結束，意識到這件事時，人會產生一種幻滅感。當我們覺得生命非常美好時，恐怕很難意識到生命有一天會結束。如果意識到生命會結束，不管離這個結束還有多遠，就會開始有幻滅感。因為覺得當下所擁有的一切都是不確定的，在這個不確定的狀態中，會特別想要追求剎那之間的感官快樂與

美感。

白天快要過完了，心裡有一種百無聊賴的感覺，有一種講不出理由的鬱悶，即「意不適」。晚唐的不快樂絕對不是大悲哀。李白的詩中有嚎啕痛哭，晚唐時只是感覺到悶悶的，有點淡淡的憂鬱。「不適」用得非常有分寸，這種低迷的哀傷瀰漫在晚唐時期，形成一種風氣。

這種講不出的不舒服要如何解脫呢？「驅車登古原」，去散散心吧，抒解一下愁懷。「樂遊原」是當時大家很喜歡去休閒娛樂的地方，這裡用了「古」字，表示這個地方曾經繁華過。

曾經繁華過，現在不再繁華，作者的心情由此轉到「夕陽無限好」，在郊外的平原上，看到燦爛的夕陽，覺得很美。「無限」兩個字用得極好，講出了作者的嚮往，他希望這「好」是無限的，可是因為是「夕陽」，這願望就難免荒謬。夕陽很燦爛，但終歸是向晚的光線，接下來就是黑暗。詩人自己也明白，如此好的夕陽，「只是近黃昏」。二十個字當中，李商隱不只講自己的生命，而是描寫了一個大時代的結束。

這首詩太像關於命運的籤。大概每一個人出生之前就有一首詩在那裡等著，一個國家、一個朝代，或許也有一首詩在那裡等著。晚唐的詩也可以用這二十個字概括。已是快入夜的時刻，再好的生命也趨向沒落，它的華麗是虛幻的。從這首詩裡，明顯地感覺到李商隱的美學組合了兩種完全不同的氣質：極度華麗，又極度幻滅。

李商隱的很多哀傷都是源於個人生命的幻滅，可以說是一種無奈吧！感覺到一個大時代在慢慢沒落，個人無力挽回，難免會覺得哀傷；同時對華麗與美又極為眷戀與耽溺，所以他的詩裡有很多對華麗的回憶，回憶本身一定包含了當下的寂寞、孤獨與某一種沒落。這有點類似白先勇的小說，他的家世曾經非常顯赫，在巨大的歷史變故之後，他一直活在過去的回憶裡。那個回憶太華麗、太繁盛了，當他看到自己身處的現實時，就會有很大的哀傷。他寫的那些「台北人」，在某種程度上是沒落的貴族。同時生活在台北的另外一些人，可能正努力白手起家，與白先勇的心情絕對不一樣。晚唐的文學中，有一部分就是盛世將結束的最後輓歌，輓歌可以是非常華麗的。

在西洋音樂史上，很多音樂家習慣在晚年為自己寫安魂曲，比如大家很熟悉的莫札特（Wolfgang Amadeus Mozart, 1756–1791）的《安魂曲》。那種心情就有一點像李商隱的詩，在一生的回憶之後，想為自己做歷史定位，可是因為死亡已經逼近，當然也非常感傷。在西方美學中，將這一類文學叫作「décadence」，翻譯成中文就是「頹廢」。一般的西洋文學批評，或者西洋美學，會專門論述頹廢美學，或者頹廢藝術。在十九世紀末的時候，波特萊爾（Charles Pierre Baudelaire, 1821–1867）的詩、魏爾倫（Paul Verlaine, 1844–1896）的詩、韓波（Jean Nicolas Arthur Rimbaud, 1854–1891）

的詩，或者王爾德（Oscar Wilde, 1854–1900）的文學創作，都被稱為「頹廢文學」或者「頹廢美學」。還有一個術語叫作「世紀末文學」，當時的創作者感到十九世紀的極盛時期就要過去了，有一種感傷。「頹廢」這兩個字在漢字裡的正面意義很少，我們總覺得建築物崩塌的樣子是「頹」，「廢」是被廢掉了，可是「décadence」在法文當中是講由極盛慢慢轉到安靜下來的狀態，中間階梯狀的下降過程就叫作「décadence」，更像是很客觀地敘述如日中天以後慢慢開始反省與沉思的狀態。這個狀態並沒有什麼不好，因為在極盛時代，人不會反省。

回憶也許讓我們覺得繁華已經過去，如果是反省的話，就會對繁華再思考。用季節來比喻更容易理解。比如夏天的時候，花木繁盛，我們去看花，覺得花很美；秋天，花凋零了，這個時候我們回憶曾經來過這裡，這裡曾經有一片繁花，會有一點感傷，覺得原來花是會凋零的。這其中當然有感傷，可是也有反省，因為開始會去觸碰生命的本質問題。所以我們說李商隱的詩是進入秋天、進入黃昏的感覺，在時間上他也總是喜歡寫秋，寫黃昏。

王國維說，人對於文學或者自己的生命，有三個不同階段的領悟。他覺得人活著，如果開始想到「我在吃飯，我在睡覺，我在談戀愛」，開始有另外一個「我」在觀察「我」的時候，是季節上入秋的狀態。他曾經說人生的第一個境界是「昨夜西風凋碧樹，獨上高樓，望盡天涯路」。「西風」就是秋風，「凋碧樹」，風把綠葉吹走了，只剩枯樹。一個人走到高樓上，「望盡天涯路」。樹葉都被吹光了，透過枯枝，才可以眺望到很遠的路，如果樹葉很茂密，視線會被擋住。一個年輕小夥子在精力很旺盛的時候，要他反省是很難的一件事，因為他正在熱烈地追求生活。可是生活並不等同於生命，當他開始去領悟生命的時候，可能是碰到了令他感傷的事物。王國維描述的第一個境界就是把繁華拿掉，變成視覺上的「空」，我想這與李商隱在「驅車登古原」時所看到的燦爛晚霞是非常類似的。

當詩人看到「夕陽無限好，只是近黃昏」時，有很大的眷戀；若沒有眷戀，不會說夕陽無限好，就是因為覺得生命這麼美好，才會惋惜「只是近黃昏」。這兩句詩寫的是繁華與幻滅，捨不得是眷戀，捨得是幻滅，人生就是在這兩者之間糾纏。如果全部捨了，大概就沒有詩了；全部都眷戀也沒有詩——只是眷戀，每天就去好好生活吧！從對繁華的眷戀，到感覺幻滅，就開始捨得。我覺得李商隱就是在唯美的捨得與捨不得之間搖擺。

繁華的沉澱

晚唐是大唐繁華的沉澱，在這種沉澱當中，還可以看到疏疏落落的繁華在降落

很多人認為晚唐文學太追求對華麗的耽溺與對唯美的眷戀，有一種辭彙上的堆砌。我一直覺得李商隱的詩並不完全如此，大家在讀〈暮秋獨遊曲江〉的時候，可以很明顯看到李商隱的詩非常貼近白話，他甚至不避諱使用重複的句子。

荷葉生時春恨生，荷葉枯時秋恨成。深知身在情長在，悵望江頭江水聲。

「荷葉生時春恨生，荷葉枯時秋恨成」，就是用了重疊的手法。他講看到了荷葉，荷葉在春天生長，荷葉在秋天枯萎，這只是一個現象。這個現象本身並沒有主觀的愛恨在裡面。可是詩人的個人主觀性加了進來，所謂「春恨生」、「秋恨成」中「恨」的主體都是詩人自己，正因為詩人有自己的執著，便沒有辦法將這些當作客觀世界中的一個現象。

詩人的多情是他自己加入的，荷葉生或者枯都與感情無關。詩人也許會回頭來嘲笑自己情感太深，投射在荷葉的生與枯中，恨春天的來與秋天的去。客觀的歲月的延續，加入了詩人主觀的「恨」，所以他有點嘲弄地講自己「深知身在情長在」，領悟到只要自己的肉體存在，大概情感也就永遠存在，對於這種情感是沒有辦法完全捨得的。他對於美，對於自己所耽溺的這些事物，永遠沒有辦法拋棄掉，「情」是與肉體同時存在的。

所以，詩人開始「悵望江頭江水聲」。這其中有些悵惘，有些感傷，還有期待與眷戀。「江水聲」是描述江水流過的聲音，當然也是在講時間。孔子也曾用水比喻時間——「逝者如斯夫，不舍晝夜」。李商隱在這裡亦用江水來指代時間，在無限的時間當中，難免多有感觸。如果與李白、杜甫相比較，可以很明顯地感覺到在李商隱的晚唐世界中，人開始沉靜下來。我不覺得這種沉靜全都是悲哀，應還有一種繁華將盡時的沉澱感。大唐盛世就像是漫天都撒滿了金銀碎屑，非常華麗，現在這些都慢慢飄落下來，所以我覺得更準確的概括是「沉澱」。他站在時間的長河岸邊，看花開花落。晚唐是大唐繁華的沉澱，在這種沉澱當中，還可以看到疏疏落落的繁華在降落。另一方面詩人開始比較安靜地去面對繁華，繁華當然可能真的是虛幻，其實虛幻本身也可以很華麗。在李商隱的世界中，對於大唐世界的描繪充滿了華麗的經驗，可是這些華麗的經驗彷彿就是一場夢，剎那之間就過去了。安史之亂後，唐代盛世的故事全部變成了流傳在民間的傳奇，街頭的人在講著當年虢國夫人遊春時是何種繁華勝景；宮裡面頭髮都白了的宮女，講當年唐玄宗年輕的時候是如何，楊貴妃年輕時候有多美，「白頭宮女在，閑坐説玄宗」描述的就是這種狀態。李商隱寫的繁華是過去了的繁華，他自己已然不在繁華中了。

晚唐的詩歌是繁華過了以後對繁華的追憶，等於生命同時看到荷葉生與荷葉枯，眷戀與捨得兩種情感都有，這其實是擴大了的生命經驗。如果生命只能夠面對春夏，不能夠面對秋冬，也是不成熟的生命。我們應該了解生命的本質與未來的走向，如果在眷戀荷花盛放的時候，拒絕荷花會枯萎這件事情，是不成熟的。在生命裡最眷愛的人，有一天也會與我們分別。明白了這些，情感可以更深。從這個角度去看晚唐文學，能夠看到這一時期的創作者對人生經驗的擴大。「盛唐時期」像青少年，太年輕，年輕到不知道生命背後還有很多無常在等著。李商隱是一位很驚人的藝術家，他竟然可以將生命的複雜體驗書寫到這種程度。

抽象與象徵

他們都喜歡寫月光，喜歡寫夜鶯，喜歡寫一些華麗與幻滅之間的交替

與李白、杜甫相比，李商隱的詩敘事性更少。李白的〈長干行〉開篇就是「妾髮初覆額，折花門前劇，郎騎竹馬來，繞床弄青梅」，有一個故事在發展。杜甫的詩敘事性也很強，〈石壕吏〉中「暮投石壕村，有吏夜捉人」就是敘事。李商隱的詩最大的特徵是把故事全部抽離，對事物做比較抽象的描述。

李商隱的風格比較接近「象徵」，象徵主義是藉用西方美學的名稱，特別是指十九世紀末期波特萊爾、魏爾倫、韓波、王爾德這些作家的創作風格。

王爾德很有名的童話都是採用象徵手法。他曾經寫過，有一個大學生愛上一個女孩，那個女孩要他送一些盛放的紅玫瑰給自己，才答應和他跳舞。可是大學生的花園裡一朵玫瑰也沒有，他哭了起來。哭聲被一隻夜鶯聽到了，牠感受到這個青年男子內心的愛和落寞，決定為他完成這個心願。於是，牠把自己的心口貼在玫瑰樹的刺上開始唱歌，鮮血灌注樹的「血管」，一夜之間，紅玫瑰的花瓣次第開放。在這個故事中，王爾德用象徵主義手法描述了如果用生命去付出，用心血去灌溉，絕美的奇蹟就會發生，很像李商隱寫的「身在情長在」。第二天，大學生在窗外看到了一朵盛放的紅玫瑰，但他沒有看到底下有一隻夜鶯的屍體。這就是所謂象徵主義的文學，常常用寓言或者典故來書寫個體的生命經驗。

我不鼓勵大家讀那些有關李商隱詩句的注解，愈注解離本意愈遠。我覺得王爾德是對李商隱最好的注解，一個在英國，一個在西安，一個在十九世紀，一個在九世紀，可是他們彷彿是同一個人，關注的內容是那麼相似。他們分別用英語和漢語寫作，卻有著相同的意象，他們都喜歡寫月光，喜歡寫夜鶯，喜歡寫一些華麗與幻滅之間的交替。從這個角度，大家可以進到李商隱的詩歌世界，慢慢感覺到，我們自己的生命裡大概曾有過李白那樣的感覺，曾經希望豪邁和遼闊；我們大概也有過杜甫那種對現世的悲哀，偶然走到街頭，看到一個窮困的人，希望能寫出〈石壕吏〉中的悲情；但我們的生命也有一個部分，很接近李商隱那種非常個人化的、非常私情的感受。

深知身在情長在

如果有一天，生命中沒有什麼可以讓我們這樣付出，那是一個悲哀

李商隱寫過很多無題詩。為什麼叫作「無題」？因為他根本不是在敘事。如果不是敘事，題目就不重要，而成為一種象徵。李商隱似乎有意地要把自己與社會的世俗隔離開來，在這個過程中，他的內心情感經歷了一個不可言喻的轉變。之所以說不可言喻，是因為可能世俗道德不能夠了解，最後他決定用最孤獨的方式實現自我完成，就像把心臟貼在玫瑰的刺上去唱歌的夜鶯一樣。這是他對自己生命的一個完成，所以他的孤獨、蒼涼與美麗都是他自己的，與他人無關。中國正統文學是以儒家為尊崇，李商隱這樣的詩人不會受到很大的重視，因為他私情太多了。

李商隱面對自己的私情時非常誠實。他在講究「文以載道」的時代，竟然寫出「相見時難別亦難」這種關注私情的句子，相見是如此困難，離別時就更難分難捨了，這麼通俗的句子，這麼糾結的感受，李商隱七個字就講完了。同時也平衡了「文以載道」忽略的另外一個空間。

「文以載道」不見得不對，杜甫的〈石壕吏〉讀了令人悲痛到極點，杜甫將他自身的生命體驗擴大到對偶然遇到的人的關心，與李商隱寫的私情並無衝突。文學世界最迷人的地方是每一個生命都有不同的自我完成的方式。過去文學史上將李商隱的詩稱為「豔情詩」，「豔情」這兩個字在我們的文化當中有貶低的意義。一個人好好的，不去談忠孝，而是去寫豔情，其實有瞧不起的意味在裡面。

李商隱的豔情詩中有不少「無題」，對我們來說，好像沒有對象，或者對象不清楚，要理解詩意似乎就更困難了。以前的那些注解非常有趣，有人說他是跟女道士談戀愛，還有人說他是在偷偷跟後宮的宮女談戀愛。

李商隱戀愛的對象到底是誰？我覺得如果看到荷葉的榮枯都會有感觸的詩人，他第一個戀愛對象絕對是自己。先愛自己，然後再擴大，「深知身在情長在，悵望江頭江水聲」的「身在」，是他最大的戀愛對象。因為愛自己的生命，所以珍惜自己生命存在的周遭，他會珍惜夕陽，珍惜荷葉，珍惜蠟燭，珍惜春蠶。李商隱為什麼是最好的象徵主義詩人？因為在詩歌當中，他把自己轉化成荷葉，當他看到「荷葉生時春恨生，荷葉枯時秋恨成」，我們會發現他講的不是荷葉，而是他自己，這是講他自己的生命曾經有過青春，將要面臨枯萎凋零的滄桑晚年。

一直到最後，對於時間的永續無盡還是覺得無奈。這樣就完全懂了——他根本一直在寫自己。我們來看他的一首〈無題〉。

相見時難別亦難，東風無力百花殘。春蠶到死絲方盡，蠟炬成灰淚始乾。
曉鏡但愁雲鬢改，夜吟應覺月光寒。蓬萊此去無多路，青鳥殷勤為探看。

「相見時難別亦難，東風無力百花殘」，風都沒有力量吹起來了。李白曾經寫過「長風幾萬里，吹度玉門關」，現在是「東風無力百花殘」，詩真的可以反映一個時代的命運。亞里斯多德（Aristotle, 384–322B.C.）曾經說詩比歷史還要真實，我相信每個人、每個時代都有一首詩在等著。這幾乎是一種讖語，象徵了一個時代的狀況，我們很難解釋為什麼晚唐詩人寫不出「長風幾萬里」這樣的句子，好像空間沒有辦法開闊，生命沒有辦法遼闊。初唐的詩人幾乎都到塞外去過，走過荒涼大漠，所以生命經驗是不同的，生命體能也是不同的。到了晚唐，在繁華開始沒落的長安城當中，詩人們有很多的回憶，開始懷舊，詩歌體例也比較衰頹。「東風無力百花殘」是晚唐的寫照，還是有一個大花園，還有百花在裡面，只是已經殘敗了。

李商隱用了很多意象，都是黃昏、夕陽、殘花、枯葉這一類的。晚唐的靡麗風格非常明顯，他想要為他的時代留下一點證明，雖然不是在春夏般的盛世，可是這個時代也是好的。同時代的杜牧還曾經寫過「停車坐愛楓林晚，霜葉紅於二月花」。秋天時節，百花枯萎，被霜打過的紅葉，比二月的花還要紅。似乎在說雖然我的時代已經是秋天，可是這個秋天不見得比春天差，可以欣賞春花的人，也許可以欣賞紅葉。

在日本，賞楓和賞櫻是一樣的盛事。秋天一樣有季節的美，有一種哀傷，李商隱的詩中有種安於生活在晚唐的感覺。一個創作者了解自己身處的時代，是非常重要的。我形容李白的聲音是高音，在很多人的聲音中一下子就可以聽到他。高音的基礎是氣度寬厚，音高上來的時候，能夠衝得很高。如果音域不是那麼寬，硬要唱，嗓子就破了，就會變得沙啞。好好唱自己的低音，也許是更好的選擇。李商隱就是低迷的聲音，委婉而細膩，他絕對不會故意去雄壯。雄壯也不可能故意為之，一個時代已經過去了，已經沒有了「明月出天山」的氣度與氣魄，不如用另外的方式來了解這個時代，也了解自己的生命狀態。

李商隱的詩是有革命性的，是一種「觀念的革命」。他的詩有太多的「無題」，這說明詩人本來就沒有給我們題目方面的暗示，所有的暗示都在文字本身，「夕陽無限好，只是近黃昏」，難道不夠清楚嗎？還要一個題目嗎？如果要題目來指導我們讀詩的話，我想已經不是詩了。

私情的基礎是自己，所以李商隱才會用象徵主義的方法去說「春蠶到死絲方盡」。這蠶長到一個程度開始吐絲，把自己包裹在繭裡面。他在講蠶嗎？也許是在講自己。這句詩寫的還是「深知身在情長在」，只要這個肉身存在，煩惱、情感糾纏就沒有終結。「蠟炬成灰淚始乾」，和一個朋友在那邊點了一根蠟燭聊天，看著一滴一滴的蠟淚流下來，就覺得蠟燭大概一直要燒到全部變成灰，蠟淚才會停止。這裡講的是蠟燭嗎？可能還是在講自己。

春蠶到死，蠟炬成灰，其實都是在講詩人自己，與王爾德一樣是意象的投射，所以我認為李商隱是最好的象徵派詩人。象徵派不在意講事件，不在意講誰，而是用象徵的方法把生命的狀態比喻出來。我們每一個人可能都是春蠶，都是蠟炬。詩人只是點醒我們生命有這樣一個狀態，我們所愛的，是人也好，是物也好，那個生命到底有沒有意義不是最重要的部分，這個過程中不斷地燃燒才是最重要的。如果要講究「文以載道」，就會說蠟炬成灰是因為照亮了別人。李商隱沒有這樣寫，他說是蠟燭自己把淚流完了，照亮不照亮別人，不是他要追求的。「春蠶到死絲方盡，蠟炬成灰淚始乾」之所以能感動我們不是因為李商隱，是因為我們自己的生命就是這樣的狀態，我們被自己給感動了。

象徵主義最了不起的地方，是它描述的不是狹隘的情感，而是可能讓我們在不經意間忽然有所感受。我們會發現李商隱寫的「春蠶到死」與「蠟炬成灰」，更大的意義是說生命必須要為自己找到一個值得付出的對象。有這樣一個對象，生命怎麼去受苦，都是快樂的。在這種付出中，生命會飽滿，會獲得意義。如果有一天，生命中沒有什麼可以讓我們這樣付出，那是一個悲哀。

「蠟炬成灰」與「春蠶到死」都在講熱情，而不是悲哀。兩句詩點出人們活著有沒有熱情？有沒有自己執著的事情？林黛玉是個典型，她一生要把淚流完，她就是要用這個方式把她生命中某些東西釋放掉，不可解的原因使她在熱情當中不斷燃燒。

李白的詩與杜甫的詩意象用得比較少，象徵主義最大的特徵就是用很多意象來闡述，而不是直接書寫。李商隱可以在意象與現實的描繪中有一點游離。「相見時難別亦難，東風無力百花殘」是一個直接描述；「春蠶到死絲方盡，蠟炬成灰淚始乾」則是象徵，然後又轉回來，在這裡可以看到他一直在游移。「曉鏡但愁雲鬢改」，「曉」是早上，早上在鏡子裡看到自己的鬢角已經出現白色的頭髮，有一點哀傷，又回到對自身的描述。「夜吟應覺月光寒」，到很晚的時候，還在那邊唸詩，應該感覺到照在身上的月光已經是非常寒冷了。從「曉鏡但愁」與「夜吟應覺」可看出，這是一個對生命有所眷戀的人。他滿懷熱情，忽然發現前面有終結點。「曉鏡但愁雲鬢改」，感覺到時間不多了，「夜吟應覺月光寒」，自己還在寫詩。寫詩就是李商隱的春蠶和蠟炬，他一生就是要把詩寫完。這裡又有一點抽離，彷彿是另外一個人在說，月光這麼冷，夜晚這麼冷，你還在那邊寫詩。似乎是在受苦，但因為前面有春蠶、蠟炬，我們只覺得是因為熱情。這兩句詩是詩人熱情的表白。

李商隱最有名的無題詩，是寫和女道士的關係嗎？是寫和宮女的關係嗎？今天我們大可把這些題目做更大膽的假設與改換。我相信這裡面有一個自己的肉身存在，「深知身在情長在」恐怕是真正的主題，他眷戀的一直是與自己生命的關聯性。自身的生成、存在、愛或恨，構成糾纏，也構成繁華。

更持紅燭賞殘花

在一個有點萎靡、有點慵懶、有點困倦的時代裡面，努力為自己找到一點生命的美好

〈花下醉〉，一看題目就感覺到晚唐氣象。

尋芳不覺醉流霞，倚樹沉眠日已斜。客散酒醒深夜後，更持紅燭賞殘花。

「花」與「醉」是兩個意象，花是繁華、華麗；醉是頹廢、耽溺、感傷。「尋芳不覺醉流霞」，這個「花」可能是自然界的花，也可能是某一個美麗的女子，或者自己生命裡眷戀過的某一種情感。他不知不覺為流霞美酒所沉醉，另一方面，「流霞」也極言花之炫美，令人傾心。這種經驗不是文字的堆砌，而是更精緻的感覺的捕捉。「醉」與「霞」，本來是兩個沒有關係的字，但組合出來的意象非常豐富，好像鮮花變成了一個人酡紅的臉龐。

象徵主義常常被形容成萬花筒，裡面的東西其實不多，可是轉動的時候，產生的交錯經驗非常多。象徵主義的美術、文學都是類似於萬花筒的經驗，可用「錯綜迷離」

來形容，難以直接注解，必須用比喻的方法。也許，注解李商隱最好的真的就是王爾德了。

「倚樹沉眠日已斜」，靠著樹邊沉眠，也很有晚唐的感覺，有點低沉，有點困倦，有點慵懶。我們會發現在盛唐時代，每一個詩人都精力旺盛。到晚唐的時候，大家都有一點點累了。象徵主義的詩似乎都和慵懶的情感有關，有一點對於萬事萬物都不那麼帶勁的感覺，不那麼向外追逐。一個階段之後，向外的追逐轉成向內的安定，晚唐時期這樣的轉變非常明顯。前面的人都在往外征服，忽然發現心都空掉了，向外征服的意義何在？所以開始回來講自己。即使在盛唐時期，像王維這樣有反省意識的詩人，寫的也是「大漠孤煙直，長河落日圓」，現在卻是「倚樹沉眠日已斜」。

我們看過李商隱的這幾首詩，整個背景經驗全部是晚霞、夕陽。好像盛唐時期的詩人看到的都是朝日與月圓，晚唐時期的詩人看到的都是孤星與晚霞。我覺得，這裡面很明顯寫的是心事，而不是風景。

後面的兩句，是最常被引用的：「客散酒醒深夜後，更持紅燭賞殘花。」如果有一天，你舉辦一個很盛大的生日宴會，杯盤狼藉、賓客散盡的那一剎那，大概是最孤獨的時刻。那一剎那間，會有巨大的荒涼感。悉達多太子在二十九歲出家前，就是這個狀態，忽然酒醒過來，看到旁邊陪伴他的宮女、妻妾，有一種荒涼感。那是他第一次出走。生命裡面的「客散酒醒」是非常重要的時刻，我不認為李商隱是在講宴會的狀態，我覺得「客散酒醒」是在講大唐盛世的遠去，李白走了，杜甫走了，王維走了，大時代的風雲人物全部走完了，人們也從那種陶醉中醒過來了，其實就是我們前面講的「可以反省的時刻」。

最後一個句子，「更持紅燭賞殘花」，完全是晚唐的感覺：只剩一個人了，這麼荒涼，這麼孤獨，把紅色的蠟燭重新點起來，拿著蠟燭再去看已經殘敗的花。相對於「殘」與「花」，「紅燭」是華麗的，是暖色調，又把繁華與幻滅放在一起，把華麗與感傷放在一起。李白的詩喜歡用「金」，李商隱的詩很喜歡用「紅」，他的紅總是和殘、冷在一起出現。從象徵詩派的意象來看，他用字非常精準。這其中是不是有一種眷戀？好像花都已經敗落了，也知道大時代的繁華已經走完，但還是不甘心，還是無奈，還是願意拿著蠟燭再去看一看最後的殘花。

大時代的沒落經驗已經呼之欲出，這是為什麼我們一再提到詩的時代象徵性是所有藝術形式當中最高的。詩歌比繪畫、音樂、小說或散文的象徵性都要高，因為很精簡，就是很簡單直接地把感覺說出來。「夕陽無限好，只是近黃昏」或者「更持紅燭賞殘花」，表達的都是同一種感覺。我們很熟悉的晚唐詩還有「留得殘荷聽雨聲」。夏天已經過完了，荷葉都已經殘敗了，照理講應該把它收掉了，可是詩人會說：「留得殘荷聽雨聲。」下雨的時候雨打到枯掉的荷葉上，有一種美好的聲音。這是非常明顯的晚唐經驗，即繁華盛世沒有了，還是可以在一個有點萎靡、有點慵懶、有點困倦的時代裡面，努力為自己找到一點生命的美好。

人間重晚晴

他希望在哀傷、沒落、頹廢中找到一點生命存在的理由

李商隱還寫過一首〈晚晴〉。

深居俯夾城，春去夏猶清。天意憐幽草，人間重晚晴。
並添高閣迥，微注小窗明。越鳥巢乾後，歸飛體更輕。

晚晴，就是雨下了好久天氣才晴朗起來，特別值得珍惜，現在我們不是用「晚晴」來形容老年的美好嗎？「天意憐幽草」，好像老天有一種特別的眷愛，會重視到這些

卑微的生命。「向晚意不適」也講到「晚」，李商隱力圖為「晚」找到一個存在的意義與理由。生命沒有哪一個階段一定是最好的，人生的每一個狀態都能提出一個價值。在悲憫自己、哀憐自己，在自己不是屬於大時代的難過與哀傷當中，忽然讀到這個句子，也會轉成「人間重晚晴」，裡面有一種開心。

也許李商隱不見得是把我們帶引到哀傷、沒落、頹廢境界的詩人，與之相反，他希望在哀傷、沒落、頹廢中找到一點生命存在的理由，所以「人間重晚晴」這個句子才會有特別的意義。李商隱的整個語調，是比較低迷的，也就是他自己講的「沉眠」這種感覺。他不太發出雄壯的高音，所以「並添高閣迥」。即使到了中年，生命已經有一點沒落，他還可以有心事在迴繞。即使是孤獨，還可以和自己對話。

「微注小窗明」是在講光線，從窗外微微有一點光線透進來，會覺得他非常珍惜這點光線。李商隱的詩背後一直有晚霞、秋天，有一種晚景，晚景可以是淒涼，也可以從淒涼裡面轉出另外一種溫暖。「微注小窗明」沒有李白那種「長風幾萬里」的氣魄，可是從這些微光中，會感覺到不可言喻的喜悅。

尤其對很多中年朋友來說，我想李商隱是很重要的。生命在某一些時刻裡，會感覺自己最好的時間過去了，會有一點沮喪，有一點頹敗。可是李商隱的詩常常讓我們感覺到生命並沒有所謂的極盛與極衰，生命其實處在流轉的過程中。李商隱對繁華的回憶，可能是一種喜悅的感覺，甚至比較平靜，所以用「微注」這兩個字。這其中有一種珍惜。唐朝很精采，年輕的時候曾經馳騁沙場的那些人，現在在李商隱的世界裡，忽然可以靜下來讀一卷發黃的詩頁。那種感覺其實是非常迷人的。

李商隱的晚唐經驗，其實是在繁華過後如何去整頓自己。我覺得「整頓自己」是李商隱詩的重點，當他講荷葉、春蠶、蠟炬等種種不同意象時，其實一直在講他自己，因為他要整頓自己。這首〈晚晴〉裡面，屬於中年的某一種滄桑感非常明顯。「越鳥巢乾後」，向南飛的鳥，它的巢已經乾了，「歸飛體更輕」，這裡面很明顯的意象就是回家。「歸飛」就是李商隱要講的怎麼整頓自己，怎麼找回自己生命本體的經驗，而不再是向外追逐。

最重要的問題是怎麼回來做自己，只有生命中有了那個貌似不重要的小小時刻，生命才能自我實現和完成。我想李商隱有一點「參禪」的經驗，當他發現自己對於很多華麗的東西沒有那麼大的野心後，更大的企圖是回來做自己。這個野心是更難完成的一部分。

此情可待成追憶

真正的華麗是在回憶中才發生的，正處於華麗當中的人反而沒有感覺

〈錦瑟〉這首詩可以說把運用典故、象徵、意象的寫作方法發展到極致了。

錦瑟無端五十絃，一絃一柱思華年。莊生曉夢迷蝴蝶，望帝春心托杜鵑。
滄海月明珠有淚，藍田日暖玉生煙。此情可待成追憶，只是當時已惘然。

有趣的是，一開始李商隱使用的技巧並不複雜，而是用了比較直接的方法。「錦瑟無端五十絃」是很沒有來由的一個寫法，最早很多人認為這首詩是李商隱對於自己接近五十歲的一個描述，因為他四十六歲左右去世。

「錦瑟無端五十絃」是不是在講他接近五十歲時的生命經驗的感嘆，是可以有部分保留的。我覺得這首詩，可以看到詩人在他的中年時期很明顯的一種心事。我喜歡這一句的主要原因是「無端」兩個字。「無端」就是沒有原因、沒來由，就是歲月累積到一個時候，忽然覺得怎麼這麼快。他彈著琴，忽然覺得瑟為什麼是五十根絃，好像

也在說為什麼生命匆匆就要過五十年了，也許有這樣的類比，不見得一定要聯繫在一起。我一再強調，象徵詩派的意象運用可能性非常大，我會愈來愈跳開逐字逐句的解釋方法，希望大家能夠用看萬花筒的方法，把李商隱的句子打碎，重新組合，這裡面會產生很多迷離的經驗，因為他的詩本來就不是一個清楚的邏輯。

「一絃一柱思華年」，用手撥的絲線叫作「絃」，「柱」是左手去移動的支撐著絃的東西。彈古箏的朋友可能知道，支撐絃的三角形的那個東西叫作「柱」，右手在彈的時候，左手要移動柱，等於是調音。「一絃一柱」是在講彈琴的時候手的動作；「思華年」，人們在演奏、歌唱時，其實是在一句一句地思念自己慢慢消失的華年。這兩句都不引用典故，而是直接書寫，但還是很難解釋，因為李商隱直接把心情講出來，試圖讓我們感受到生命裡的一個經驗切片。

「莊生曉夢迷蝴蝶，望帝春心托杜鵑」，一個人回憶自己的一生，回憶自己生命最美好的部分，到底生命為什麼值得眷戀？生命到底是什麼樣的狀態？象徵派的詩人給出的解答竟然與「文以載道派」的文人完全不同。

「文以載道派」很可能認為生命的意義在於孝、忠，但李商隱提出來的答案是非常茫然的，「莊生曉夢迷蝴蝶」用了典故，莊子早上起來發現剛才做了夢，夢到自己變成蝴蝶，在天空上到處翩翩飛舞。他想：剛才我是莊子嗎？還是我剛才是蝴蝶？是我夢到蝴蝶嗎？還是蝴蝶夢到我？莊子對於生命的現實與非現實，在剎那之間產生了不確定感。七個字當中最重要的一個字可能是「迷」，這個「迷」可能是迷戀，也可能是迷失，兩個迷都是生命的徬徨經驗，都是生命當中的某一種非理性的狀態，這個字被用在莊子的典故當中，變成生命不可知的一個意象。

我覺得象徵主義的詩都應該用這樣的方法來看。注解李商隱的詩更好的方法，當然是大家回憶自己的某一個經驗。譬如說我們可能在某一天有過一個夢境，夢醒一剎那，會覺得剛才那個夢那麼真實，又開始覺得它不真實。這是人生的經驗，是在真實與不真實之間的感受。

下一句「望帝春心托杜鵑」，重點在「托」，生命是茫然的，生命的真理並不清楚，我們迷惑、迷失、迷戀，可是熱情還在，「托」是付託、寄託，將生命全部都託付在這件事情上。這裡又用了一個典故，三星堆出土的文物中，畫著一個長著鳥的身體和人的臉的皇帝，叫作杜宇，他站在一朵花前面。他把皇帝的位置讓給別人，自己就化成一隻鳥，每當春天來臨之前，他會一直叫，想把春天叫回來，叫到最後他的血會噴出來，染紅一種白色的花，就是杜鵑。

這個故事非常像王爾德寫的夜鶯，二者都有一種生命的熱情。春蠶也好，蠟炬也好，夜鶯也好，都在講同一個東西，就是生命的熱情與燃燒。

「滄海月明珠有淚，藍田日暖玉生煙」，這兩句詩完全用意象組成。滄海、月明、珍珠和淚水，個別都是一個意象。這裡面有很多古代的傳說。傳說在夜晚月圓的時候，蚌殼會一一打開，讓它的珍珠去吸收月亮的精華。這是一個很美麗的意象，我們會感覺到一粒一粒圓形的珍珠與天上的明月之間有了互動關係。另外一個傳說是「鮫人」，其實就是中國的美人魚的故事，她在月圓的晚上會一邊唱歌一邊哭，她掉下來的每一滴淚水全部變成珍珠。這兩個傳說合成了「滄海月明珠有淚」。李商隱只是讓大家覺得生命是這樣的狀態，與春蠶、蠟炬的狀態完全一樣。日日夜夜都有一個自己想要完成的目標，珍珠要變圓，淚水不斷地流，月亮缺了再圓，海洋中的潮汐來來去去。其實李商隱在講大自然當中所有生命的狀態，不過就是一個意象，在講生命無怨無悔、永續不斷的狀態。宇宙間紛繁的意象，蝴蝶、滄海、明月、珍珠、淚水，都像夢幻泡影。

每次把這首詩翻譯成法文、英文給朋友看，都失敗得一塌糊塗，因為法文、英文的文法太嚴格，一定要有主詞、受詞。怎麼解釋珍珠有眼淚呢？漢字最適合這樣來表達，因為所有的意象全部是獨立的。我覺得漢詩最適合象徵詩派，非常精簡，能夠把意象用到最渾圓的狀態，可以呈現一種迷離的經驗。「滄海、月明、珠、淚」很像萬花筒中那種晶瑩的經驗，好像在看折射的光。漢詩不僅是敍事，更是一種迷離錯綜的經驗，竟然可以把生命裡面的某一個複雜得講不清楚的東西，用幾個字寫出來，這就是詩歌中意象的重要性。詩的意象，是生命經驗的再現。

「滄海月明珠有淚」裡有一種好大的情感，「珠」與「淚」都是客觀的，只要加上「有」字，珍珠有淚，就有了主觀性。「有」字一放，意境全出。「藍田日暖玉生煙」也運用了典故。藍田是產玉的地方，傳說地底下有寶物，白天太陽升起來的時候，那個地方就會冒出一層煙霧。這個意象很朦朧，藍田是一個地名，太陽暖了、玉、煙都是一個個意象，李商隱把這些意象組合在一起。珍珠和淚有形狀上的連接，因為都是圓的、透明的。玉與煙好像更難連接，可是玉裡面有一種溫潤，煙裡面好像有一種嚮往，似乎也是可以聯繫在一起的。

李商隱把人的生命經驗複雜化，這樣講起來，我們會發現最美的這四句詩，都是在講他給自己的答案，就是自己的生命到底是什麼樣的狀態，到底有什麼價值，到底有什麼意義。那些「文以載道」的內容他好像都沒有，不過是回來完成自己的私情，所以最後寧可說他的生命意義就像莊子夢到蝴蝶，像望帝在春天把花染紅，像月圓之夜的大海裡面珍珠的形成，像地底下被深藏的玉，即使在最不被了解的狀況裡，還會冒煙，去感覺太陽的溫暖。這是四個生命的經驗。詩人在「思華年」的過程當中，為自己找到了四種生命不同的狀況。

「此情可待成追憶」，李商隱每次用了很多意象之後，就會轉回來直接書寫。李商隱意象用得極好，可是他又不會固執地使用意象。當他講「此情可待成追憶」的時候，像是用白話書寫，就是說這個情感可以變成一生一世永遠的回憶。「此情可待成追憶」是講前面的莊生迷蝴蝶、望帝托杜鵑、滄海月明和藍田日暖，「只是當時已惘然」其實是在講盛唐，回憶時那些過往都變成了華麗。真正的華麗是在回憶中才發生的，正處於華麗當中的人反而沒有感覺。我相信我們每一個人回憶自己的生命，都是這樣，想想自己的初戀，想想自己某一次很重要的生命經驗，大概都是「此情可待成追憶」，這是生命裡會一直懷念、回憶的部分。只是那些，都已經過去了。

可以看到李商隱把晚唐經驗做了一個最好的類比，而且從個人私情的經驗，擴大到幾乎每一個人都可以在裡面投射的生命體驗。我不認為私情文學只屬於詩人個人，因為每一個人都有私情。我們一直以為，大家都可以對大愛的文學進行自我投射，其實不見得。〈石壕吏〉中有大愛的經驗，可是如果我們沒有經歷悲慘的戰爭，有時也進不去，反而像這種私情經驗，一般人多多少少都會有。認為私情文學都是個人的小世界，別人沒有辦法參與，是「文以載道」的文學傳統對私情文學很大的誤解。

李商隱直接把生命的私情擴大成一個非常重要的東西。大家可能會覺得李商隱是一個典故用得極好的人，但就算不知道莊子這個的典故，不知道望帝的典故，文字本身的感覺仍是可以傳達的，象徵詩派可以把一個典故的艱難轉成文字的迷人。所以「迷蝴蝶」三個字已經形成很特別的意象，因為它非常華麗，而且有一種視覺上的美感。周昉的《簪花仕女圖》中，最後一個女子穿著那麼華麗的衣服，手上拿著蝴蝶的屍體，這是一種很奇怪的經驗，牠很華麗，同時又是死亡，所以李商隱用迷惑、迷失、迷戀，去總結這樣一個很特別的生命狀態。

世界微塵裡，吾寧愛與憎

正是因為太過愛這個人世間，才不畏懼受傷地去擁抱

〈北青蘿〉比較特別，這首詩在《唐詩三百首》中也被選出來。我覺得它並不是李商隱最有代表性的作品，可是從中可以看到李商隱曾經有這種心境。這首詩讓我們感覺到他好像已經完全忘情了，比較像讀佛經讀到很深，已經把華麗眷戀全部都捨棄掉的感覺，事實上李商隱留下來的美學典型不是這一類。

殘陽西入崦，茅屋訪孤僧。落葉人何在，寒雲路幾層。
獨敲初夜磬，閑倚一枝藤。世界微塵裡，吾寧愛與憎。

「殘陽西入崦」，崦嵫山是傳說中太陽回去睡覺的山，這裡是殘陽，李商隱的生命經驗都是從這樣的意象開始書寫，有種晚唐的華麗感。「茅屋訪孤僧」，這個句子我們比較不熟悉，感覺李商隱好像一直都流連在宴會、繁華中，從來沒有看過他跑到茅屋裡去找一個僧人。「落葉人何在，寒雲路幾層」，這是描寫自然，同時又在講自己的心境。枯冷的秋天，葉子都掉完了，「人何在」，好像講在生命的枯萎中，自己到底要在哪裡安身立命，所以才去訪僧，才去求道。其中的「人」與「路」都是象徵，是要找真理的路、求道的路、生命領悟的路。這麼多雲瀰漫在前面，路到底在哪裡？有一點迷惑。「莊生曉夢迷蝴蝶」中，李商隱的「迷」與眷戀牽扯不開，他總是迷惑於華麗的東西，現在卻是「寒雲」，有一點冷。

這首詩的調子比較冷，下面的詩句更明顯：「獨敲初夜磬，閑倚一枝藤。」剛剛入夜的時候，一個人坐在那裡敲廟中的磬，唸著佛經，倚靠著一枝藤杖。「世界微塵裡，吾寧愛與憎」，這個時候李商隱大概正在讀《楞嚴經》，《楞嚴經》裡面提到世界是微塵，我們自己的生命微小如沙粒，沙粒還談什麼愛恨？《楞嚴經》是對愛恨的一種提醒與解脫，提醒世界不過就是微塵，是虛幻的狀態，我們的愛或恨其實是自己假造的虛幻之象。李商隱好像在告訴自己，我何必又有愛又有恨？

我們當然很希望李商隱讀佛經沒有讀通，如果他讀通了大概就沒有現在這些詩了。李商隱始終在捨得與捨不得之間徘徊，《楞嚴經》當然是要人捨得，他讀完經以後，覺得自己好像可以捨得，所以對自己說「吾寧愛與憎」。第二天起來大概就忘了，又開始「春蠶到死絲方盡」，後一種生命經驗是李商隱留給我們最美的感動。因為裡面有熱情，如果沒有熱情，就沒有「吾寧愛與憎」了。愛與憎就是對熱情的捨棄，李商隱一生也沒有真正捨掉熱情，在捨得與捨不得之間，才有了「莊生曉夢」的經驗，也才有了「珠有淚」的經驗。「熱情」是李商隱的詩最大的特徵，王爾德也是如此，他們文學的基礎都是熱情，甚至是激情。

正是因為有激情，才產生了巨大的幻滅感。正是因為太過愛這個人世間，才不畏懼受傷地去擁抱。王爾德的故事中，夜鶯把心臟貼在刺上面，唱出最美的歌聲。故事裡的大學生在寫情書的時候，聽到了夜鶯的歌聲，他從來沒有聽過夜鶯這麼美的聲音。牠心臟愈痛，聲音就愈美，最後所有的血液都到了玫瑰花之中。這裡講的就是一個人為了自我完成，熱情會不斷地流注。讀到〈北青蘿〉，會覺得李商隱如果完全照這樣的體悟寫下去，大概不會有「相見時難別亦難」，也不會有愛與憎了。李商隱最大的特色就是纏綿，就是牽扯不斷的情感。

生命的荒涼本質

生命的存在本質上是虛無的，所謂不虛無的部分都是我們的假設

〈夜雨寄北〉也是大家很熟悉的一首詩。

君問歸期未有期，巴山夜雨漲秋池。何當共剪西窗燭，卻話巴山夜雨時。

這首詩從頭到尾好像什麼訊息都沒有透露，我們只能推測他是寫給北方的朋友或他的妻子。「君問歸期未有期」，他不知道怎麼回答，因為的確不知道什麼時候回來。李商隱這麼會用典故的人，在講生命裡最深的經驗時，卻如此白話。他有自己獨特的句法形式在裡面。

「君問歸期未有期」又是一種兩難。能告訴人家一個回來的時間也好，可是真的沒

有。生命好像就是流浪，所以也不知道此去一別什麼時候會再見面。在這樣的狀況下，最後只好把話岔開，「巴山夜雨漲秋池」，說你看我在四川，外面在下雨，剛好是秋天，水池中的水愈漲愈高了。

這很像一個電影鏡頭忽然轉開。對方一直問你到底什麼時候回來，問到有一點難過，有一點感傷，忽然把鏡頭轉開去拍一直下的雨，慢慢漲起來的水池。好像在講自然裡面的風景，其實又是講心裡面彌漫的一種情感。有沒有感覺到盛滿了心事的水池，好像都要漫出來了？我覺得一個詩人的厲害，在於他又是客觀，又是主觀，第一句是「君問歸期未有期」，第二句他轉開了，顧左右而言其他。顧左右而言其他的時候，是心事講得最好的時候。

「何當共剪西窗燭」，又開始直接描述。我們什麼時候可以在一起剪蠟燭芯呢？以前的人點蠟燭，蠟燭燃燒到某個時候，要把燭芯剪一下，它才會更亮。「卻話巴山夜雨時」，又繞回來了，兩個人在一起聊天，聊聊巴山下著雨的夜晚。李商隱的句子總是繞來繞去，不直接把答案講出來，而是在纏綿之中，呈現生命捨得又捨不得的兩難狀態。

這裡面有一種獨特的趣味，我們感到一種深情。任何一種深情到了最後，都是纏繞的狀態，在知道與不知道之間，在了解與懵懂之間非常曖昧的狀態。李商隱詩中的光線常常不是明或者暗，而是灰，一種迷離狀態。這當然可以看到李商隱為一個詩人很特殊的生命風格，他個性上有些糾纏不清。我相信他的愛情大概也是如此，所以才寫了這麼多的無題詩，連題目他都不知道應該怎樣去起，連對象都不願意寫清楚。

我覺得李商隱是最沒有心機的人，他聽到巴山夜雨，就寫巴山夜雨。我再給大家一個建議吧，要注解李商隱，第一個看王爾德，第二個看奇士勞斯基（Krzysztof Kieslowski, 1941–1996）導演的《十誡》（*Dekalog: The Ten Commandments and The Decalogue*）。他在傳記中說，導演這部電影時，一個人拿起打火機點火就是點火，如果火沒有亮就是打火機壞了，就是這麼簡單。他說不需要去找影射。其實更高明的象徵是呈現自己原有的狀態。

這首詩，甚至也可以說根本不需要注解，要去感受詩裡音韻的漂亮，去感受重複的「巴山」的音節關係，「君問歸期未有期」中兩個「期」的呼應關係。事實上，所有這些重複，使得詩裡面環繞的力量得到增強，變成一個非常精采的小品。大家會覺得，到了晚唐，好像沒有辦法寫出盛唐時代李杜那種長詩，東西都好精簡，像晶瑩的珠子一樣，好像所有複雜的東西都被收在小小的珠子當中，晚唐詩人透過這個珠子反映外面的世界，而不是帶領我們去看外面的世界。

〈嫦娥〉裡面的經驗也非常類似。

雲母屏風燭影深，長河漸落曉星沉。嫦娥應悔偷靈藥，碧海青天夜夜心。

這是李商隱主題比較清楚的一首詩。嫦娥是我們非常熟悉的神話人物，傳說她為了能夠長久保有自己的美貌與青春，所以偷吃了西王母送給后羿的長生不老藥，飛到了月宮，然後世世代代住在月宮當中。李商隱把這個故事顛覆了，他寫「嫦娥應悔偷靈藥」，她大概很後悔吧。為什麼會後悔？因為偷吃靈藥後，「碧海青天夜夜心」，一生一世都在月宮裡面，冷得不得了，一個人很孤獨，又淒涼又寂寞。

我很喜歡這首詩的開頭，「雲母屏風燭影深」，「雲母」是一種石頭，發出的光澤有一點像貝殼裡面的光，唐朝人用它來做屏風。李商隱看到雲母的屏風映照出燭光，在視覺上這是個非常漂亮的畫面。他用一個「深」字去形容屏風所照出來的燭影，有一點像鏡子投射出來的冷光，燭光經過雲母這種冷灰色調的石頭反射以後，變成非常深邃的光。李商隱還寫過「滄海月明珠有淚」，他總是在經營光線，是一種視覺上很迷離的經驗與記憶。

「長河漸落曉星沉」，好像一整個夜晚都在點著蠟燭聊天，戶外的銀河慢慢西斜了，「曉星沉」，到了早上星星也都快要消失了，這是在講時間。看到第三句才恍然大悟，原來詩人在講嫦娥。嫦娥在月宮裡每個晚上都在經歷浩大宇宙當中的荒涼。李商隱也藉著嫦娥，講自己生命的荒涼本質。不管你是不是長生不老，怎麼去偷取靈藥，不管是不是升到天上去，荒涼是本質。這很像存在主義的理念。存在主義哲學認為生命的存在本質上是虛無的，所謂不虛無的部分都是我們的假設，我們覺得生命有意義也是我們假設的。對沙特（Jean-Paul Sartre, 1905–1980）、卡繆（Albert Camus, 1913–1960）他們來講，生命在死亡之後什麼都沒有，就是虛空。我們藉著各種宗教、哲學的方法來討論生命的意義，都是在假設，科學到現在都沒有給出證明。這個假設一旦拿掉，荒涼本質就會出來。

我想李商隱是非常前衛的，因為他比較不從儒家的角度出發，甚至也不完全是從老莊的角度出發。如果從儒家的角度來講，長生是好的，因為儒家肯定生；如果從老莊的角度講，嫦娥是好的，她已經成仙，因為老莊希望成仙。李商隱把這兩個東西都否定了，他覺得成不成仙最後都是荒涼。在李商隱看來，生命的熱情可以完成就好了，「碧海青天夜夜心」對他來講不是意義，重要的是生命在激情的剎那是否自我完成，所以他歌頌的是「春蠶到死」或者「蠟炬成灰」。我們會發現他與儒道兩家都不合，與佛也不合。他沒有真正要完全解脫，他就是眷戀人世。這非常像十九世紀末波特萊爾這類象徵派的頹廢詩人，有世紀末的感覺。

尋找知己的孤獨

他在愛所有其他人之前，首先愛的是自己的生命狀態，他有一種對自己的悲憫

〈流鶯〉也是李商隱非常好的一首詩。

流鶯漂蕩復參差，度陌臨流不自持。巧囀豈能無本意？良辰未必有佳期。
風朝露夜陰晴裡，萬戶千門開閉時。曾苦傷春不忍聽，鳳城何處有花枝。

我已經講過王爾德的〈夜鶯與玫瑰〉，可以發現兩個詩人對「鶯」這個主題有一種執著。李商隱還寫過另外一首與鶯有關的詩——〈天涯〉：「春日在天涯，天涯日又斜。鶯啼如有淚，為濕最高花。」如果鶯啼哭時有眼淚的話，眼淚會把最高處的花染濕。我們會覺得這兩個人用的意象相似到令人覺得不可思議的狀態，這裡的「流鶯」當然講的是他自己，就像王爾德的夜鶯在講他自己。「流鶯漂蕩復參差」，一開始就是春天，「參差」與「漂蕩」都是在講流鶯沒有辦法把持自己的身體，因為身體太小，風吹來的時候，就在那邊飄蕩，有一點流浪與漂泊的感覺。「度陌臨流不自

持」，度過了阡陌，在田中飛過去，有時候可能飄到河流的旁邊，沒有辦法把持自己的狀態。這一句已經點出了人對自己生命的漂流和落魄無法自主的感傷。

春天黃鶯的叫聲像歌聲一樣，是最美的歌聲。唐朝的雅樂當中，有一首名字就叫《春鶯囀》。「囀」是很巧妙的鳥歌唱的聲音。「巧囀豈能無本意」，唱出這麼美的歌聲一定要傳達什麼意思吧？李商隱把自己生命的熱情與流鶯的意象混合在一起，流鶯和春蠶、蠟炬是同樣的意義。流鶯這樣一直叫，一定是希望有人聽懂牠。背後的意思是說，流鶯是孤獨的，如此美麗的聲音沒有人懂，就像王爾德寫的夜鶯最後死在玫瑰花下，早上大學生出來的時候看到了玫瑰，可是沒有看到夜鶯的屍體。李商隱在這裡講生命的熱情不見得會被人看到，也不見得會被人懂，不一定被別人珍惜，自己珍惜就好了。「春蠶到死」與「蠟炬成灰」都是自我完成的形式，所以「巧囀豈能無本意，良辰未必有佳期」，黃鶯生存的時間是春天，是最好的季節，可是未必能夠有「佳期」，未必能在這個季節當中碰到對的對象，未必能夠真正被了解。這又是李商隱對自己孤獨的感傷。在此，象徵詩派意象的應用已經非常明顯，所謂象徵就是把自己與對象交疊。我看到眼前的花，把自己投射進去，當我在談花的凋零時，其實也在談自己生命的凋零，這就是象徵。

詩人覺得流鶯是他自己，就出現了自憐。李商隱是自己生命最大的眷戀者，他在愛所有其他人之前，首先愛的是自己的生命狀態，他有一種對自己的悲憫。「風朝露夜陰晴裡」，在颳風的早上、下露水的夜晚，陰天、晴天，流鶯好像都這樣飄蕩著。「萬戶千門開閉時」，在這樣一個繁華的城市，有這麼多人家，這些門開了又關，關了又開，可是誰為我們開這扇門，誰又為我們關這扇門？這兩句很明顯，李商隱把流鶯的主觀一下帶到了對自己孤獨的感嘆，他在感嘆自己到底在忙什麼。

「曾苦傷春不忍聽」，這個時候他又感嘆流鶯，覺得每次聽到牠的叫聲，就是感傷春天又來了，不忍心去聽。有一點像王爾德提到夜鶯把心臟貼在玫瑰刺上叫出來的聲音，人是不忍去聽的，因為知道是用生命最大的自苦，才會換來最美的東西。「苦」與「忍」是李商隱對自己生命另外一個形式的投射，「鳳城何處有花枝」，「鳳城」是指長安城，在這樣繁華的長安城，什麼地方有讓黃鶯可以停下來休息一下的花枝？這個問話非常巧妙，有一點像蘇東坡後來寫的「揀盡寒枝不肯棲」。這個城好像連一個讓黃鶯停下來的花枝都沒有，這當然是在講詩人自己的孤獨。在他尋找生命知己的過程裡，幾乎是絕望的狀態，所以才會有這樣的問句。

典型情詩

詩中只是在講心情的狀態，裡面有一種浪漫與神祕混合的感覺

〈春雨〉是我很喜歡的一首典型的情詩。我們不知道對象是誰，不知道這個人在什麼地方，不知道戀愛狀態如何，詩中只是在講心情的狀態，裡面有一種浪漫與神祕混合的感覺。

悵臥新春白袷衣，白門寥落意多違。紅樓隔雨相望冷，珠箔飄燈獨自歸。
遠路應悲春晼晚，殘霄猶得夢依稀。玉璫緘札何由達？萬里雲羅一雁飛。

「悵臥新春白袷衣」，春天時把袍子脫了，換成白布做的袷衣。因為外面在下雨，所以沒有出去，而是臥在床上，心情很寥落。李商隱常常用「悵」字，一種惆悵，一種淡淡的憂鬱的感覺。然後有一點懶懶的，所以用「臥」，不是那種騎著馬出去打獵、打仗的人，有一點困倦，有一點沉眠。我覺得「白袷衣」用得很好，有時候我們穿了一件白色的、質感很好的衣服，肉體與白布接觸的感覺非常美妙。這首詩裡用

了很多精采的色彩關係，尤其是白與紅。白是冷色調，裡面有一種荒涼，有一種寂寞，有一種空靈。法國畫家尤特里羅（Maurice Utrillo, 1883–1955）有一段時間都用白色，非常荒涼的感覺。紅是熱情，是一種飽滿，是一種溫暖，是一種體溫的感覺。我覺得李商隱寫的已經不再是形象，不再是事件，而是色彩，特別是色彩關係。「白門寥落意多違」，又用了「白」，過去以「白門」指男女歡會的地方，「白門寥落」就是曾經歡會過的地方，現在人大概不在了，有一點追憶過去的惘然。希望在一起的意願沒有辦法達成，「違」是違反的意思。

神祕性的開頭之後，出現了非常漂亮的句子——「紅樓隔雨相望冷」。這句詩用了感受完全相反的「紅」與「冷」做開頭和結尾，在這裡李商隱把紅變成了冷，特別顯現出晚唐的感覺。周昉的《簪花仕女圖》用大片大片的紅，就是一種冷紅。有時候我們覺得法國野獸派畫家馬蒂斯（Henri Matisse, 1869–1954）的紅用得非常暖，可是周昉的紅完全是冷的，讓人覺得那個紅沒有溫度，晚唐的紅是華麗的，可是是冷的，非常奇特。張愛玲的小說有時候也用到非常冷的紅，《金鎖記》裡面的曹七巧，一個非常美的青春少女，嫁到有錢人家，嫁給一個沒有辦法同她圓房的男子。喜事是大紅的，可是又令人感覺到紅是她青春的死亡。她嫁過去只是一個形式而已，那個紅很冷。「隔雨」也有它的意義，他在看紅樓，紅樓一定與他的愛情有關，所以他隔著雨還在看，紅樓非常神祕，是他的懷念和回憶，是他曾經有過的最美好的記憶。隔著雨相望，沒有辦法接近，沒有辦法講話。相望怎麼會冷？這首詩的意象用到這麼迷人，用冷去形容一個人看另外一個人的感覺。所有的熱情慢慢降低，降成低溫狀態。「紅樓隔雨相望冷」將極度的熱情一下降到冰點。

「珠箔飄燈獨自歸」，李商隱很喜歡用珍珠的意象和其色彩意象，「珠箔」即珠簾，在這裡指像珠簾一樣的雨。大概是有一天，在愛情歡會之後，兩個人告別了，他遠遠看到一個人提著燈籠走開，他記住燈籠上的光，記住珍珠一樣的雨，記住獨自走開的落寞感覺。這些是非常個人化的生命記憶，如果我們不在意事件的話，情緒是可以懂的。

我相信在情感的記憶中，每個人都有很私情的角落，可是這個私情的角落被某一個詩人講出來的時候，你回憶到的不是他的角落，而是一個對那個角落的共同情感。「紅樓隔雨相望冷，珠箔飄燈獨自歸」這兩句很多人都認為最不可解、最不容易懂，可是我覺得不見得。我們回想一下自己生命裡面「珠箔飄燈」的記憶，曾經走過的一座橋，那個夜晚的路燈，曾經有過的下雨的夜晚，兩個人坐在一起不講話的狀態，就會發現記憶非常清楚。小津安二郎（1903–1963）的電影裡面常常有「停格」，我覺得生命裡也有一個畫面是永遠停格在那裡的，我相信就是李商隱這裡所講的。「紅樓隔雨」和「珠箔飄燈」都是他的停格，他一生當中不管離那個事件多遠，畫面都還在那裡。因為是一個停格，所以變得非常動人。

「遠路應悲春晼晚」，路很遠，這兩個人大概真的分得很遠了，已經告別了，其中的感情都是曾經有過可是已經在回憶當中的感情，也不確定到底有沒有發生過。有些注解提到詩中的情感對象是女道士或後宮妃嬪，但唐朝宮廷的禁衛很嚴，動到皇帝後宮大概不是那麼容易的事。或許是李商隱在幻想，他可能遠遠看到後宮的角樓，感嘆有好多女子的青春如此逝去。

李商隱的詩很神祕，有時候我甚至覺得他的愛情好像根本沒有發生過，而是他自己生命中最美的一個部分，或者是一種很奇特的悲憫與纏綿。真正在現實裡，纏綿常常會幻滅，有時候反而是在神祕的意境中才會發展。他的情詩非常特殊，事件總是那麼迷離，那麼不確定。

「殘宵猶得夢依稀」，睡覺睡到忽然醒過來的夜晚，已經快要天亮，覺得那個夢好像還在。我覺得李商隱的詩，用他自己的句子來注解最好，他的詩就是「依稀」的感覺。夢很美但已經過去了，夢境依稀還在，覺得枕邊還有淚痕，還有熱度。「玉璫緘札何由達」，玉的墜飾與一封信怎麼寄去呢？可以寄到哪裡呢？「萬里雲羅一雁飛」，大概只有讓天上的大雁帶去。

李商隱的詩是一個可以用無數事物去替換的數學上的「X」，完全是不可知的狀態。李商隱的可能性實在太大了，我們會發現他其實在講自己生命裡的神祕經驗，對美的眷戀的神祕經驗，情深至此的經驗，對象其實是模糊的。

身無彩鳳雙飛翼，心有靈犀一點通

有默契就不需要任何其他東西來幫助，生命美好到一個眼神就對了

看一下這首〈無題〉。無題詩是李商隱最有趣的東西，我覺得他所有的祕密都在無題當中。

昨夜星辰昨夜風，畫樓西畔桂堂東。身無彩鳳雙飛翼，心有靈犀一點通。
隔座送鉤春酒暖，分曹射覆蠟燈紅。嗟余聽鼓應官去，走馬蘭臺類轉蓬。

「昨夜星辰昨夜風」，有一點無話可講的感覺，他不描述，就說昨天晚上的星昨天晚上的風。風與星辰都沒有什麼特別，只是因為昨夜。深情到某一個狀態，我們會恍然大悟：根本不是星辰，也不是風，就是昨夜本身。他重複了兩次「昨夜」，這對他來講是重要的。為什麼昨夜這麼重要？他開始想要透露一點點祕密，「畫樓西畔桂堂東」，他透露的東西永遠是神祕的。有一個很漂亮的樓房，在桂木廳堂旁邊，這是宮廷貴族生活的環境。為什麼會令人聯想到女道士或者宮廷裡的妃嬪？大概就是因為這種環境描寫。

接著他又不講了，拉上簾子，不讓你看，只講那個時候的心情——「身無彩鳳雙飛翼」。我們會感覺他很愛這個對象，雖然覺得自己沒有彩色鳳凰那樣的雙翼，可以飛越阻隔，與對方相會。可是他又確定彼此間是有感情的，所以「心有靈犀一點通」。犀牛的角裡面有一道很細的白線可以相通兩端，古代認為這個東西可以通靈。他覺得身分如此不同，可是彼此間有一種默契。昨夜對他來講記憶這麼深，是因為他覺得即使彼此處於不同的階級、不同的狀況，也許不可能戀愛，還是「心有靈犀一點通」。

現在通俗口語中「我們兩個人真是心有靈犀一點通」，就是說有默契就不需要任何其他東西來幫助，生命美好到一個眼神就對了。為什麼此情可待成追憶？因為這裡面真的有深情在。我想所有這種與深情有關的東西，對象反而常常是曖昧的。深情的主體是詩人自己，我們愈去分解，愈看不到這些。

從第五句、第六句，我們會發現他昨夜在哪裡。「隔座送鉤春酒暖」，有一點不容易懂，「送鉤」是當時文人喝酒吃飯時行酒令的遊戲，人們在手上傳一個鉤，有人拿著筷子敲杯子，停下的時候，大家都不動，有一個人要猜這個鉤在誰的手中，猜中則藏鉤的人罰酒，猜不中則猜的人罰酒。隔著座位，兩人端起燙過的春酒，我們會覺得裡面的酒是暖的，更重要的是情感是暖的，好像有一種體溫。大家都認為在玩遊戲，可是李商隱覺得不是，因為一個物件從一個人的手上傳到你的手上，帶有那個人的體溫，他感覺到那個暖被送過來了。「分曹射覆蠟燈紅」，「射覆」也是一種酒宴上的遊戲，用一塊布巾蓋著一個東西，大家來猜那個東西是什麼。分組來猜，叫「分曹射覆」。「蠟燈紅」，蠟燭燃燒得非常紅，這兩句是溫暖的。我們會感覺到「昨夜」講了兩次，是因為那個夜晚對他來講有很美好的回憶。

其實我們還是不知道到底發生了什麼事，或者對象是誰。「嗟余聽鼓應官去」，美好時光要消逝了。「嗟余」就是「哎呀，真是感嘆」，因為聽到晨鼓要去上班了，李商隱那個時候在祕書省（蘭臺）任職。「走馬蘭臺類轉蓬」，感嘆自己的一生就是每天去上班，在祕書省，人家叫你做什麼你就做什麼，這樣轉來轉去，像飄蓬一樣。這首詩很有趣，「無題」背後似乎是對公務員生活一個很大的感嘆。我們知道，天交五鼓之前，做官的人在祕書省外面某一個地方等候，那個地方變成他們賭錢、行酒令的空間。我一直覺得李商隱這首詩裡面隱含著一個有趣的空間，就是他寫情詩是在這個地方，在祕書省外，是他上班之前等候的地方，所以那個人一定在裡面，對象是不是妃嬪或女道士就很可疑。所有東西他都切掉了，變成一個好像支離破碎的畫面。

淚與啼

熱淚盈眶其實與熱情有非常大的關係，一個人沒有熱情是不會落淚的

李商隱做為一個詩人，也許忽然有很大的興趣去了解人在什麼時候會流淚。或者我們把題目縮小一點，我想他是在問自己什麼時候流淚。一個充滿情感的詩人，在這首〈淚〉裡提到六種不同的落淚時刻。

永巷長年怨綺羅，離情終日思風波。湘江竹上痕無限，峴首碑前灑幾多。
人去紫臺秋入塞，兵殘楚帳夜聞歌。朝來灞水橋邊問，未抵青袍送玉珂。

一個是「永巷長年怨綺羅」，「永巷」是古代宮殿裡面囚禁有罪妃嬪的地方，這些女子年紀很輕，非常漂亮，穿著華麗的絲綢衣服，可是她們永遠住在一個難以見到人的冷清地方。對李商隱來講，這大概是一個使人落淚的生命狀態。「離情終日思風波」，第二個使他落淚的場景，大概是人與人的告別。告別之後，產生很多思念。在思念當中總是牽掛著對方的船是不是碰到了巨大的風浪，會不會發生危險。這種心情上的牽掛，這種對於自己所眷戀的人的焦慮感，會使他落淚。

我們看到他一步一步點出淚可以在不同的狀況流下來。在正統文學中，一般的男性文人不太可能觸碰這個題目，可是李商隱給予可能被大家認為代表柔弱、脆弱的「淚」很高貴的評價。淚與熱情有很大關係，我們不要忘記「蠟炬成灰淚始乾」或者「滄海月明珠有淚」，都和「淚」有很大關聯。李商隱在他的生命主題裡，一直把落淚這件事做為最重要的情操來看待。「落淚」並不完全是因為我們狹窄的私情，很多生命狀態會使人落淚，比如朋友的告別，比如一個女子的青春被耽擱。

「湘江竹上痕無限」，這裡用到典故。傳說舜在南邊死去以後，他的兩個妻子在湘江邊哭悼他，淚水流下來滴在竹上，留下斑痕，湖南這一帶的竹子因此名為「湘妃竹」。在大自然之中，留有許多古代神話中的記憶與經驗。這是為愛人死亡而哭泣的痕跡。

「峴首碑前灑幾多」，「峴首碑前」是大家不太熟悉的一個典故，有關古代一位叫羊祜的人的故事。羊祜在一個地方做官做得非常好，他死去以後，當地老百姓為他立一個碑以表懷念，到了他的忌日，會帶著祭品去祭悼，百姓們因為懷念他而哭泣，他的碑上常常有許多淚水。我們發現淚會在很多不同的狀況流下來，不只是狹窄的私情或是豔情，人在感動的時刻就會流下眼淚。

我相信對李商隱來講，「淚」這個主題在這首詩裡是很有趣的一種思考方式。我們在閱讀這首詩的時候，大概也會有一些企圖和願望，會回想自己生命當中那些落淚的時刻。生命中的動情時刻，也許隨著年紀的增長會愈來愈少，可是動情的那個時刻如何被看待，如何被珍惜是不一樣的。就像李商隱曾經寫過的「滄海月明珠有淚」，淚被當成珍貴的事物來看待。在這首詩中，淚的主題一直帶出不同的事件。他書寫著不同生命不同的哭聲，不同的流淚形式。

接下來第五個事件出現了——「人去紫臺秋入塞」。這是大家比較熟悉的「昭君出塞」的故事。一個美麗女子無辜地被嫁到舉目無親的塞外，在秋天告別了自己原來所居住的紫臺宮殿，去到大漠，這個時候會落淚，因為命運遭遇了巨大的孤獨與坎坷。李商隱一步一步鋪敍出生命落淚的情境，也對各種落淚情境做了不同的描述，共同的結果都是淚。「兵殘楚帳夜聞歌」講的就是霸王別姬的故事，楚霸王在兵敗如山倒之後，到了烏江邊，四面楚歌，自己在國破家亡的時刻，要和一生心愛的女子虞姬告別。虞姬舞劍，他唱了歌，最後哭泣了。前面是女子的淚，或者是百姓的淚，而這裡是楚霸王的淚。他連續寫了六個事件，全部在講淚。這是非常少見的描寫方法。我們或許會因此想到自己生命中哭過的淚。

李商隱點出這個主題以後，不但回應了我們對於淚的再思考，同時也擴大到歷史事件當中。到第七句，他忽然轉了，轉成他自己，所有歷史上的淚，對他來講是他自己的淚的參證，他要講的是他自己會在什麼時候落淚。寫了六個歷史上的落淚經驗以後，轉回來變成「朝來灞水橋邊問」，他忽然在早上站在唐朝送別高官的灞橋旁邊，呆呆地問自己：我為什麼會在這裡？「未抵青袍送玉珂」，「青袍」是指身分地位較低的公務員，「玉珂」是指手上拿著非常高貴的信物的高官。這是他對自己生命的感嘆，這個時候落淚，不是因為要去送朋友，而是因為他的職業。李商隱有一種哀傷，覺得自己做為一個低層的小公務員，在送往迎來的高官當中有種言不及義的痛苦。

如果這個人是他的好朋友，那就是「離情終日思風波」。唐詩中時常寫灞橋，李商隱在這裡送別的並不是好朋友，他的痛苦也在於此。這個「淚」對於李商隱來講，大概變成了最悲痛的淚。李商隱對自己的職業感到痛苦，可是也不知道離開這個職業又該怎麼辦。「走馬蘭臺類轉蓬」與「未抵青袍送玉珂」中，都有他對自己職業的某一種厭恨，但又充滿很大的無奈。很多人並未重視這首詩最後的兩句，只提到李商隱怎麼描述前面六種不同的落淚歷史場景，其實這首詩最後是回到他自己。而他的落淚竟然是因為「未抵青袍送玉珂」。

我想李商隱的痛苦，在於他沒有辦法融入他的職業，他在公事裡得不到太多的快樂。這種送往迎來的應酬中，有時候說不定還要被高官們頤指氣使地命令做一些什麼事情，這會造成他心裡面的委屈。李商隱有才華和才情，卻要做一些瑣碎的工作，心裡會覺得不平。問題是他沒有機會在科舉制度裡被賞識，得到一個自由度更高的工作。他在現實中的處境與他浪漫的、自由的、不受拘束的性格發生了巨大的衝突。

當我們看到這個詩人是喜歡在「錦瑟無端五十絃」那樣的意境中寄託他對於生命的精緻追求時，的確會發現這種送往迎來的官僚生活，對他有是種傷害與打擊。他大概常常出神，沒有辦法真正把他的工作做好。現實與理想的衝突成為〈淚〉最大的主題。我很希望大家對這首〈淚〉有不同角度的關心，這樣就可以看到李商隱做為一個好的詩人，對於主題的設定，以及主題怎麼樣轉回自身的過程處理得何等巧妙。

如果我們有機會、有興趣在創作裡做一點遊戲，我想可以試試把歷史中客觀的東西鋪排開來，比如找六個事件寫淚、寫恨。南北朝時期有一個作家名叫江淹，寫過〈恨賦〉，通篇都在談「恨」，就是歷史上不同的恨的狀態。這是一種很另類的題目，讓我們連貫地去理解什麼樣的事情會使人在生命當中產生恨，恨又是什麼。就漢字結構而言，「恨」有心情被阻礙的意思，因為「心」字邊有一個「艮」，「艮」是山的意思。一座山把心擋住了，所以「恨」是心情被阻礙。什麼樣的狀況會引發恨？江淹連續寫了許多恨事，心願不能完成，會變成恨。

這一類主題在正統的文學傳統當中，被探討得比較少。「相見時難別亦難，東風無力百花殘」，在李商隱最有名的〈無題〉中，同樣可以看到他用到「淚」這個字。淚幾乎也變成李商隱生命當中最大的主題。我們常常講熱淚盈眶，熱淚盈眶其實與熱情有非常大的關係，一個人沒有熱情是不會落淚的。落淚表示有熱情的寄託，也許是熱情在受到挫傷的時刻，就會落淚。淚的主題，使李商隱開始對自己的生命有了不同的理解，這樣的情懷與盛唐時期的李白、杜甫的確非常不同。我們很少看到李白、杜甫的詩裡面有這麼多關於淚的描寫，即使有，情懷是非常不一樣的。

李商隱的詩，語言節奏穩定、華麗，字句對仗工整，大概都到了無懈可擊的地步。「形式完美」說明藝術創作已經到了一個狀態，必須在形式上做出改變，「詞」於是出現。唐代在寫詩的同時，詞已經慢慢萌芽，把詩的句型打破後重新調整。形式太完美了以後，創作者就熟練了，熟練以後情感出不來，這個時候為了表達情感，反而會去破壞形式。通常我們看到凡是文學史上開始破壞形式，甚至大膽地用粗糙的形式表達的時候，就說明舊的形式已經有一點過於成熟，到了僵化的地步。

我們再看一下李商隱著名的〈天涯〉。

春日在天涯，天涯日又斜。鶯啼如有淚，為濕最高花。

一開始，他就重複了兩次「天涯」。「天涯」有流浪、漂泊的意思，有一種無限的生命的茫然感。在茫然之中，太陽西斜──「夕陽」的意象出來了。在這樣的時刻，黃鶯一直叫，「鶯啼如有淚」，「啼」這個字本身有哭的意思，所以「淚」又出來了。李商隱始終無法忘懷的真正主題是「淚」，如果黃鶯啼哭的時候也有眼淚，這個眼淚大概會滋潤了最高處的花朵。「為濕最高花」，這個「濕」用得極好，有一點像王爾德的小說裡面把心臟貼在玫瑰刺上的夜鶯，用血用淚來滋潤生命，使花的顏色更豔麗，使花開放得更燦爛。

短短二十個字，李商隱把生命經驗裡最精華的感觸，那些熱情、激情直接書寫出來。幾乎是全部心血投入的感覺。

晚唐的生命情調

沒有事情發生，日復一日，歲月不動聲色地過去，這才是一種令人心裡發慌的東西

大家可能對李商隱的詩的格局已經愈來愈清楚，比如下面這首〈無題〉：

來是空言去絕蹤，月斜樓上五更鐘。夢為遠別啼難喚，書被催成墨未濃。
蠟照半籠金翡翠，麝熏微度繡芙蓉。劉郎已恨蓬山遠，更隔蓬山一萬重。

「來是空言去絕蹤」，當初道別，曾有重逢的約定，如今卻成「空言」，「來」與「去」都是空的，情感裡有一種絕望。「月斜樓上五更鐘」，好像李商隱很多美好的時刻都是在夜晚，比如「隔座送鉤春酒暖」那樣的場景，會在這樣的時刻發生。「夢為遠別啼難喚」，好像夢已經慢慢遠去，告別似乎只成為夢裡依稀的情境，即使哭泣，也喚不回那個夢境，夢境愈來愈遠。「書被催成墨未濃」，這一句與上一句對仗，積累了強烈的思念，即使墨還沒有磨濃，就急切地想為對方寫信。

生命裡面常常有這種覺得自己的情這麼多，可是無法表白的感覺。我們不太在意是

不是讀得懂，比如「蠟照半籠金翡翠，麝熏微度繡芙蓉」，燭光殘照著用金線繡成翡翠鳥圖案的被子，麝香微微熏著織了芙蓉花的床帳，都在講一種華麗。晚唐詩歌非常靡麗，這種靡麗裡面有一種大唐盛世延續下來的色彩感，與大唐盛世的處理方式又不一樣。晚唐詩歌已經把「華麗」錯綜複雜地變成好像連接不起來的破碎畫面。

李商隱一直在描述貴族生活或者宮廷生活，比如另一首〈無題〉裡面說到「鳳尾香羅薄幾重，碧文圓頂夜深縫」，都是講宮廷裡面用的那種精緻的織品。「羅」是一種紗，非常薄，用來做帳子。女性會把這種上面繡滿了鳳的輕紗，縫成一個圓形，上面加一個圓頂，晚上掛起來，變成睡覺用的紗帳。這都是在講非常女性化的華麗的視覺經驗。我想李商隱不完全只是在寫他自己的情感事件，而是會擴大成大唐盛世到晚唐後的生命經驗，呈現出那樣的色彩感與視覺感。

《簪花仕女圖》和《揮扇仕女圖》可以和李商隱的詩歌一起來看。周昉和李商隱的生活時代背景非常接近，《揮扇仕女圖》是他的重要作品。這幅長卷裡描述了好幾個女子的生活，和李商隱的詩完全一樣，周昉也把背景抽離掉。我們看到一個女子若有所思地找她的侍女，把瑟外面的錦囊抽掉，抽掉以後她就可以彈奏。我們在這裡隱約感覺到，李商隱在詩中描寫的某些畫面彷彿呼之欲出。在大唐盛世的宮廷裡，某一種落寞的女子的心情經驗，李商隱用文學的方法來表白，周昉則是用繪畫的方法表達出來。周昉做為一個畫家，他不是描繪事件，而是描寫心情。

我們感覺這個女子有心事，就像「錦瑟無端五十絃，一絃一柱思華年」，好像想對琴講一點心事。這些人都是後宮裡的女子，一輩子可能也見不到皇帝一次，可是也不可能有其他的情感，在這樣的狀況裡，會有一種哀怨的心情，可是哀怨又不可以講。她們穿著最華麗的絲綢衣服，可是她們的生命停止在那個狀態。我常常喜歡用周昉的畫與李商隱的詩來做對比，因為這裡面有很多關聯，可以放在一起來做思考。

在《揮扇仕女圖》裡面，有一段是一個穿著紅色衣袍的女官面無表情地拿著一面大銅鏡，對面的女子在看自己的雲鬢。還記得「曉鏡但愁雲鬢改」嗎？忽然發現了第一根白頭髮的那種恐懼、害怕，那種歲月的哀傷。她那樣青春健康，可是這種暗示已經讓人感覺到歲月的無情，尤其是這個拿著鏡子的女官面無表情的感覺，裡面有一種時間的冷酷感。她們的衣服是華麗的，因為她們是宮廷貴族，可是華麗與繁華抵擋不住生命的無常。我常常覺得在看這一卷畫時，可以把李商隱的詩一句句放進去。

我覺得周昉把這兩個人的表情畫得真是驚人，尤其是拿鏡子的這一個女子，好冷酷的感覺，她沒有任何表情，她拿著鏡子，其實她就是時間，代表著歲月本身。她身上的衣服是紅的，這個紅很冷。紅色在盛唐時期是非常暖的色彩，不知道為什麼到晚唐時變成冷的色彩，我們感覺到紅裡面有一種沒有溫度的感覺。在周昉的《揮扇仕女圖》中，一個個女子出現，她們彼此間並沒有關係，好像宮裡面住著三千個佳麗，彼此沒有太深的情感。但她們的命運是一樣的，都在發愁。周昉畫的是一個象徵，並沒有畫事件，他並沒有告訴我們這個人為什麼發愁。「白門寥落意多違」的「寥落」，或者「向晚意不適」的「不適」，都是心情上的一種悶，並沒有事情發生。

沒有事情發生，日復一日，歲月不動聲色地過去，這才是一種令人心裡發慌的東西。好像就在那裡一直過著過著，然後生命就要過完了。在周昉的畫裡，「紅」與「臉上的愁」形成強烈的對比。李商隱的詩不只是晚唐文學的代表，甚至在繪畫史上，都可以看到這種美學的共通性。兩相映照，可以看到晚唐時期獨特的生命情調。我覺得《揮扇仕女圖》畫得最好的一部分，是一個繡花的綳子中間那塊紅色的繡布，象徵著這些女子的生命與青春。她們一進到宮裡，就要一針一線來繡這塊布，生命也就在繡花時過去了，「永巷長年怨綺羅」中的「綺羅」，大概也就是這些絲綢吧。這些絲綢民間百姓不會有，只有宮裡面才有。這些女子每天在那邊繡花，時常靠著繡花的綳子發呆。

她似乎有非常多的心事，我們會隱約想到李商隱詩句裡面的「身無彩鳳雙飛翼，心有靈犀一點通」，是不是她在苦悶、寂寞、孤獨的宮廷生活裡面，也曾經有過剎那之間的快樂？可是即便找到了知己，又能夠怎麼樣？她不可能有任何的愛情，那是違反國法的。也許「心有靈犀一點通」都只是一個夢想而已。「夢為遠別啼難喚」，最後回來還是自己孤獨地發呆，這是她們共同的命運。華麗的晚唐文學，發現了宮廷的富貴背後不可告人的哀傷，用華麗的絲綢、珠寶堆砌起來的生命，裡面是荒涼的狀態。

我常常跟朋友開玩笑，說大家讀李商隱的詩，都覺得裡面的人物應該是很纖細的感覺，沒想到其實是胖胖的。一直到晚唐，唐朝對於女性的身體美都是推崇豐腴、飽滿。在周昉的畫中，這麼圓滿的臉龐，充滿了如此哀愁的情緒。李商隱寫過「扇裁月魄羞難掩」，周昉的畫裡也有一個女子拿著扇子發呆，幾乎是為這句詩做的插圖。我覺得可以把李商隱的詩句和周昉的畫面配對起來，成為最好的文學與繪畫藝術之間的比喻關係。

《揮扇仕女圖》大概是唐畫裡面最好的，包括線條的使用，幾乎每一筆都是用顏真卿寫字的方法。畫中女子飽滿的體態，也是後來臨摹的時候很難以畫出來的。這幾乎全部是唐風，唐風的一個特色就是華麗、飽滿。比如「金翡翠」、「繡芙蓉」，就有非常豔麗的感覺。《揮扇仕女圖》到畫卷的最後，出現一把完全背對我們的人物，她坐在椅子上，胖胖的身體背對著我們，右手拿著一把紅色的小扇子。她好像指著前面那些發呆的女子、彈琴的女子、在鏡子裡看自己白頭髮的女子，向旁邊一個人講她們的故事，其實她與聽故事的人也都是故事裡的人。

這一段時間出現的詩句都有這種特性，比如「寥落古行宮，宮花寂寞紅」（元稹〈行宮〉）。這是皇帝住過的宮殿，可是現在皇帝不來了，就成了「古行宮」。宮裡的花還在開，很紅、很豔麗，但也很寂寞。我們很少想到可以用「寂寞」去形容色彩，繁華當中有荒涼才叫「寂寞紅」——竟然可以把色彩用到這麼迷人的地步。畫卷最後有一個女子，另一個坐在那裡的女子好像在跟她講話，而她已經要走到畫面外面去了。我一直覺得李商隱的詩是在捨得與捨不得之間，因為捨得所以要走出去，因為捨不得所以回頭。女子在走出去之前頻頻回首，帶著眷戀而纏綿的感情。

《簪花仕女圖》的作者在歷史上存在爭議，有人認為是周昉的畫，有人認為這張畫不是周昉原作，而是南唐的作品。這幅畫的線條與《揮扇仕女圖》相比之下，顯得較為細膩。南唐很多地方都繼承了唐代的華麗，但比較纖弱。我個人認為它屬於李後主時代的可能性更大。南唐是詞的時代，而不是詩的時代，詩比較對仗、均衡、規矩，詞則比較俏皮、纖巧。《簪花仕女圖》中對手指的安排，可以感覺已經有纖巧的味道了。李後主受到李商隱的影響，把李商隱的華麗感傷延續到南唐，甚至變本加厲，變成象徵詩派更大的一種呈現，這兩個人物是連接唐和五代的關鍵。

《簪花仕女圖》中的女子頭上戴著一大朵牡丹，頭髮上插著走路時會搖動的墜飾。只看這些部分，就感受到「珠箔飄燈獨自歸」的意境。李商隱的世界裡如果有一個女子，這個女子始終不會露出全貌。我們總是看到她頭上的花朵在一點點顫動，或者她的一個耳環、一隻手，或者裙腳。總是在她離去的時刻，才恍然感覺到她好像剛才在這裡，這種感覺在文學裡面非常難書寫，必須是深情眷戀過，又失去，才容易描述得出來。

李商隱詩中有一種神祕感，是非常迷離的效果。遮掩當中反而使人對那個神祕內在世界產生更大的好奇。在注解李商隱詩的時候，無論他講鳳尾香羅，講帳子，講扇子，都是切斷的。人物反而沒有被描述，而是透過物件來說明人物。一把扇子就讓我們看到一大朵牡丹的華麗，皇宮貴族的華麗也藉著一把扇子直接書寫出來。

《簪花仕女圖》中，女子的身體上只有一件紅色的裹肚，外面披了一件紗衣，手上拿著一把宮扇。在晚唐到南唐的作品裡，觀者會感覺到存在著一個女性的世界，這是一種很奇特的入迷狀態。她的表情沒有在事件當中，而是在發呆，每一個角色與另外一個角色之間都沒有關係，產生了一種極大的孤獨感。這個部分畫得極好，我很希望大家可以在這裡感覺李商隱詩中的意境，比如說「遠路應悲春晼晚」，讀的時候，我們會感覺到一個女子慢慢在走遠。中國藝術在表現「走」，不會用很大的動作，我們看不到她走，可是能看到線條全部都是晃動的，所以感覺到她在走。一個人慢慢離開，有一點捨不得，步伐遲緩，袖子微微在動盪，不是因為風，如果是風的話，這麼薄的紗，會飄得很厲害。只因為她在走，身體所發生的動盪，會在線條裡被描述出來。《簪花仕女圖》與李商隱的詩對照起來，會感覺他們好像捕捉到某一種共同的東西，然後把這裡面一種很迷離、恍惚的經驗傳達出來。

李商隱喜歡描述荷花、荷葉，或者是「更持紅燭賞殘花」，繁華到了極盛，開始有感傷，為了眷戀，甚至不惜在夜晚點起蠟燭去看一下已經要敗落的花。在這幅畫中，會感覺到這些美麗的女子已經產生了華麗到極致以後要凋敗的感傷。女子身上的衣服也是羅，當然非常難畫，因為必須要照顧到形體，還有羅上面的衣紋，由於是透明的，兩層東西都要畫出來。

要解釋「寂寞紅」，也許《簪花仕女圖》比《揮扇仕女圖》更恰當，因為其中的紅很豔，可是我們會覺得好像是死掉的紅。紅色裡面有織出來的細紋，畫家全部把它描繪出來了。有三塊紅需要仔細看一下。一個緊緊地貼著身體，好像沾帶著人的體溫，外面被一件白色的羅衣蓋住。拖在地上的這塊紅特別強烈，裡面有很多纏綿，很多牽連不斷的感覺，非常豔，同時又很無奈。象徵詩派一定要從抽象的角度去理解，比較難像杜甫的詩那樣直接去描繪，因為杜甫是寫實的。象徵詩派裡面的「白」與「紅」變成畫面中另外一種對話關係，與畫家用到的白與紅有同樣的作用。還有衣服下襬這裡的紅色，幾乎變成透明，紅色的透明的紗與白色肌膚形成襯托關係。她在走路，所以裙擺飄開了。紗很輕，裙擺飄開時，露出裡面內衣的裙擺。這裡的線條會讓人感覺到她在行動，上身沒有動，只有下擺在微動。這非常像李商隱的描述方法，讓人感覺到有很大的熱情，可是又好像冷冷的。

最深的情感

那種飄忽的、曖昧的、迷離的情感，可能更多是出於自戀與自憐

李商隱還寫過一首詩叫作〈重過聖女祠〉，我們發現李商隱愛戀的對象似乎是神女、仙女。

白石岩扉碧蘚滋，上清淪謫得歸遲。一春夢雨常飄瓦，盡日靈風不滿旗。
萼綠華來無定所，杜蘭香去未移時。玉郎會此通仙籍，憶向天階問紫芝。

他看到一間聖女祠，大概長久沒有人祭拜了，所以白石做的門已經長了很多苔蘚。

「白石岩扉碧蘚滋」，「白」與「碧」都是顏色，白色的石頭和綠色的苔蘚。「上清淪謫得歸遲」，聖女在天上時住在上清宮裡，大概做了什麼違法的事情，被貶到人間來，現在還沒有回去。他在講人世間美麗的女子，是從上天貶下來的，有一天還要回去，還要成仙。「一春夢雨常飄瓦」，春天來的時候雨就一直下，飄在祠堂的瓦上，他在「雨」前面加了一個字「夢」，雨像夢一樣。「盡日靈風不滿旗」，風吹著幡旗，可是又好像沒有風，以致旗子有一點飛不起來，一直停在那裡，有點好風不滿的遺憾。這首詩的確很難懂，但我一直覺得這首詩裡面，有李商隱最深的情感。

「萼綠華來無定所，杜蘭香去未移時」，這裡有兩個典故，是關於「萼綠華」和「杜蘭香」這兩個得道女仙的故事。萼綠華下凡時沒有固定居住的地方，而李商隱喜歡的感情，似乎也是曖昧的、不明的、神祕的、飄忽的、恍惚的、迷離的。「杜蘭香去未移時」，杜蘭香不久之前也升天離去；兩位仙女終究回到天上，聖女卻「歸遲」了。「玉郎會此通仙籍」，當年掌管仙籍的玉郎，曾幫助聖女升上仙界，「玉郎」也可能是在講自己，暗示自己與聖女的一段情。「憶向天階問紫芝」，那時聖女曾在天宮的臺階上，採集紫色靈芝，如今卻淪謫塵世。當李商隱用到「憶」這個字的時候，可能他也覺得自己就是「上清淪謫」的聖女，如果對於這首詩去做心理學上的解剖，會發現李商隱所有神祕詩的對象，有可能就是他自己的夢想。因為這個聖女根本不存在，她可能不是女道士，也不是妃嬪。

我們會愈來愈體會到李商隱的神祕性，那種飄忽的、曖昧的、迷離的情感，可能更多是出於自戀與自憐。李商隱的詩句，有時候真的不見得要讀整首詩，一個句子「啪」的跳出來，一下就打動人，不像〈長干行〉、〈石壕吏〉，一定要逐字逐句連貫去讀。李商隱的詩句是一些可以被打碎的晶瑩珠片，他把滄海、月明、珠與淚都打碎了，打碎以後重新組合，便產生了這麼獨特的美學感覺。

在幻滅與眷戀之中，李商隱完成了一種神祕的浪漫，打動人心，傳頌至今。詩，也許不全然需要「解讀」，而是需要用心去聆聽，聽到自己內在的聲音。

看世界的方法 116

說文學之美：品味唐詩

作者：蔣勳
文字整理：黃庭鈺
協力編輯：凌性傑
音樂統籌：梁春美
錄音・混音：白金錄音室　錢家瑞
整體設計：林秦華
責任編輯：施彥如

發行人兼社長：許悔之
總編輯：林煜幃
副總編輯：施彥如
執行主編：魏于婷
美術主編：吳佳璘
行政專員：陳芃妤

藝術總監：黃寶萍
策略顧問：黃惠美・郭旭原・郭思敏・郭孟君
顧問：施昇輝・林志隆・張佳雯
法律顧問：國際通商法律事務所／邵瓊慧律師

出版：有鹿文化事業有限公司
地址：台北市大安區信義路三段106號10樓之4
電話：02-2700-8388
傳真：02-2700-8178
網址：http://www.uniqueroute.com
電子信箱：service@uniqueroute.com

印刷：鴻霖印刷傳媒股份有限公司

總經銷：紅螞蟻圖書有限公司
地址：台北市內湖區舊宗路二段121巷19號
電話：02-2795-3656
傳真：02-2795-4100
網址：http://www.e-redant.com

ISBN：978-986-94168-4-9
初版：2017年3月
初版第十四次印行：2024年3月15日
定價：399元

本書內頁彩圖為相傳唐代周昉所作《簪花仕女圖》（局部）

國家圖書館出版品預行編目（CIP）資料

說文學之美：品味唐詩／蔣勳著. --初版. --
台北市：有鹿文化, 2017.03
面；公分. --（看世界的方法；116）
ISBN 978-986-94168-4-9（平裝）

1. 唐詩 2. 詩評
820.9104　　　106000694